Diogenes Taschenbuch 20574

D0626908

Walter E. Richartz
Büroroman

Diogenes

Die Erstausgabe erschien 1976
im Diogenes Verlag
Umschlagillustration: René Magritte,
›Le mois des vendanges‹, 1959
Copyright © 1987 by Cosmopress, Genf

Übersicht

1.0 Die Stirn am Glas

Im Winter ist sie noch dunkel. Die schlafmatte Stunde vom Bett auf, über die Wanne gebeugt mit schmatzendem Waschlappen. Nescafé-Schlürfen, stehend, hastig. Laufen mit Herzklopfen, mit schlechter Atemtechnik, mit steifen Knochen, sohlenschmerzend. Mit Tasche, Mappe, Mantel, Hut, mit Hinderlichem. Flappend zur Bahn hin. Oder Anlasser-Orgeln unterm Küchenfenster, wo *sie* rausschaut, fröstelnd, ungekämmt, im Morgenmantel. Wenn das Auto nicht anspringt. Das eiskalte Lenkrad. Die immerrote Ampel. Die Angst mit der Zeitung vom Kiosk. Umsteigerbahn weg, Motor gestorben, hupende Hintermänner. Das borstige Drängeln zum Tram-Ausgang. Wider Schirme, Mappen, Knöpfe: Schläfst noch, Mensch, überlegs dir doch früher. Das leuchtende Schild heißt Raus aus der Büchse.

Es heißt Rein ins Getriebe.

Zehntausend Müdigkeiten vereinen sich zu imposanter Energie. Wir befinden uns im Zentrum einer lebhaften Industrietätigkeit. Auf der durch dieses Gebiet führenden vierspurigen Verkehrsader, mit getrenntem Gleiskörper für die Straßenbahn, pulsiert es im Tagesrhythmus. Nachts, frühmorgens totenstill, dann anschwellend, Zufuhr der Arbeitnehmer, die Bürohäuser und Produktionsstätten füllen. Kurz danach Beginn des Firmenverkehrs. Da kommen, kurz nach halb acht, schon die ersten Industriefahrzeuge daherkarriolt. Sie rasen aus den Werkstoren heraus, sie donnern hinein. Lastzüge, Tankwagen, rasselnde Tieflader dröhnen um die Ecken, rücksichtslos, mit nur ganz wenig Eisen darauf, lange, federnde Stangen oder steife T-Träger nur auf einer Seite, wohl auch dies wenige schon tonnenschwer, das Fahrzeug schief, gewiß überladen und gewiß mit überhöhtem Tempo. Fix fix, das muß hier fix gehn. Kavalkaden. Spezialfahrzeuge rollen, mit besonderen Werbeaufbauten: In Form einer Flasche, in Form eines Koffers, in Form eines Tieres, in Form einer Wurst; Fahrzeuge mit Spezialbehältern, mit Kühlbehältern, mit rotierenden Behältern, z. B. für Lieferbeton. Fahrzeuge mit Kippvorrichtung, mit heb- und senkbarer Ladefläche. Käferhafte Gabelstapler, die sich vorübergehend ins Freie wagen. Und fast alle mit einer Firmenaufschrift.

Vielleicht haben Sie auch schon an diesen Aufschriften herumbuchstabiert. Manche erscheinen schwerverständlich, manche nur allzu leicht verständlich. Dazu Kennfarben, Markenzeichen, Werbeslogans. Sie prangen auch an den jeweiligen Heimatgebäuden, breit über den Eingangsportalen, eine ganze Fassade bedeckend oder hoch oben auf dem Flachdach an einem Stahlgestell, vielleicht mit rhythmischen Lichteffekten win-

kend, blinkend, zwinkernd, oder in langsamer Umdre-
hung ...

Ach, diese Firmennamen! Da ist schon Phantasie am
Werk gewesen! Wortschöpfungen, Kunstworte, Ab-
kürzungen wie FEBOLIT (nach Feodor Bormann)
GEHOLIT (Gebrüder Holz) BAUBOAC BIAX
BOCO DEFAKA FABEG INBAU KAPEC LIBRA
LIBRI LUMBEG MIGUA OBEE ODE OGO
PODDIG SIMPROP und XOX. Namen wie XOX.

Wir sehen das schon gar nicht mehr. Über die Jahre
verändert sich das nur langsam. Es ist uns schon *in
Fleisch und Blut übergegangen*. Unversehens sind wir
in den vertrauten vier Wänden, ein wenig außer Atem.
Hier kommt man zu sich.

Unsere Firma heißt DRAMAG. Der Standort
Frankfurt am Main-Ost. Wir gehören zur Abteilung
Rechnungswesen, DRAMAG-Verwaltungshochhaus.
Die Zimmernummer 1028. Die ersten beiden Ziffern
bezeichnen das Stockwerk. Die Tür ist aus Drahtglas.
Der Boden besteht aus Pevauceh. Wer hier geht, lädt
sich auf. Die Grundfläche beträgt sechsundzwanzig
Quadratmeter.

Wir zeigen Ihnen das Büro.

Drei Mitarbeiter haben hier ihren Platz. Sie sind hier
gut aufgehoben. Die DRAMAG registriert, flanscht
und steuert. Die DRAMAG verdient Ihr Vertrauen. Im
zwölften Stock residiert der Geschäftsführer, Dr. Altenberg. Die DRAMAG gibt vielen hundert Mitar-

beitern ihren Lebensunterhalt. Es ist eine große Familie.

Die Einrichtung des Büros ist nüchtern und zweckmäßig. Die drei aneinandergestellten Schreibtische haben sich lange bewährt. Eine Anzahl kleiner Gegenstände befindet sich darauf. Zu jedem Schreibtisch gehört die Schreibtischgarnitur aus Bakelit. Sie besteht aus Schale, Notizzettelkästchen und Löschblattwiege. Dazu kommen Locher, Lineal und Papierklammerer. Allen Schreibtischen gemeinsam das Telefon. Auf jedem Schreibtisch eine Schreibtischlampe. Zu jedem Schreibtisch ein Rollstuhl. An einer Wand nebeneinander drei Garderobespinde. An der gegenüberliegenden Wand ein Aktenschrank mit Rollverschluß. In einer Ecke ein Waschbecken mit Spiegel. Neben dem Waschbecken der Handtuchhalter mit Namensschildern über jedem Haken. Die Einrichtung des Büros verbindet sich bei den Mitarbeitern mit Heimatgefühlen: durch einige Privat-Gegenstände auf den Schreibtischen; die an der Wand befestigten Urlaubskarten; die Pflanzen auf dem Fensterbrett, nett gruppiert.

Es wurde bereits das Wort *Mitarbeiter* gebraucht. Das ist die bei der Firmenleitung, vor allem Personalführung übliche Bezeichnung für Angestellte, für Untergebene. Das Wort Mitarbeiter wird vor allem von Vorgesetzten benutzt: Ich und meine Mitarbeiter haben das gesteckte Ziel auch in diesem Quartal erreicht. Es wird gerne von den Vorgesetzten der Vorgesetzten benutzt: Sie müssen Ihre Mitarbeiter zu mehr Sorgfalt anhalten! In der Regel wird ›Mitarbeiter‹ nur in Abwesenheit der gemeinten Mitarbeiter gesagt. Als Anrede wird es nur bei Abteilungs- und Betriebsversammlungen benutzt.

Mit wenigen Schritten durch den Tag. Nach Büroschluß noch rasch in die City. Parkhaus, Schaufenster, Rolltreppen. Welch herrliche Aussicht bietet sich dem Aufwärtsgleitenden über die Verkaufslandschaft. Überall weht sanfte Musik. Von einer Insel zur anderen – und was gibt es da nicht für reizende Dinge! Was für Ideen! Dieser Humor! Notizblock für die Hausfrau in Gestalt einer Klo-Rolle. Blumenvase mit Saugnapf fürs Auto. Kerze als Ei im Eierbecher. Feuerzeug in Gestalt eines Revolvers. Aschenbecher in Form einer hohlen Hand, der Zeigefinger erigiert und ein Knoten hineingeschlungen. Fernsehleuchte mit endlos stürzendem Niagara. Geblümter Flauschbezug für Lokusdeckel. Was wollte ich eigentlich? Achso Brot. Schuhkrem. Die Fernsehzeitschrift. Was gibts denn heute? Ravioli aus der Dose. Lembke und Thoelke. Salzstangen machen durstig. Das Bier macht müde. Gleich nach der Sendung, zehn oder halb zehn, gehts ab in die Heia. Aber morgens komm ich trotzdem kaum hoch.

Da sind wir schon am Fenster. Es ist enorm – sechs Quadratmeter, wenn nicht mehr.

Ist das Fenster frisch geputzt? Besteht es aus einem modernen, nicht schmutzenden Material?

Es wirkt ungewöhnlich durchsichtig, das Fenster, es scheint wasserklar, als sei da kein Fenster, sondern schon die Aussicht – mit Transparentlack überzogen.

Was für eine Aussicht?

Vor allem die Aussicht auf die Schmalwand des Hochhauses von VOIGT & KISTNER. Sie ist von oben bis unten blau gekachelt, ausgenommen eine einzige senkrechte Fensterzeile in der Mitte, an den Korridorenden. Die ganze Wand blau, azurblau. Wenn Sie sich hinter den Querschreibtisch stellen und zum Fenster hinblicken, so füllt das Blau drei Viertel der Fensterfläche. Strahlend blau. Daneben verbleibt nur noch ein schmaler, senkrechter Streifen. Seine obere Hälfte ist ein rechteckiges Stück Himmel. Das Himmelsrechteck kann verschieden blau sein, es kann verschieden grau sein, auf jeden Fall wirkt es unscheinbar neben der Farbe von VOIGT & KISTNER. Unter dem Himmelsrechteck, wenn man nahe genug ans Fenster tritt, erscheint noch ein Stück Baubude, Lehmgrube, der Ausschnitt eines Betonfundaments mit hervorsprießenden rostigen Moniereisen. Ein neuer Hochbau wird dort in Angriff genommen. Dazwischen, am Fuße des zwischen VOIGT & KISTNER und der DRAMAG befindlichen Leerraums müßte eine Straße verlaufen, ein von der Hauptstraße rechtwinkelig abzweigender Zubringer, mit altmodischem Kopfsteinpflaster, mit sporadisch rasselndem Werksverkehr, selten dahinhuschenden blaubekittelten Angestellten. Mit einigen Grashalmen zwischen den Ritzen.

Aber das können Sie von hier aus nicht mehr sehen, auch wenn Sie sich dicht ans Fenster stellen. Auch wenn Sie Ihre Stirn an das Glas legen. Auch wenn Sie mit Ihrer Stirn gegen das Glas drücken, wenn Sie versuchen, das Glas mit Ihrer Stirn etwas auszubeulen. Mehr gibt das Blickfeld nicht her.

2.0 Schneckenstunden

Wenn die Mitarbeiter häufig wechseln, ist mit dem Betriebsklima etwas faul. Dagegen läßt eine geringe Fluktuation auf ein gutes Betriebsklima schließen.

Wilhelm Kuhlwein ist seit 23 Jahren Angestellter der DRAMAG. Auch in diesem Jahr konnten wieder zwei Mitarbeiter ihr 25jähriges, und ein Mitarbeiter das 40jährige Dienstjubiläum begehen. Auch Frau Klatt, Elfriede, am Schreibtisch gegenüber, hat schon ihre zwanzig Jahre auf dem Buckel. Spricht für die Firma.

Wenn wir sagen, daß Frau Klatt hier die *mittlere* Büro-Generation vertritt, und Kuhlwein das *reifere Alter,* so sehen wir in dem Fräulein Mauler eine Vertreterin der *Jugend im Büro.* Sie sitzt am Quer-Schreibtisch mit dem Rücken zur Tür, außer wenn sie sich mit ihrer seitlich ausschwenkbaren Schreibmaschine beschäftigt.

Es ist bekannt, wie wenig Bewegung die normale Büroarbeit erfordert; Sie können die drei Kollegen in aller Ruhe betrachten.

Kuhlwein ist ein steifer Mensch, hager, mager, mit knochigem Schädel, hochstirnig infolge des gelichteten Haares; seine Augen liegen tief, sie sind wohl graublau. Es ist fast alles schmal und eng in diesem Gesicht, die Haut sehr dünn über die Knochen gestrammt, und über den Knorpel des Adamsapfels. Er hat große, flache Ohren. Die Schultern fallen schräg unter der grauen Anzugsweste. Ein gepunkteter Schlips zieht den zu weiten Hemdkragen zu.

Frau Klatt trägt ihr dunkelblondes Haar hochtoupiert, obgleich diese Mode seit mindestens fünf Jahren veraltet ist. Frau Klatt ist vor.allem speckig, ihr Gesicht, der Hals, der Körper füllig, sie hat einen starken Busen. Immerhin – es gibt noch verquollene Reize. –

Von Fräulein Mauler wäre von der Tür aus vor allem die weißblonde seidige Haarflut zu sehen, die ihre Schultern und die Rollstuhl-Rückenlehne überschwemmt. Erst viel weiter unten, unter dem Stuhlsitz, taucht sie wieder auf – in Gestalt ihrer Beine, die etwas dünn sind. Ist sie zu ihrer Schreibmaschine hin gekehrt, so zeigt sie ihr Profil: Stupsnase, stark vorgewölbte Lippen, kein Kinn. Die Haare sind natürlich das Beste an ihr, aber auch sonst ist sie sympathisch. Die Lippen hat sie blaßrot gefärbt, ›lachsfarben‹. Falls sie noch weiteres Make-up angelegt hat, so ist es dezent, unauffällig – auch darin unterscheidet sie sich von Frau Klatt.

Bisher ist nichts gewesen an diesem Morgen. Es war nichts los. Gar nichts.

Das erste Ereignis, das sich nun anbahnt, hat mit dem Wetter zu tun. Ein Wetter-Umschlag Ende März. Über Nacht ist eine Menge Warmluft in das Rhein-

Main-Gebiet geflossen, und Kuhlwein hat wieder Migräne. Er läßt sich nicht gerne etwas anmerken, aber er ist unruhig, sucht Erleichterung in wechselnden Kopfhaltungen, er streicht sich die Stirn mit den Fingern. Er bittet nicht gern, doch der Schmerz treibt ihn dazu. (Warum hat er heut morgen wieder nicht dran gedacht?)

»Fräulein Mauler.« (Frauen brauchen doch sowas öfter. Sie haben doch sowas in ihren Handtaschen.) »Hätten Sie wohl eine Tablette für mich?«

Sie ist schon aufgestanden.

Sie trägt bestickte Sachen: einen blauen Glockenrock mit roter Stickerei, eine weiße Bluse mit blauer Stickerei, einen breiten Ledergürtel, mit etwas Farbigem draufgenäht, und an den Füßen Mokassins. Ihren Vornamen nennt sie nicht gern (»– meine Freunde nennen mich ›Tussy‹ –«); sie wohnt noch bei den Eltern. Die Mokassins schlappen auf dem Weg zum Spind. Sie holt ihre weiche blaue Nappatasche heraus, wühlt darin, wobei die Tasche laufend ihre Form verändert. – Kuhlwein wartet in seinem Rollstuhl, steif, wie ein Blinder. Er hört das Mädchen auf ihren zerbrechlichen Beinen knacksen, er riecht ihren strohigen Geruch; verquält dreht er den Kopf in ihre Richtung.

»Genügt eine?« – Er nickt. – Zuerst sieht es aus, als wollte sies ihm, wie in einen Automaten, in den Mundschlitz stecken, dann legt sies ihm in die hochgehaltene Hand.

»Sie Armer – wieder so schlimm heute?«

Es klingt milchig, eigentlich unecht; aber man ist schon froh, wenn sich jemand die Mühe macht.

Kuhlwein befördert die Tablette vom Handteller in den Mund; er schluckt, schluckt mehrmals trocken, mit stark arbeitendem Adamsapfel.

»Tsetse« macht Frau Klatt gegenüber: »Es wird doch wohl keiner sterben.«

Es ist Frühling im Büro.

An der Wand hinter Frau Klatt hängen zwei Kalender. Der eine, ein Abreißkalender mit Werbeaufdruck DRUCKEREI WÜST; der andere, der, jeweils mit einem halben Jahr auf einer Seite, eine größere Übersicht bietet – zum Beispiel für die Urlaubsplanung –, kommt immer um Neujahr als Beilage der ›Presse‹. Um die Kalender kümmert sich Frau Klatt, das ist jeden Morgen das erste. Sie reißt das alte Blatt ab, von dem einen Kalender, und auf dem anderen macht sie mit Filzstift ein Kreuz über den vergangenen Tag. Demnach ist heute der 21. März, ein Dienstag. Es ist Dienstag, der einundzwanzigste – eisern. Mindestens zehnmal am Tag fragt jemand nach dem Datum und erhält immer die gleiche Antwort. Rings um die beiden Kalender ist der Platz für die Urlaubskarten.

Eine Uhr hat heute jeder, trotzdem wird dauernd nach der Zeit gefragt.

Eine Uhr ist immer anwesend. Ihre Zeiger erscheinen auf jeder angestarrten Wand. Der lange dünne, rastlos im Kreise zuckende Sekundenzeiger; der schon etwas dickere, nach ziemlicher Verzögerung unter den hypnotischen Blicken doch wieder einen Minutenstrich weiterzuckende lange Zeiger, der dann jedesmal, nach vollbrachter Tat, noch ein bißchen nachzittert; schließlich der dicke Quäler, hartnäckig, unbeweglich, stur an seinem Ort, in seinem Winkel festgenagelt: Der schläfrige Stundenzeiger.

Die Uhr gehört zum Inventar.

Man glaubt ihr nur nicht.

Man kann ihr nicht glauben.

»Wieviel haben wir denn?«

»Halb neun.«

»Was, erst — —!«

Herr Holzer, der Bote, bringt die Post herein. »U-e Mohe – gi Poch«, sagt er wie immer; er hat eine Hasenscharte.

Sonst nichts.

Sonst geschieht nichts.

Das Telefon klingelt.

Frau Klatt nimmt den Hörer auf, wie üblich. Wenns klingelt, nimmt sie auf. »Klatt.«

Die Membranstimme scheppert. Frau Klatt blickt auf ihren Reisewecker. Sie streckt ihre freie Hand zum Reisewecker aus und dreht ihn zu sich hin. Die scheppernde Membranstimme scheint eine längere Erklärung abzugeben. Frau Klatt verzieht den Mund. Die Membranstimme klingt wichtig, sie beginnt jetzt offenbar mit einer Aufzählung.

Die Klatt beobachtet aufmerksam den Sekundenzeiger: Jetzt!

Sie unterbricht die Membran-Litanei.

»Jaja, ist schon recht. Das können Sie mir nachher erzählen.« Dann singend: »Frühstückszeit!« – Sie knallt den Hörer in die Gabel. Was die sich wieder denken – sofort – gleich – *möglichst noch gestern*! Murmelt sie vor sich hin. Das ist was, darüber kann sie sich aufregen. Zwanzig Minuten Frühstückszeit sind von der Firma unbezahlt. Wir haben nichts zu verschenken. Was die sich so denken. So schaun die aus.

Frühstück. Durch dieses Wort ist einiges in Bewegung geraten. Fräulein Mauler ist aufgesprungen – »Was, so spät!« –, hat auf ihr eigenes dünnes Armbandührchen geblickt, ist schlappend zum Spind gerannt, hat sich die wandelbare Nappatasche gegriffen, und ist so schnell, wie die Mokassins mitmachten, zur Tür hinaus.

Kaum ist sie draußen, murmelt die Klatt: »Dumme Gans.« Nur so, ohne Grund. – Dann beginnt das Frühstück. Reisewecker-Uhrzeit ist 8 Uhr 56.

Das Frühstück ist eine ernste Sache.

Da wird erstmal alles ordentlich aufgebaut. Jeder setzt sich in Positur.

Zum Frühstück hat Frau Klatt ein Stück Schokoladentorte. Das zieht sie sich immer schon morgens, auf dem Herweg, aus dem Automaten im 2. Stock. Mit der Nagelschere schneidet sie die Plastikhülle auf, hebt sie sorgfältig ab – und nun schaukelt es auf dem Pappeboden, das Tortenstück – der Tortenturm – der Torten-Wolkenkratzer – ganz weich, butterweich, süßweich – kann sich kaum aufrecht halten. Die Klatt beißt tief hinein. Das Tolle an so einer Torte ist ihre sahnige Weichheit – fast so toll wie der Geschmack. Der Duft von Cognac. Die brüchige, fliegenflügelige, dunkelbraune Schoko-Kruste. Die Klebrigkeit der mattbröseligen Braunteigschichten, die gelbe Fettkrem, das Drin-Suhlen, das Zungenwühlen, der volle Mund, das moorige Einsinken der Zähne, so wunderbar, süß wie die Liebe, das ist das Schönste, ja das Schönste auf der Welt... Dazu gibt es Milchkaffee aus der Thermosflasche.

Kuhlwein trinkt Nes. Sowas zum Auflösen. Zwei Teelöffel aus dem Vorratsglas in die Tasse, dazu Heißwasser aus dem Heißwasser-Hahn am Waschbecken. – Schmeckts? – Naja, schmeckt; wie lauwarmer alter Nes eben schmeckt. Er wickelt sich ein belegtes Doppelbrot aus der Alu-Folie. Hellrot zwischen den Scheiben – wohl Mettwurst. Gibts abgepackt. Braucht man nicht am Fleischtresen anstehen. Immer nur soviel, wie er auf einmal beißen wird, wird vom Alu befreit.

Kuhlwein liest Zeitung, zum Kauen und Schlürfen. Er liest die ›Presse‹. Er hat das Blatt, zur Hälfte gefaltet, vor sich aufgebockt, schräg auf dem Locher: Büro Zehnachtundzwanzig präsentiert Ihnen nun das Duett des Beißens und Kauens, das Duett des Schlürfens, das weinende Umrühren, Schlucken, Schmatzen, das Magenkullern, das abwechselnde Abstellen der Tassen auf die Untertassen, das Knistern und Knacken, das friedliche Malmen; dazu noch – überraschende Zutat – ein Produkt gewisser Zufälle, durch viele Wände hindurch, aus unbestimmter Richtung, fernes, vielstimmiges, langanhaltendes, kreischendes Frauengelächter: *Riiiriüührührirириriüii* ... (Man wird doch wohl noch mal lachen dürfen!)

Kuhlwein liest Zeitung zum Kauen und Schlürfen. Er dreht, spaltenabgrasend, die untere Hälfte nach oben – dann wieder zurück. Wenn die beiden ersten Hälften dann so ziemlich abgenutzt, durchgekaut und runtergeschluckt sind, kommt die große Geste: Für einen Augenblick, in dem er fast zu allem fähig wäre, entfaltet er die Zeitung ganz weit, spannenbreit – *ein flugentschlossener Albatros*; er schüttelt die Falte vor, legt umgekehrt zusammen, wieder kleiner, gegen Falt-Widerstände, die er knallend wegschüttelt, manchmal ungeduldig, fetzend, wie im Zorn ... Schließlich wieder friedlich, brav zusammengelegt, zu neuen Hälften still gefaltet, eine neue Hälfte zum Lesen zurechtgelegt, schräg, auf den Locher. Eine neue Stille.

In der Zeitung steht: ».. gase ausge...letzt einge...auzeit verschl...lympiatur...kendavonge...meter höher gestie...Zuschauerer...safrangel...kensvi...der Zivili...«

Frau Klatt hat ihre Illustrierte zur Torte. Die Bilder rauf und runter, Schrift daneben »...formte Bü...schenarti...be kam schon mit drei...scher Wind um ihre goldbrau...netz Moskaus stram...glücks in die Arme: Jaja! Ich will!«

Sie ist fertig mit dem Essen. Sie macht die Illustrierte zu, tut sie ächzend, seitlich gebückt, unten ins Fach.

Sie trinkt den Thermosbecher leer, schraubt ihn auf die Flasche, wischt mit dem Handrücken über die Lippen.

Beim Hantieren, ohne irgendwohin zu sehen:

»Was Neues?«

»Flugzeugabsturz in Indien. 81 Tote.«

»Flieg sowieso nie. Ich vertrags nicht.«

»Rätselhafte Bankraubserie. ›Noface‹ in Hamburg.«

»Kurzen Prozeß, Kopf ab.«

»Benzin wird wieder teurer.«

»Was, noch teurer. Habbe die denn nie genug. Da wird er wieder jammern, mein Fritz. Lieber Gott, was wird der wieder jammern!«

Sie sagt »Jammeen« – »widdee jammeen«. Wenn sie will, kann sie normales Deutsch reden – aber am liebsten redet sie hessisch. Darin fühlt sie sich wohl. Im Hessischen kann sie sich so richtig *reinquetschen,* ins Hessische.

Das schmeckt ihr, das Hessische; sie nimmt es, wenn es ihr gutgeht, um ein Gespräch zu beenden, als Dämpfer für Übereifrige.

Sehr gern benutzt sie das Hessische, um jemand richtig fertigzumachen.

Dem werd ischs zaische, den mach isch feadisch!

Frau Klatt greift seitlich hinunter nach ihrer knallroten Koffertasche, stellt sie auf den Schoß, holt ein Spiegelchen und ein Taschentuchknäuel heraus, betrachtet ihre Grimassen; findet noch einen Taschentuchzipfel ohne Lippenstiftspuren, wischt damit an den Mundwinkeln; trägt neue rote Farbe auf, dreht das Spiegelchen dabei hin und her. Die grünlichen Augen – früher gewiß groß und schön – sind jetzt von Fettpolstern, wie durch Bienenstich verengt und eingequetscht (*Bieneschtisch, des is doch aach was Gudes!*). Noch immer hat Frau Klatt eine kräftige, schöne Nase mit geradem Rücken und geblähten Flügeln. Ihr Mund ist erfahren und selbstgewiß – auch wenn sie ihn jetzt wieder überstreicht, ohne Sinn und Scham, nun auch noch unter der Nase zwei Zacken nach oben, ziegelrot. Es färbt sofort auf die Zähne ab.

Zufällig gerät ihr Blick über den Spiegelrand.

»s gibts n da ze gucke?«

Fertig ist sie. Sie legt den Spiegel ab, steckt den Lippenstift in die Hülse, reibt die Lippen übereinander. Die Butterfarbe. Ihr Busen bläht sich unter der Nylonbluse, deutlich erkennbar ist die große Form des Büstenhalters.

Die Oberarme stecken stramm in den Ärmeln, zwei weiche Keulen. Entschlossen hantieren die ziemlich kleinen Hände, in Gelenkfalten wie in Futteralen; sie fahren hin und her.

»Was gibts n da zu gucken?«

»Ach nix, nix.«

Kuhlwein dreht den Kopf krampfhaft zur Seite, faltet die Zeitung zusammen, schiebt sie, ohne hinzusehen, in die Aktentasche im rechten, unteren Schreibtischfach. Er steht auf, tut ein paar Schritte, spült die Tasse, Untertasse, Löffel im Waschbecken – das kommt auch wieder in das untere Schreibtischfach. Er knüllt die Alufolie zu einem Ball, wirft den Ball in den Papierkorb neben dem Fenster.

Offiziell dauert die Frühstückspause von 9:00 bis 9:15. Dazu kommen, aufgrund einer Betriebsvereinbarung (freiwillige Sozialleistung unserer Firma), fünf Minuten Gehzeit, zum Aufsuchen der Kantine, oder der Automaten für Getränke, Yoghurt, Süßwaren, Zigaretten etc., die sich im 2. Stock befinden. Die Arbeiter (›gewerblichen Arbeitnehmer‹) gehen zum Frühstück in die Kantine. Die Angestellten bleiben in ihren Büros.

Auf Frau Klatts Reisewecker ist es 9:19.

Kuhlweins Armbanduhr zeigt 9:21.

Frau Klatt hat sich eine Zigarette angesteckt, sie pafft daran herum, die Lippenfarbe ist klebrig, hinderlich. Rauchsträhnen gehen zickzack durch die Luft. Die Lippenfarbe wird bald abgeleckt sein.

Natürlich kann man nur wissen, was man selber denkt. Aber ansonsten – man kann vermuten.

Um 9:28 Reiseweckerzeit – die Klatt wirft einen überdeutlichen Blick darauf – schlappt draußen der Laufschritt. Tür auf. Fräulein Mauler stürzt rein, gerötet, erhitzt, ein bißchen atemlos. »Immer dasselbe ... fürs ganze Haus nur eine Zelle ... halbe Stunde bis man dran kommt ...« Sie übertreibt etwas, mit der Empörung und der Atemlosigkeit.

»Zu was müssen Sie auch immer so viel telefonieren?!« (»müssese« – »aach immee«)

Fräulein Mauler am Spind, beim Verstauen der beweglichen Nappatasche, macht eine schnelle Wendung, sodaß ihre Haarfahne fast waagrecht herumfliegt.

»Das geht Sie gar nichts an!«

»Tchetche.« Die Klatt schaut da gar nicht groß auf. Was soll sie sich streiten, wegen sowas. Sie redet halbblaut, beim Wühlen, in ihre geöffnete Schublade hinein.

»Was wirds denn schon sein. Dreimal darfste raten.«

Später muß auch die Klatt mal los. Ächzend hat sie sich ihren Koffer hochgeholt, ächzend hat sie sich aus dem Rollstuhl erhoben, jetzt zieht sie ab, mit stampfender Gangart.

Meist trägt sie Hosen, wegen der dicken Beine. Heute sind die grasgrünen wieder dran, zur blassen Nylonbluse. Bei dieser Hose ist das ein starkes

Gewackel. Man kann da fast alles sehen, die Hinterbakken sind vom Slip schräggeschnürt.

»Wenn einer was will – ich bin mal verschwinden.«

Tür zu, Glas scheppert, draußen verhallende Schritte.

Es folgt eine Stille – eine genau dosierte Stille.

Dann sagt die Mauler:

»Wie die sich immer anzieht – verboten.«

Kuhlwein sagt nichts. Er hat eine dick mit Formblättern gefüllte, zerkratzte Klarsichthülle vor sich, und beginnt mit ihrer Bearbeitung, indem er einige der Blätter nach links, andere nach rechts, und den Rest in die Mitte vor sich legt.

Nach einer weiteren genau bemessenen Pause sagt Fräulein Mauler:

»Und *Zeit* läßt die sich auch immer, auf dem Klo.«

Kuhlwein sagt nichts. (Weiß schon. Augen auskratzen.)

Er ist mit seiner Arbeit beschäftigt.

Was ist denn das nun für eine Arbeit, mit der sich Kuhlwein da beschäftigt?

Diese Arbeit, mit der er sich an diesem Vormittag – wie jeden Dienstag – beschäftigt, hat etwas mit der Kostenverrechnung zu tun. Hat etwas damit zu tun, daß jede Abteilung der Firma wie eine eigene Firma betrachtet wird, jeweils mit Budget, mit Einnahmen, Ausgaben, Gewinn und Verlust.

Was Kuhlwein vor sich hat, sind die Formblätter Z 20/7267, die wöchentlich von jeder Abteilung – und Unterabteilung – auszufüllenden Formulare mit den Angaben, wieviele Tarif-Arbeitsstunden in der vorausgegangenen Woche für jede einzelne Kostenstelle geleistet worden sind; dabei kann eine Abteilung über eine oder mehrere Kostenstellen verfügen. Die Stundenzahlen sind natürlich Schätzungen, d. h. willkürliche Annahmen, jeder Kostenstellenleiter, bzw. seine Sekretärin kann das nach Gutdünken eintragen – nur die Summe muß stimmen, d. h. sie muß die wöchentliche Gesamtarbeitszeit der betreffenden Abteilung ergeben. Die ermittelten Anteile der Arbeitszeitkosten werden von Kuhlwein auf Kontenblätter übertragen. Er setzt sie in die Debetspalte des Kontos der Kostenstelle, für welche diese Arbeit geleistet wurde, sodaß der betreffende Kostenstelleninhaber mit dem entsprechenden Betrag belastet werden kann. Monatlich ist daraus für jede Kostenstelle ein Saldo zu bilden. Diese Saldi sind dann an die Rechnungsstelle II, am Ende des Ganges, weiterzureichen, damit diese – unter Zuziehung von Materialkosten, Reisekosten, allgemeinen Umlagen etc. (d. h. Daten, welche aus den Nachbarbüros stammen) – einen Gesamt-Kontoauszug erstellt, der dann den Kostenstelleninhabern übermittelt wird.

Hin und wieder hört man mal was darüber, daß es danach Ärger, Proteste, Widerspruch gegeben hat. Zwischen den Sekretariaten wird herumtelefoniert, dann auch zwischen den Abteilungsleitern – zuweilen in großer Lautstärke, weil sich die Betroffenen zu Unrecht belastet fühlen, oder weil sie bestimmte Kosten *grundsätzlich* nicht tragen wollen; die Betroffenen – so wird erzählt – kündigen an, sie würden es der feindlichen Abteilung in der nächsten Abrechnungsperiode *heimzahlen* – worauf dann diese wieder *im Gegenschlag* ...

Aber mit allen diesen Weiterungen hat Kuhlwein nichts mehr zu tun. Für seinen Teil an dem ganzen Vorgang benötigt Kuhlwein jeden Dienstag dreieinhalb Stunden – die Zeit zwischen Frühstück und Mittagessen. Zu Mittag ißt Kuhlwein seit zwanzig Jahren in der Schicht von 12:45 bis 13:15.

Das ist also seine Dienstagsarbeit.

An dieser Arbeit ändert sich nicht viel – nur ab und zu neue Formblätter.

Es gibt eine ›Organisationsstelle‹, die sich immer neue Formblätter ausdenkt.

Kuhlwein, bei seiner Arbeit, muß kaum etwas denken.

Aber diese Arbeit muß auch getan werden.

Er kann das schon fast im Schlaf.

Es verändert sich da nicht viel.

Es muß eben auch getan werden.

Die meisten Zahlen sind immer die gleichen.

Wenn er es nicht tut, muß es jemand anders machen.

Diejenigen, die die Zeitwerte eintragen, meistens d. Sekretärinnen, schreiben auch von älteren Bogen ab.

Da gibt es kein Problem, das Problem liegt woanders.

Eigentlich müßten die ausgefüllten AZ-Formulare immer am Tag zuvor, also jeweils bis montags abends, bei Kuhlwein eintreffen. Es treffen jedoch nicht alle ein. Gewisse Abteilungen, beziehungsweise ihre Sekretärinnen sind da sehr nachlässig. Angeblich vergessen sie es immer wieder. So wird es oft Dienstag früh, daß der Holzer, der Bürobote, die letzten ausgefüllten Blätter mit der Hauspost bringt. Im Lauf der Jahre hat Kuhlwein sich damit abgefunden, daß er mit dieser Arbeit eben nicht vor dem Frühstück anfangen kann. Er hat sich darauf eingerichtet, dienstags immer erst *nach* dem Frühstück mit dieser Arbeit anzufangen.

Doch mit der Zeit wird es immer schlimmer.

Es bleibt nicht bei diesem Aufschub. Die jüngeren Mitarbeiter werden immer unzuverlässiger. Es kommt immer häufiger vor, daß selbst *nach* dem Frühstück noch Formblätter fehlen, und Kuhlwein hinter diesen Schludrianen hertelefonieren muß. Manche Schludriane kennt er schon, und diese fängt er schon montags an zu mahnen. Aber es werden mehr.

Es entwickelt sich eine bestimmte *Dienstagsstimmung*. Ein Innen-Zerren.

Es ist schon so, daß sich beim Erwachen ein ziependes Gefühl auf der Haut einstellt, die Haut scheint zu spannen, es entsteht ein Juckreiz, eine Art Nesselfieber – oder Migräne. Das Dienstagsgefühl ist zuverlässig zur Stelle (– und am Abend ... eine Art Lockerkeit ...)

Entsprechend die Stimmung am anderen Ende der Leitung. Zunehmende Verärgerung.

»Ach, Sie schon wieder!«

»Gewiß, ganz recht, jaja.«

»Sie können einem aber auch ganz schön aufn Wekker gehn mit Ihrem ... Ihren ... – sowas von *stur*! Diese *Sturheit* von Ihnen!«

Kuhlwein geht darauf nicht ein.

Es ist der normale Dienstags-Verlauf.

Jetzt wird am anderen Ende des Telefons der Hörer abgelegt, es wird murmelnd und schimpfend in Papierstößen gewühlt. Es wird – »wo isn das jetzt wieder« – aufgestanden – Kuhlwein drückt den Hörer fester ans Ohr, um auch entferntere Geräusche zu verfolgen. Kuhlwein verfolgt akustisch die Suchaktion. Vor sich hat er die Liste. Die Liste mit allen Namen, Abteilungen, Kostenstellennummern – jeweils mit einem Kreuz, oder noch nicht.

Er horcht mit niedergeschlagenen, fast geschlossenen Augen, auf das ferne Rufen, Lachen, Schimpfen. Er tupft mit der Spitze eines frisch gespitzten Bleistifts auf die Stelle seiner Liste, wo das Kreuz fehlt, er macht dort viele Punkte, einen Stoppelbart.

Wenn da nichts mehr hinpaßt, und die Verhandlun-

gen sich noch immer hinziehen, füllt er die Zwischen-
räume im Kopf des Bogens aus: D–R–A–M–A–G.

Er verfolgt – akustisch – die Rückkehr des Betreffenden zum Telefon. Er lauscht den Bitten um Aufschub,
den Ausreden, Gegenangriffen (»... schließlich noch
was anderes zu tun, als Ihre blöden Formulare ...«),
Bagatellisierungen (»... so wichtig is es doch auch
nicht ...«). Kuhlwein bewegt seine Lippen dicht an der
Muschel: »... tus auch nicht zu meinem Vergnügen.
Wird eben gebraucht.«

Dann kommt das Endstadium. Kuhlwein dreht den
Bleistift um, tippt mit dem stumpfen Ende aufs Papier,
in der Reihenfolge der immergleichen Kompromiß-
Vorschläge:

»Heute mittag« – »Nach elf Uhr« – »So schnell wie
möglich« – bis er den gewünschten und erwarteten Satz
im Hörer hat:

»Also gut, Sie Nervensäge! Ich machs sofort!«
Kuhlwein legt auf. Macht das Kreuz. Die meisten dieser Leute am anderen Ende hat er noch nie gesehen.

Frau Klatt, in grünen Hosen, mit rotem Koffer, ist zurückgekehrt.

Fräulein Mauler unterbricht ihr Maschinenschrei-
ben. Aus ihrem Haarzelt erhebt sich der Arm mit dem
Armbandührchen, abgewinkelt.

»Da hat jemand nach Ihnen gefragt.«

Die Klatt steht am Waschbecken, der grüne Hintern

wackelt, vom Händewaschen. (Im Klo sind wieder mal die Papierhandtücher ausgegangen.) Sie fragt »so, wer denn«, ohne sich umzuschauen. Sie trocknet sich sehr sorgfältig die Hände mit dem Handtuch, das sie von dem Haken mit ihrem Namensschild genommen hat. Sie trocknet mit aller Kraft, holt sich dann eine Hand vor die Brust, untersucht sie auf mikroskopische Unstimmigkeiten, durch Hin- und Herbiegen. Sie wackelt auf ihren Platz, setzt sich mit einem mißmutigen Geräusch. Sie klappt einen Karteikasten auf.

»Man wird doch noch mal verschwinden dürfen« (»Ma werd« – »verschwinde derfe«).

»Ich weiß auch nicht, wers war.«

Kuhlwein blickt auf, betrachtet stirnrunzelnd Fräulein Mauler. Sie rattert stoßweise auf ihrer Maschine. Zwischen zwei Ratterstößen dreht sie den Kopf ein bißchen zu ihm hin – durch einen Spalt im Haar sieht er, wie sie ein Auge zukneift.

(Weiber.)

Es ist 9:52.
    10:35
    11:05
Frau Klatt hat sich mit ihrem Stuhl dicht an den Schreibtisch gerollt, ihre Brüste ruhen bequem auf der Platte. Ihr Kopf ist etwas gekippt und dreht sich hin und her. Hin und her.

Seit einiger Zeit werden die verschiedenen Tätigkeiten in dieser Firma genauer analysiert. Art und Dauer der Einzeltätigkeiten liefern die Handhabe zu einer Stellenbewertung; d. h. letzten Endes zur Festsetzung des Gehalts.

Das ist es, womit Frau Klatt beschäftigt ist. Sie hat einen Packen AZ-Verteilungsbogen vor sich; darauf sind vom jeweiligen Vorgesetzten die monatlich abgeleisteten Zeiten eines jeden DRAMAG-Mitarbeiters angegeben. Die Zeiten sind aufgegliedert nach Tätigkeitsarten. Frau Klatt hat diese Angaben zu überprüfen. Zuerst prüft sie: Ergibt die Summe der Einzeltätigkeiten die Monats-Gesamtzeit von 165–190 Stunden? Danach prüft sie die Angaben auf Veränderungen – anhand der früheren Formblätter. So ergibt sich ihre Kopfbewegung – durch den Vergleich. Dabei bewegt sie die Lippen.

Lautlos liest sie:

Besprechen mit Vorgesetzten – 5 Stunden; Ablegen – 5 Stunden; Eintragen – 5 Stunden; Rechnen – 3 Stunden; Verteilen, Übersenden – 4 Stunden; Unproduktive Zeiten – 2 Stunden.

Die DRAMAG beschäftigt 822 Arbeiter und Angestellte.

Also hat Frau Klatt 822 Verteilungsbogen im Monat zu prüfen.

Sie benötigt dazu 5 Arbeitstage.

Die Sonne scheint ins Büro. Sie beleuchtet die bunte Postkartenwand und Frau Klatts lockeres Haargebäude.

»In 8 Tagen gibts wieder Geld«, sagt Frau Klatt. Und weiter – unter der Sonnenhaube – redet sie davon, wie lang der März immer dauert – nach dem Februar, der so schön und schnell vorbei ist. Das merkt man schon, ob man mit demselben Geld drei Tage länger auskommen muß!

»Wenn ich so rechne – bei dreißig Mark, die am Tag draufgehen – dreimal dreißig – bald hundert Mark – da kann man sich schon was Nettes dafür kaufen. Hundert Mark haben oder nicht haben – macht zweihundert.«

Sie wartet, ob jemand was dagegen hat.

Es kommt nichts.

»Da meinst du Wunder was du hast. Was brauchst du schon für den Haushalt – sieben achthundert – je nachdem, was man dazurechnet: Friseur, Reinigung, das Bier für Fritz. Aber danach gehts ja erst los! Die ganzen Versicherungen: Leben, Unfall, Haftpflicht; Gott weiß was alles. Miete, Heizung, Umlagen, Zeitung, Fernsehen. Dann noch das Geld, was man verraucht. Na gut, was solls. Heut sparst du fünf Mark – morgen schmeißt du zehn zum Fenster raus. Sonntags klingeln die immer – im ganzen Treppenhaus hört man, ob die ›Danke‹ sagen oder nicht. Letzte Woche ging auch noch der Fernseher kaputt. Ich hab ja gleich angerufen, am nächsten Tag war der Mann da, und wupps – wieder zweihundert Mark fort! Ein Trauerspiel ist das!«

Frau Klatt zündet sich eine Zigarette an, träumt ein bißchen.

Sie merkt nicht, daß Fräulein Mauler sich ärgert – hinterm Haar.

»Ihre Sorgen möchte ich haben! Zwei, die verdienen, und keine Kinder. Ich muß fast alles zuhause abliefern.«

»Na und?« – Die Klatt ist jetzt wach und böse.

»Was brauchen Sie dann noch? Wohnt bei den Eltern, hat alles frei! Essen, Trinken, Sanitär kost Sie nix – den Rest können Sie verjubeln! Bei uns ist das schon kaum mehr drin.

Zum Beispiel: Hatt ich keine Lust zum Kochen, sag ich zum Fritz: Gehn wir mal auswärts essen – schon ist wieder ein Fünfziger weg! Futsch! – Und dann gehts weiter: Er braucht n neuen Anzug – ich brauch n neuen Mantel – er braucht neue Schuhe – ich ne neue Handtasche – und vom Auto hab ich noch gar nicht geredet; davon wird man ja arm!«

»Warum haben Sie dann ein Auto?«

»Was?« – Jetzt ist die Klatt aber ehrlich empört. »Na hörn Se mal! Solln wir vielleicht aufs Auto auch noch verzichten? Irgendwas muß der Mensch doch haben von seim Leben! Wozu schaffen wir denn den ganzen Tag?« (». . . schaffe mer denn de ganse Daach?«)

Darauf ist nichts mehr zu sagen. (Diese Art von Feststellung, eine gewisse Betonung, Stimm-Anhebung! Diese Art von Fragen am Schluß – wie soll man dagegen aufkommen? *Man müßte immer noch vorwurfsvoller sein!*)

Eine bestimmte Stille. Wieder weißgrauer Himmel.

Eine bestimmte, geladene Stille und Arbeitsgeräusche. Fräulein Mauler schießt Salven mit der Schreibmaschine. Frau Klatt bewegt murmelnd den Kopf hin und her. Kuhlwein überträgt seine Zahlen mit seiner schrägen, fliehenden Schrift.

Es ist jedoch gewiß, daß noch was kommt.

Da hängt noch was in der Luft. Etwas muß geschehen, um das Kapitel abzuschließen. Zu diesem Thema: Es fehlt noch einer.

»Was meinen Sie denn dazu, Herr Kuhlwein?« Die Mauler streicht sich das Haar aus dem Gesichtsfeld und guckt ihn aufmerksam an.

»Sie haben noch gar nichts gesagt.«

Eine Gereiztheit, Verächtlichkeit, ein verzogener Mund, eine Art von Fauchen. Kommt es, weil er schweigt? Hat es andere Gründe?

»Der? Natürlich sagt der nichts!«

Die Klatt, plötzlich sehr laut, mit Muskelstimme, rachsüchtig ... niedrig ... klatschende Wortlappen: »Nadierlisch saacht der nix! Dem gehd doch nix ab! Vadder un Mudder dood – kaa Frau, kaa Kind un Keeschel – der kann doch alles allei verputze!«

Kuhlwein legt den Kugelschreiber weg.

Er schaut die Klatt an, weiß im Gesicht, der Kopf zittert.

»Du bist still! Du bist ganz still!« – Er steht steil auf, stößt den Rollstuhl zurück, schnelle Schritte – er ist draußen.

So hat ihn Fräulein Mauler noch nicht gesehen.

»Was hat denn der?«

»Der? – Der muß wohl mal«, sagt die Klatt, und darüber können sich die beiden nun wirklich ausschütten, und jedesmal, wenn sie japsend am Ende sind, muß doch wieder eine von neuem anfangen zu kieksen, und es geht wieder von vorne los. Währenddessen öffnet sich die Türe, und Frau Klepzig kommt herein. Sie wohnt im Büro nebenan, zusammen mit Herrn Maier; sie ist eine winzige, feinknochige, vogelige Person – wie alt, ist schwer zu sagen. Manche Frauen sind immer fünfundvierzig.

»Na sowas! Ihr lacht ja wie die Hühner!«

Sie prusten noch einmal ein bißchen, aber die Klatt gibt stöhnend auf. »Ich kann nicht mehr.«

Frau Klepzig hat einen ›grünen Daumen‹. Sie ist für die Pflanzen in der Abteilung zuständig. In ihrem eigenen, und Herrn Maiers Büro sieht es aus wie im Botanischen Garten. Die Pflanzen auf dem Fenstersims waren alle mal Ableger ›von ihr‹.

Bis jetzt ist das ein dunkelgrüner Kaktus mit

wenigen, sehr dicken Stacheln; ein keulenförmiger, längsgerippter Kaktus mit dichtem, wolligem Haar; ein Weihnachtskaktus, der jetzt (im März) mit vielen rosa Knospen übersät ist; ein sukkulentes Bäumchen mit dicken, daumenförmigen Blättern. Es ist scheints in einem schlechten Zustand, das Bäumchen. Einige der Daumenglieder sehen mulschig aus.

In ihrem dunkelgrünen Schneiderkostüm, auf hochhackigen Stiefelchen, trippelt Frau Klepzig zu ihren grünen Zöglingen. Sie paßt ohne Mühe in den schmalen Zwischenraum zwischen den Schreibtischen und dem Fenster. Sie hält die Finger an die Erde in den Töpfen wie an den Puls. Als sie unter dem sukkulenten Bäumchen fühlt, zuckt sie zusammen; sie wendet sich zu den Schreibtischen um, die Hand im Topf, blickt vorwurfsvoll von der einen zur anderen.

»Wer hat denn da schon wieder *gegossen*! Die sind ja *klatschnaß*!«

Natürlich war es niemand.

»Warn sicher die Putzfrauen«, sagt die Klatt.

Frau Klepzig hebt beleidigt die Achseln. »Meinetwegen. Dann verfault es eben.«

Aber dann kann sies doch nicht lassen, aus der Jakkentasche ihres Kostüms ein Scherchen zu zücken, die kranken Pflanzenteile zu amputieren, die breiige Erde anzuheben, zu lüften. *Was haben die nur mit dir gemacht! Die Barbaren. Als ob du eine Sumpfpflanze wärst! Den Papyrus haben sie vertrocknen*

lassen, und du wirst ersäuft! Kein Herz, kein Gefühl,
kein ...

Uhrzeit 11:25. Die blaue Wand von VOIGT
& KISTNER strahlt und leuchtet, *alpin.* Noch 5 Stunden und 35 Minuten bis Feierabend. Frau Klepzig verläßt traurig den undankbaren Raum.

Im scharfen Frühlingslicht sieht man überall Staub.

»Duk duk duk« sagt das Waschbecken.

Meldet sich da nicht ein feiner, süßer Schmerz in der
Zahnwurzel?

Ein Rauchfaden ringelt sich wie ein Honigfaden,
umgekehrt.

Schmerzhaft wird eine Blähung unterdrückt; jedoch
der Geruch ...

Striemenbündel am Boden vor den Schreibtischen;
auf ihren Stühlen sitzend, scharren sie wie die Pferde.

Ganz still ist Kuhlwein zurückgekehrt. Niemand hat
es bemerkt.

Es ist 11:35.

*Die Nerven, ihr Leute, die Nerven. Der Lärm, Leu-
te, der Lärm.* Jedes Seiten-Blättern, jedes Kritzeln und
Aktenknacken macht einen Riesenlärm. Hörst du nicht
das Zerren der Nähte? Na – na – wie lang hält das noch?
– Und dann, wie gehts dann weiter?

Für geschärfte Ohren gibt es das immer noch feinere
Geräusch. Wir sind Insekten. Für Insekten ertönt der
winzige Gesang:

Wim wam; wim wam.

Er stammt von Fräulein Maulers Nagelfeile. Ein neben den vielen anderen Geräuschen kaum erwähnenswertes Geräusch.

Wim wam; wim wam; wimwam.

Es ist, für das mißtrauische Ohr, kaum wahrnehmbar – und doch sofort unerträglich.

Unerträglich!

Natürlich sagt das hier keiner. Wer will sich denn schon eine Blöße geben – wegen so einer Kleinigkeit?

Allerdings ist man nahe dran. Man ist ganz nahe dran, kann sich nur mühsam im Zaume halten – *Wir stehen dicht vor dem Ausbruch des aller-häßlichsten, schartigsten Keifens: Herrgott, wann hört das endlich auf, dieses widerliche Gefeile! – Schluß jetzt! – Was soll dieses Feilen, an diesen immer spitzeren Nägeln! – Aufhören! ... sonst ...*

Aber keiner sagt ein Wort. Höchstens, daß die Klatt mal den Kopf hebt, zur Mauler hinüberstarrt – mit tödlichem Blick. Die Mauler merkt davon nichts. Sie schaut auf die Arbeit ihrer Hände, sie ist, hinter der Schreibmaschine, fast versunken. *Wir müssen uns zusammennehmen.* Wenn man sich hier schon gehen ließe – wo würde das enden? – Anlässe gibt es viele.

Zum Beispiel das Nasenschnauben.

Etwa das affektierte kleine Schnauben einer jungen Dame namens Mauler – als sei da was drin in dem Näschen – wo doch überhaupt nichts drin ist, wo es doch

unergiebig ist, und sie sich überhaupt nicht zu schnauben brauchte – tuts aber doch.

Andererseits Herrn Kuhlweins Schnauben. Er
schnaubt sich nur, wenn es sich lohnt. – Aber dann,
wenn er sich geschnaubt hat, was macht er dann? Ja
dann – faltet er das benutzte, gut gefüllte Taschentuch
sorgfältig zusammen, um den Inhalt zu sichern – wie
früher die Bäuerinnen, oder Auswanderer, mit ihrer
Habe in Bettüchern, die über Eck geknotet waren ...
Kuhlweins Taschentuch ist also zu einem kleinen, vier-
eckigen Päckchen geworden, mit dem nunmehr, ein
letztes Mal – *strich strach* – unter der Nase entlangge-
fahren wird – eine kleine Abschlußdemonstration, die
sehr befriedigt – um schließlich das Päckchen mit Sorgfalt in der Hosentasche zu verstauen, wobei sich Kuhlwein vom Sitz erheben muß, weil die Hosentaschen
beim Sitzen abknicken.

Schlimmer kann es nicht werden.

Meinen Sie?! – O doch! – Es kann.

Eine weitere Steigerung. Nochn Zahn mehr: Nun
macht Frau Klatt ein Geräusch.

Was ist das für ein Geräusch, mit dem wir es täglich
von neuem aufnehmen müssen? – Es ist das Geräusch:
Schabeschabeschab – fuit – Schabeschabeschab – fuit.
Das *Radiergeräusch* der Frau Klatt. Es ist das, was man
wahrnimmt, wenn sie mit ihrem alten Radiergummi
auf dem Papier schmiert, *und mehr klebrig darüber-
schmiert als wegradierd wel ler lalliergingie wool laale*

all ill ung nings mehl megschningd ung gang las Fegpussen vommen abragierden Gummenstaub un Gummiwälzchen wegpusten – fuit!

Doch nun der Höhepunkt.

Denn das ist doch die stärkste Zumutung: die Manier, mit der Kuhlwein *eine Orange schält.*

Soeben hat er damit begonnen. Langsam wickelt er, mithilfe eines altmodischen Taschenmessers (so einem mit beiderseitigen rissigen Griffverkleidungen aus Horn) die Apfelsinenschale ab; d. h. er dreht die Frucht gleichmäßig – *schrull schrull* – über die Messerklinge, sodaß eine immer längere Schalengirlande schraubig herunterwippt, während bei jeder Drehung kleine Wölkchen von Apfelsinennebel aufsteigen und mit ihrem unwiderstehlichen Geruch den ganzen Raum erfüllen.

Das war das Vorspiel. *Es folgt der Hauptteil.*

Kuhlwein legt die nackte weiße Frucht vor sich auf den Schreibtisch. Mit der anderen Hand hält er die Schalengirlande: Er fügt sie wieder zusammen, zu einer öligen rutschigen Narbenkugel, er *schlenzt* den schlaffen hohlen Ball in den Papierkorb – *sicher nur ungern, gewiß mit schwerem Herzen – o Maria, gebenedeite, heilige Mutter Gottes, bewahr uns vor dem Übel, behüte uns vor Tollwut und Wahnsinn ...*

Kuhlwein hält die Apfelsinenfrucht in seiner hohlen Hand. Sie ist gelblich weiß, mit Verletzungen, stellenweisen Bloßlegungen der Saftkammern, zur Hauptsache

aber mit Gürteln der gelblichweißen, faserigen Schutz-
schicht, die unter der Schale das Fruchtfleisch bedeckt,
und die er nun sorgfältig, mit der kleinsten Messerklinge (es gibt drei Klingengrößen an Kuhlweins Messer) abfieselt – so gut es geht, abfieselt.

So.

Jetzt kann er die Frucht auseinandernehmen.

Er kann die Apfelsinenmöndchen, eins nach dem anderen aus dem Ring herauslösen – wobei an den neu
entstandenen Rändern jedesmal noch etwas von dem
Faserzeug abzupuhlen ist – *schnell, schnell in den Mund
damit, Möndchen für Möndchen in den Mund, der sich
kreiselnd bewegt, nichts anderes mehr kennt als Apfel-
sine, der schon ganz voll ist, von den vielen, saftenden,
quietschenden, säuerlichen und heftig süßen Apfelsi-
nen-Nierchen, die er eins nach dem anderen zerdrückt
zu einer halbflüssigen Masse, worin Zunge und Zähne
noch nach Kernen suchen . . .*

Das genügt.

Es ist soweit:

2.1 Der tägliche Mord

Zuerst wirkt es noch wie ein Scherz, mit einer Attrappe.
Denn wie sich die Messerspitze langsam – langsam in
die Haut über der Halsschlagader drückt, sieht es

sekundenlang aus, als sei sie so stumpf, daß sie gegen diese zähe alte Lederigkeit nichts ausrichtet. Immer tiefer dellt sich der bläulich pulsierende Schlauch ein, ein Trichter entsteht, in dem die Haut sich strammt, dabei heller wird, fast weiß, während es sich beiderseits dunkel zu stauen beginnt – *da reißt sie auf*. Die Haut spaltet sich, die Schnittränder klaffen auseinander, und jetzt springt das Blut heraus: Ein scharfer Strahl färbt alles ein – Messerklinge, Finger, Handrücken, Bluse, Hemd, Gesichter. Es beginnt der Kampf und das Geschrei. Die Hände des Opfers schnellen zum Hals, greifen nach der anderen Hand, die das Messer eindrückt, wollen sie wegziehen, wegdrücken, bewirken aber nur, daß ein noch längerer, noch breiter klaffender Einschnitt entsteht, als ob sie bei der sachgemäßen Abtrennung des Kopfes behilflich sein wollten. Das Geschrei ist jetzt schon überall, springt herum, mehrstimmig, im Chor, scheint aus dem Mund, aus dem Schnitt, von allen Seiten zu kommen und anzuwachsen – *nicht nur das Opfer schreit, auch die Zuschauer schreien, und auch der Täter schreit, der Täter, oder die Täterin – das nächste Opfer.*

In die Stille geht die Tür auf.

Der Bote Holzer tritt ein, mit einem Packen Hauspostumschlägen, Mappen, Aktendeckeln.

»Ei, was riechts hier so gut nach Orangen«, sagt er, oder vielmehr: »Ei wath iichs ie tho huud aach Ohanche« – wegen der Hasenscharte.

Holzers Hasenscharte: Man hat sich schon so dran gewöhnt, es fällt einem kaum mehr auf. Wenn ein Neuling noch mal darüber kichert, Bemerkungen drüber macht: Als Altgedienter versteht man das zuerst gar nicht. Wie? Was meinen Sie? Ja sicher. Die Hasenscharte. Na und? Was gibts darüber noch zu reden?

Mit Martha ist es eine ähnliche Geschichte. Unsere Martha, das ältliche Faktotum, altes Mädchen für alles, eigentlich in der Literaturabteilung, doch überall zu Hause, überall bekannt. Ein heiteres Fräulein, stets gut gelaunt. – Still. *Hören Sie sie?* – Irgendwo im Haus, weiter weg, oder näher, können Sie sie immer hören. Wie sie singt, wie sie jodelt und jubiliert, wenn sie durch die Gänge marschiert.

Holdrio – holdrio, der Lenz ist do; das Wandern, das Wandern von einem Ort zum andern;

Ein' feste Burg ist unser Gott, und unser Wehr und Waffen.

Wenn sie dann irgendwo eintritt, immer mit einem fröhlichen Lachen, mit einem kräftigen: Grüß Gott Ihr Leut! – sie ist schon was Gesundes, die Martha.

Und wir? Was machen wir? Stößt man sich an? Blinzelt man sich zu? Ist da jemand, der lächelt? – Nichts. Man hat sich dran gewöhnt. Man gewöhnt sich hier an alles. Auch an Mißgeburten und Sonderlinge. Eine Frau mit Kropf. Eine ohne Hals. Ein Mann, der bei jedem Satz bösartig knurrt. Leute mit Fistelstimme, Bucklige, schrecklich Aufgedunsene, Menschen mit allen Arten von Ticks – uns kann nichts mehr erschüttern. Wir sind gefaßt.

Es ist gleich 12.

Essenszeit.

In der Firma legt man Wert darauf, daß ein Büro nie ganz verwaist. Jemand soll immer da sein, der das Telefon bewacht. Es geht also jeder für sich zum Essen, und Fräulein Mauler ist als erste dran. »Zeit zum Essen, Maulersche«. Fräulein Mauler tut überrascht. Sie nimmt die Hände von der Maschine, sitzt einen Moment still. Sie holt ihre wandelbare Tasche, schlappt zum Waschbecken, wäscht sich die Hände, kämmt sich mal über, hält das Gesicht nahe ans Spiegelglas, streicht mit zehn Fingern drüber, und wandert befriedigt los: *»Mahlzeit!«*

2.2 Das Zeitwort

›Mahlzeit‹ läßt sich auf verschiedene Weise sagen. Was gibt es da nicht alles für Stimmlagen, Tonarten, feuchte und trockene Aussprachen, Verstümmelungen, Maniertheiten! *Mahlzeit,* als zweisilbiges Wort, kann auf der ersten oder der zweiten Silbe betont werden. Die

Betonung auf der ersten Silbe ist das Übliche. Die Silbe kann kurz und komprimiert gesprochen werden: *Mall*; sie kann aber auch gedehnt werden: *Maahl*. Nach dem Essen wird sie häufiger gedehnt, als vor dem Essen.

Die Betonung auf der zweiten Silbe ist seltener; sie hat dann einen auffordernden, gereizten, fast militanten Beiklang. Hierbei kann das *-zeit* in der gleichen Tonlage wie *Mahl-* gesprochen werden – es kann aber auch in höherer Lage, ja sogar mit ansteigender Tonhöhe gebracht werden, wobei das Schluß-*t* nachklingen, und sich – wie im Munde Willy Brandts – geradezu wie *ts* anhören kann. Häufig ist es so, daß ein mit *Mahlzeit* Angesprochener auf diese Weise – also mit einer gewissen Schärfe – antwortet, wie auf einen ungerechtfertigten Vorwurf.

Das Wort *Mahlzeit* wird etwa zwischen elf und fünfzehn Uhr gesagt. Man spricht es, mit nach hinten gedrehtem Kopf, wenn man sein Büro verläßt, oder wenn man in dem erwähnten Zeitraum einem Kollegen begegnet. Das kann im Fahrstuhl sein, vor den Zigaretten-, Getränke- und Süßigkeits-Automaten im 2. Stock, im Toiletten-Vorraum, neben einem anderen, nach dem Händewaschen, oder – unter Männern – auch beim Urinieren, bzw. genauer: beim Zuknöpfen der Hose und Fortgehen. Selbstverständlich wird es gesagt, wenn man sich in der Kantine zu Tisch setzt. Gesagt wird es auch von einem, der sich vorzeitig, also noch vor Ende der Mittagspause vom Essenstisch erhebt –

was nicht üblich ist –, wie eine Bitte um Erlaubnis an die Tischrunde: Ja, ich muß heut leider schon weg – also *Mahlzeit* zusammen. Und schließlich wird es beim allgemeinen Aufstehen vom Mittagstisch, untermalt vom Scharren und Quietschen der Stühle, in präzisem, blökendem Unisono gesprochen – niemand kann sich da ausschließen. – Hin und wieder, allerdings, gibt es Neulinge, oder Außenseiter, die Mahlzeit nicht sagen wollen, oder auf Mahlzeit absichtlich mit Guten Appetit! oder Guten Tag! antworten; in den Ohren der Kollegen nimmt sich das als Mißton aus.

12:35. Fräulein Mauler kommt zurück – wandelnde Haarpracht, hoch aufgerichtet, Triumph im Gesicht. Hat man ihr ein Kompliment gemacht? Hat sie einen dieser rückgratsteifenden kleinen Siege errungen? Eine gelungene freche Antwort, ein gelungenes Lächeln, hochmütige Bewegung des Handgelenks, Schwung der Schulter, des Haares – ein von weit her kommender, hoffnungsloser Männerblick ...

»Gibts heut zum Essen?« fragt Frau Klatt beiläufig.

Die Antwort hat sie morgens als erstes, im Vorbeigehen, auf dem Speiseplan am Schwarzen Brett gelesen, und danach noch ein paar Mal gehört. Aber man fragt das eben, zu dieser Tageszeit.

»Berner Rolle, Salat und Kartoffelbrei.«

»Und? Wars gut?«

»Es ging.«

Es hört sich an, als sei das nichts Wichtiges. Dabei ist das etwas sehr Wichtiges! Für viele Mitarbeiter ist es die Hauptsache! Laut oder leise wird davon fortgesetzt geredet: So, Berner Rolle, naja, nicht schlecht. Obwohl, die Zahnstocher, die die da reinstecken, damit es zusammenhält: Neulich hätt ich mir fast ein Loch in die Zunge gepiekt! Jedenfalls besser als gestern. Solber mit Kraut – dieses Zadderzeug! Und bestimmt zehnmal besser als diese Mischungen, die sich unser Koch manchmal ausdenkt: Süßsaure Suppen, Rindfleisch und Pflaumen, Reis und Spinat – wer mag denn sowas schon essen! Beliebt ist dagegen: Kalbsfrikassee, oder ein zartes Schweinelendchen mit Bratapfel, eine Schlachtplatte, fetter Grünkohl mit grober polnischer Wurst, und ganz viel knusprige Bratkartoffeln mit Schinkeneiern, eine Schweinshaxe, so groß wie ...

Punkt 12:45 macht sich Kuhlwein auf den Weg – *Mallzeit!* Frau Klatt hat ihre schlimmste Stunde vor sich. Die Klatt ist als letzte mit dem Essen dran. Irgendwann, vor vielen Jahren, sind die Essensschichten mal so eingeteilt worden, und dabei ist es geblieben.

Zu anderen Zeiten, wenn Kuhlwein fort ist, fängt sie schon mal ein intimeres Gespräch an, über Frauensachen; obs bei den anderen auch so lange dauert und so weh tut, mit der Periode; welche BH-Marke sie bevorzugt, und was sie von den Mädchen hält, die gar keinen anziehen; oder sie redet etwas offener von ihrem Mann, dem Fritz, diesem Schlappsack, oder fragt nach Fräulein Maulers Freund – wie es damit steht: *wie weit is es denn mit euch beiden?* Die Mauler sagt meist nicht viel dazu, die Klatt führt das Wort.

Aber jetzt wird daraus nichts.

Sie kann jetzt nichts anderes denken, nichts reden, nur vom Essen. Sie raucht verzweifelt, eine nach der anderen. Arbeit ist nicht drin.

»Herrjemineh, was hab ich für einen Hunger!«

»Mir is, wie wenn ich hohl wär. Könnt mir den eigenen Arm abbeißen. Und dabei hab ich doch ganz schön was auf den Knochen sitzen!«

»Maulersche, sage mal ehrlich: bin ich zu fett? Geh ich schon ausm Leim?«

»Sie haben schon recht, ich kann mir was leisten. Bin so gebaut. Ich könnt heute noch manchem den Kopf verdrehen.«

»Ich bin ja kerngesund. Zum Arzt geh ich nie. Das letzte Mal war ich vor vier Jahren bei einem, da hatte ich eine Grippe. Da wollte der mir doch eine Diät verschreiben!«

»Also, Diät, das wär für mich das Schlimmste. Wenn ich nicht mehr essen kann, worauf ich Lust hab. Bei Ihnen ist das noch anders, Sie sind noch jung, Sie haben noch andere Vergnügungen.«

»Zum Beispiel: wenn die ganze Welt so richtig mies ist, das Geld ist zu Ende, der Mann ist sauer, der Sonntag ist vorbei, nichts mehr, worauf ich mich freuen kann: dann muß ich *essen*! Da kann ich essen, *essen* – am liebsten was Süßes, wenns mir schlecht geht, was Süßes – Schokolade, Kuchen, Pralinen – stundenlang – immer weiter!«

»Andererseits, wenn ich mich wohlfühl, so rundum zufrieden, frisch aus der Wanne, Sonntagmorgen, im Bett hats auch so einigermaßen geklappt, frisches Geld ist da – dann muß ich auch was zu essen haben. Dann brauch ich eher Fleisch. – Überhaupt, das Wochenende, das ist das schönste: da darfst du dich ausruhen auf deinen Lorbeeren, wieder eine Woche vorbei, schön müd von der Arbeit; vielleicht, so im Vorbeigehen, kauf ich mir noch was Nettes im Kaufhof, einen schikken Pulli, Ohrringe, ein gesticktes Kissen für die Kautsch; und dann natürlich die ganzen Zutaten für das Sonntagsessen! Das is für mich das Schönste! Da bin ich in meinem Element, da mach ich uns ein saftiges, fein gewürztes Stück Schweinebraten, mit einer dicken, geschnittenen Kruste drin, mit Nelken drin, Kartoffelknödel dazu, und Sahnesauce, und Rotkraut, und ein Bierchen dazu – *eijeijeijei* – *was würd ich dafür jetzt geben* – *was deed ich darüber jetzt herfalle, was deed ich mirs Maul vollstopfe* … – ja, du lieber Gott: Es ist ja schon Zeit!«

13 : 10 zeigt der Reisewecker. Ein bißchen früh noch, aber die Klatt ist hoch wie der Blitz – »*Mahlzeit* – ich mach mich auf die Socken!« – sie hat schon die Türe

aufgerissen, nur raus will sie, nichts wie raus, über alle Hindernisse, Mensch oder Tier – soeben kommt Kuhlwein, sehr pünktlich, und die beiden quetschen sich, fast intim, in der Tür, aneinander vorbei: »Nana! Lassen Sie mich am Leben!« sagt Kuhlwein.

Gemächlich nimmt Kuhlwein Platz auf seinem Rollstuhl.

Er betrachtet alles, was auf dem Schreibtisch liegt, schiebt mit senkrechten Handflächen die Papiere zusammen, macht etwas Ordnung. Wie Händereiben: jetzt kommt die beste Tageszeit. Er ist mit Fräulein Mauler allein. Sie ist jung, sie ist noch weich, sie fühlt noch, verbreitet Wärme; sie hat die Gewohnheit, ihn grundlos freundlich anzulächeln.

»Na, Ihr beiden? Wen habt Ihr denn wieder durchgehechelt?« Die Mauler lächelt unterm Haar.

»Aber Herr Kuhlwein, das tun wir doch nie!«

Er neckt sie ein bißchen weiter. Sie spielen ihr Spiel. Er tut so, als glaubte er, sie habe seine Geheimnisse ausgeplaudert. Sie tut so, als habe sie welche erfahren. – Was für Geheimnisse? Herrn Kuhlweins Geheimnisse? Fräulein Mauler kann sich sowieso nichts von einem alten Mann vorstellen. Sie denkt an ihre Geheimnisse, an Michael. – Sie tippt langsam vor sich, tak tak tak. Sie raucht ungeschickt eine Zigarette. Spielt das Spiel.

»Von Ihnen hört man ja Sachen, Herr Kuhlwein! Sie sollen sich neulich in hypermoderner Kleidung auf der

Straße gezeigt haben!« (Frank wollte, daß ich mir so eine Hose kaufe; zu Hause haben die ein Theater gemacht.) »Es heißt, Sie hätten in privatem Kreise aufrührerische Parolen geäußert!« (Merkst du denn nicht, Tussy, daß sie dich nur dumm machen und ausnutzen wollen?) »Und das Schlimmste, Herr Kuhlwein: Neulich hat man Sie sogar in einem anrüchigen Haus gesehen!« (Ich war mit Frank im ›Letzten Tango‹. Wenn die das wüßten!) Fräulein Mauler wird ziemlich rot unterm Haar. Kuhlwein kichert greisenhaft, er hat es bemerkt. *Wer im Glashaus sitzt ...*

2.3 Die Kantine

Ein Extragebäude, zwischen dem Bürohaus und den Fabrikhallen. Hohe Flachdecken, Stahlstreben, Glaswände. An einer Glaswand sind die Silhouetten fliegender Vögel angeklebt. Über den Tischinseln – Stimmenwolken.

Das Plastikgeschirr: Das Einheits-Plastiktablett mit genormten Vertiefungen, Schüsselchen, die in diese Vertiefungen passen. *Besteck nach Benutzung in die Rinne legen.* Plakate zeigen, wies gemacht wird: *So! – Nicht so!* (wie Unfallplakate, die falsche Version ist rot ausgekreuzt). Die Fließbandausgabe des geometrisch gefüllten Geschirrs. Die Fließbandrücknahme des schmutzigen Geschirrs. Kalorienbewußte Mitarbeiter lassen die Kartoffeln übrig, oder den Pudding.

Dazwischen sitzen sie, und löffeln die Suppe, die brühend heiß ist. Gespräche – Gesprächsbruchstücke: »So. Auch bei Carnegie ... – mir zu blöd. – ... mit aller Gewalt keilen. – ... Sie nicht viel versäumt. – Das mit den Namen, ganz nützlich. – Gedächtnis. – Namen nicht merken. – Gedächtnisstützen. Namen wie *Brökker* ... denke an *Brocken*, dann an *Bröckchen* ...«

Die verschiedenen Arten des Kauens, die Verschiedenheit der kauenden Münder. Der ganze Mensch sammelt sich jetzt in diesem Mündchen: *Prestige – Aufstiegschancen – Enttäuschungen.* Ein ganzer Zoo: Das mümmelnde Mündchen, mit vorsichtigen Kieferbewegungen – viel zu lange an einem kleinen Bissen herummümmelnd. Der robuste, breite, das ganze Untergesicht durchwandernde Mund, der *jede auch nur entfernt mit dem eigentlichen Auftrag verwandte Arbeit erledigt.* Der ruckweise stampfende Mund: *Unnötige, aber beeindruckende Energie.* Hie und da geschlossene Augen ... beseeltes Kauen ...

Es gibt die verschiedensten Rhythmen: Foxtrott – Walzer – Polka. Die einen essen sehr zierlich, oder peinlich genau, die anderen essen achtlos triefend, schlabbernd – heimlich putzen sie sich die Hose ab.

Merkwürdig, da sie doch essen, daß gleichzeitig so viel betäubendes Reden in der Luft ist. Zwischen den Reihen der stummen Esser, oder der vereinzelten, ballen sich die Gruppen der redenden Esser, aus denen solche Wort-Wolken aufsteigen – meistens gefolgt von einem Riesengelächter. Wer redet, wünscht sich Erfolg. Weit offenstehende Münder, auch mit Essen drin, runde oder breit aufgerissene Münder, Zahnreihen, Zungen – und das Meckern, Bellen, Kreischen, das mit einem Schlag zu Ende ist, wenn die Münder zugehen.

Die essenden Damen. Die frisch für diese Gelegenheit geschminkten Münder in makellos getönter Umgebung. Die sorgsam beherrschte Minimalbewegung, die Angst, die dünn aufgetragene Schönheit (die sind ja so teuer, die Sachen) könnte vorzeitig aufreißen, abschelfern. Nach jedem Bissen, der wie etwas Lästiges schnell runtergeschluckt wird – gleich ist das Lächeln wieder da. Hastiges, stoßweises Gespräch mit der ähnlich verschönten Nachbarin. Alle Handlungen, Gesten, schielend. Darbietungen des Profils.

Auch ein verspäteter Vorbeimarsch kann wirken. In der Kolonne, die sich auf die Theke zubewegt. Erst das wippende, kreiselnde Vorrücken; dann das graziöse Balancieren von scheinbar übervollem Eßgeschirr (an Amphoren auf südlichen Häuptern denken) – hüftenfedernd, hüftenzuckend; endlich am heimatlichen Tisch wie ein überfälliges Schiff begrüßt.

Ein Tisch spielt Karten. Einer redet, wie immer, von alten Zeiten. Ein Tisch wird von einem lockeren Lacher beherrscht, der alles, was gesagt wird, sogleich in einen Witz verwandelt. Frauen rücken zu Frauen, und reden über Frauensachen. Es gibt auch den Tisch der Grau- und Weißhaarigen, die sich kaum bewegen, die nur warten, bis alles vorbei ist.

Wenns dann soweit ist, wenn es klingelt, hebt ein großes Scharren an. Sie erheben sich torkelnd, trotten heim ins Büro.

Frau Klatt ist zurück, also muß es gleich zwei sein.

Sie ist schwer hereingetrampelt, in Begleitung eines Geruches. Sie hat sich in ihren Rollstuhl wie in einen Riesenpolstersessel plumpsen lassen. Sie hat, aus dem roten Koffer, ächzend, eine Zigarette rausgekramt, die Verdauungszigarette; hat aus dem Fenster geschaut, geseufzt, den Rauch ausgestoßen, die Augen zugemacht und wieder aufgerissen. Endlich hat sie sich mit letzter Kraft aufgerafft und hochgestemmt.

»Schkomm gleisch widder.«

Natürlich weiß man, wohin sie geht.

Das Essen ist jetzt überall zu Ende, alle sind voll; bauchvoll die ganze Abteilung; das ganze Hochhaus hat Berner Rollen im Bauch, Brei und Salat; auch eine zweite Portion, ohne Fleisch, nur Brei und Soße. Achthundert mal die gluckernde Wärme dieses Essens im Bauch:

Ach, was bin ich müde.

Sinn Sie aach so mied?

Bisch du au so mied?

Miad bin i, saumiad.

Kerle – isch kennt jetz grod so wegschloofe.

Wem sagen Sie das – ich könnte im Stehen!

Da sitzt du vor deinen Papieren, Herrgott, du stützt den Kopf auf, schaust dir diese Papiere an, stierst sie an, alles verschwimmt dir vor den Augen – du verstehst kein Wort.

Ist die 1028 eine Ausnahme?

Nein, alles nur Menschen.

Kuhlwein sitzt steif und starr, die Hände ruhen auf dem Papier, seine Augen sind glasig. Fräulein Maulers Gesicht liegt auf den Unterarmen, die Unterarme sind auf der Maschine verschränkt. Da kennen wir keine Scham. – Manche suchen sich einen stillen Ort.

2.4 Der Mittagsschlaf

Man redet nicht groß darüber, aber man weiß Bescheid. Wo ist die altgediente Bürokraft, die nie im Klo geschlafen hat? Da hocken sie, in der engen zugigen Kabine – Preßspanwände – mit Resopal drüber, wodurch ein Draufschreiben, Einritzen von Sprüchen kaum noch möglich ist, vorgebeugt, dicht hinter der Tür, die zehn Zentimeter über dem Boden aufhört, sodaß, wenn man nicht aufpaßt, die Füße von draußen zu sehen sind:

Man muß die Beine anwinkeln. Sitzt, hockt, zweimal spitz durchgeknickt, die Ellenbogen auf den Knien, die Wangen in den Händen, der kalte Klo-Brillenrand drückt sich tief ins weiche Hinterfleisch – betäubt von der Enge, vom Gestank, vom Gestank der eigenen Ausscheidungen, der trotz der Bedeckung der Klo-Schüssel aufsteigt, betäubt vom allgemeinen, überall durchdringenden Gestank und der in dieser Stellung so gut wie möglich zusammengehaltenen Körperwärme.

Nebenan, und draußen, an den Waschbecken, die Geräusche der anderen, die es ahnen oder wissen. Plumpsen, Wasserlassen, Furzen, Papierabreißen, Rascheln, Reiben, Gurgeln und Röhren der Spülung, Tür auf, Tür zu – eine Akustik wie im Faß.

Draußen Gespräche, weiblich –

»Der soll mir nochmal kommen!«

»Die darf das, du darfst das nicht, das ist der feine Unterschied.«

»Guckemal, sieht man was?«

Flüstern, weiblich, und Kichern. Und weiter weg, durch die Wand, ein sonores Männerlachen.

Eine kurze Bewußtlosigkeit. Aber dann wird draußen wieder mal eine Türe geöffnet, ein heftiger Luftzug fährt durch alle Ritzen – Frösteln – ein schreckliches Erwachen. Kommt hoch, macht das weg, muß sich noch reinigen – wie isses so mies – schnell raus hier – bloß weg. – Auf dem Gang wird ein Tempo angeschlagen, daß jeder sieht: Es ist ein dienstlicher Weg gewesen, und er war zeitraubend, sodaß man sich beeilen muß, zurück zu den anderen wartenden dienstlichen Pflichten; zurück ins Büro.

Es waren nicht mal zehn Minuten.

Als sie reinkommt, die Klatt, schütteln sie alle ihre Uhren aus dem Ärmel – schütteln sich frei und wach. – Die Klatt klatscht in die Hände: Man muß sich einen Ruck geben, man muß sich überwinden. Es ist ja auch schon Nachmittag, und bald ist es geschafft. – Jetzt kommt ja auch Besuch. Herr Maier kommt, von nebenan, und bringt Leben in die Bude. Herr Maier mit a-i wie i-a. Er hat eine Menge Humor. Er trällert gern kleine Verschen:

»Immer fleißig, meine Damen, wer gut bläst, bekommt den – Namen!«

»Sauerei!« schreit die Klatt und wiehert los. Fräulein Mauler fragt »warum denn«, sie errötet, Kuhlwein runzelt die Stirn – und dann, und dann ...

Dann geschehen viele Dinge zugleich.

Herr Maier, mit seiner selten versiegenden guten Laune, ruft: »Oh, unser Mauerveilchen ist ja ganz rosig geworden!«, und zugleich klingelt das Telefon, und Frau Klatt nimmt auf, ruft, halb lachend »Klatt!«, und zugleich erscheint in der kopfbreit geöffneten Tür der runde Kopf von Frau Volz, vom Sekretariat: »Fräulein

Mauler – schnell, zum Chef!«, und zugleich pfeift ohrenbetäubend ein Flugzeug tief über das Dach.

Es war ein bißchen viel auf einmal, aber es ist schon vorbei. Die Mauler ist hinausgeweht. Frau Klatt redet schrill ins Telefon. Kuhlwein zählt nicht. Herr Maier steht verdutzt ohne Publikum, er spielt versonnen mit Fräulein Maulers Aufziehfrosch.

Dabei hat er doch noch einen Witz auf Lager. Er wartet darauf, daß die Klatt zu telefonieren aufhört. *Jetzt:*

»Was ist der Unterschied zwischen einem Feuerzeug und einer Frau?«

»Woher soll ich denn das wissen? – Sischer widder e Sauerei! Was isn der Unterschied?«

»Gar keiner. In der Regel gehts nicht.«

»Pfui Teufel«, sagt die Klatt.

Aber sie lacht nur so nebenbei. Sie ist nicht bei der Sache; Abteilung R II hat moniert, da fehle was in ihrer Aufstellung, und jetzt wühlt und sucht sie in ihrer Schreibtischschublade. – Wenn die kleine Mauler nicht dabei ist, macht es sowieso nur halbsoviel Spaß. Der Humorist ist nicht mehr gefragt. »Nun wohl, man schnürt hier keusch sein Mieder – der Maier geht, und niemals kehrt er wieder.« – Er stakt hinaus – auf Zehenspitzen –, der alberne Kerl. Kuhlwein zischelt hinterdrein. Er versteht wohl nicht viel Spaß.

14 :20 ist es, gut zweieinhalb Stunden bis Feierabend. Wie lange die Mauler nur wegbleibt!

Beim Wühlen, beim Ordnen (damit ihr das nicht

nochmal passiert) murmelt die Klatt: »Das dauert aber lang. Was der wohl von ihr will?« Sie horchen auf die Schritte im Gang.

Man kennt die alle.

Das spitze Trippeln von Frau Klepzig. So ähnlich, aber hochhackiger, eleganter, mit seidigem Strümpfereiben und Hosenrauschen: Fräulein Schadow, die jüngere Chefsekretärin. Nachlässig schlurfend, ungleichmäßiger, widerwilliger, geht die andere Sekretärin, die ältere, Frau Volz. Schlurfend bewegt sich auch der Holzer, der Bote, der viel zu gehen hat – aber mit kurzen, regelmäßigen Schritten. Herr Maier, meist klingelnd, mit Bürosandalen. Dann gibt es noch, weiter hinten im Gang, Nummer 1037, Frau Zentner mit weichen Fußballenschritten auf Kreppsohlen, und Marthas Schritte, wenn sie wackelnd marschiert. Selbstverständlich gibt es die strammen Schritte des Chefs, des Doktors – er wirft die Fußspitzen ein wenig nach oben, ein wenig nach außen – wir richten uns auf, wenn wir sie hören. Außerdem gibt es viele andere, ineinander übergehende Schritte, die man nur so ungefähr kennt, dieses Hin und Her von Schritten, die langsam verhallen, plötzlich abgeschnittene Schritte (Lift), oder anhaltende Schritte, mit einem Gemurmel anscheinend umkehrende Schritte, Schritte – es gibt immer eifrige Leute.

Endlich hört man die Mokassins schlappen. Fräulein Mauler ist zurück, sie hat ein dickes Bündel Papiere mitgebracht.

Wie sieht sie aus?

Sie war doch mindestens 20, 30 Minuten fort!

Ist sie nicht verändert? Ist ihr Gesicht nicht etwas rosiger? Ist ihr Haar nicht leicht zerzaust?

Die Klatt betrachtet sie prüfend. »Und? Was hat denn der gewollt?«

»Ein paar Seiten Englisch übersetzen. Die kommen da vorn nicht mehr nach.«

»So, Englisch. Seit wann machen wir denn sowas? Sind wir ein Übersetzungsbüro? – Naja, mir solls gleich sein.«

Sie dreht sich ab, sie preßt die Lippen zusammen.

Sie ist beleidigt, die Klatt. Ältere Bürokräfte sind schnell mal beleidigt. Ist sie beleidigt, weil sie den Auftrag nicht erhielt? (aber sie *kann* doch gar kein Englisch!) Wie das zugeht, auf welchen verschlungenen Wegen Bürokräfte beleidigt werden können, ist manchmal schwer zu ermitteln. Gründe, Hintergründe, Knäuel und Knoten. Wie im Roman.

2.5 Die große Mopserei

Es ist 15:10.

Es ist 15:10.

Es ist 15:11 – nein; eine Täuschung.

Es bleibt 15:10. Weiter geht es nicht. Es ist schon ein paar Mal nur schleppend weiter gegangen – aber jetzt ist es ganz aus. Die Zeit steht. Ist stecken geblieben. Aus, fertig, nichts mehr zu machen. Kommen Sie und sehen Sie selbst: dies ist der Ort, wo die Zeit stillsteht, wo sie die Zeit endgültig totgeschlagen haben!

Wie haben die denn das fertiggebracht? Und warum? Warum?

Weil sie sich mopsen! Weil sie sich öden, weil sie sich fahden, weil sie sich dermaßen unheimlich mopsen!

Natürlich darf das niemand wissen.

Was!? würde es sonst heißen, Sie mopsen sich?! Sie fühlen sich nicht ausgelastet und mopsen sich? – Dafür, allerdings, bezahlen wir Ihnen kein Geld! Wenn das so ist, dann bezahlen wir Sie nicht, oder wir bezahlen Ihnen weniger, oder wir sorgen dafür, daß Sie stärker ausgelastet sind!

Um Gottes Willen! – Als ob es dadurch anders würde!

Ja, wenn auch nur einer einmal auspacken würde! Wenn mal jemand zum besten gäbe, was so täglich los ist, wenn er mal alles rauslassen würde, *das große Gähnen* – Sie würden Ihrem Kopf nicht mehr trauen:

Wer sind wir?

Wir sind die, die wo sich mopsen. Die, die wo sich so unheilvoll mopsen, daß man sich die Nase abreißen könnte! Weil die Zeit einfach nicht weiter will, weil der Krempel immer der gleiche ist, immer der gleiche schlaffe Trott, weil Denken dabei unnötig ist, weil Bewegung dabei unnötig ist ... Wir sind die, wo, bei schlaff hängender Unterlippe, kaum mehr übern Brillenrand hinausgucken können, kaum mehr die Spucke runterschlucken können – vor Mopserei.

Im Zustand der Mopserei gibts kein Denken mehr. Alles ist möglich. Du kannst beinahe alles mit dir machen, beim Mopsen – du bist allein. Da gibts gar keine Hemmungen nicht. Da gibts nur das Versacken, nur das Versauen.

Die winzigen Lustbarkeiten des sich Mopsenden, des Mopsers.

Sich an den Fingern zerren, an einem nach dem anderen, bis die Glieder knacken.

Kleinere Pickel und Pusteln am Daumenfleisch und Handballen aufdrücken und platzen lassen, dann Hautpflegemilch oder Kölnisch Wasser drauf, sodaß es angenehm feurig schmerzt; auf den wunden Stellen, die sich dabei noch vergrößern, herumkneten und reiben.

Mit diversen Geräten an sich herumarbeiten, zum Beispiel mit dem Holzlineal mit Metalleinlage sich am Hals kratzen, mit der Büroschere sich die Nägel reinigen, mit einem eng über den kleinen Finger gestrammten schmuddeligen Taschentuch das Ohrenschmalz rausdrehen – jeweils unter anschließender Kenntnisnahme vom Ergebnis.

Ferner: Das Gefühl eines lockeren Schuhbändels unerträglich finden, den Zeigefinger drunter schieben, den Senkel dadurch vorübergehend strammen (*schön*), aber noch nicht festziehen, um sich des Wechselspiels

der schlaffen und strammen Empfindungen am Fuß-
spann nicht zu berauben. – Schließlich die Schleife doch
aufziehen, sie fester – fast schmerzhaft fest binden –
und jetzt, da Strammheit überall wohltut, auch gleich
das ausgeleierte Armbanduhrband, nachdem mit der
Scherenspitze ein neues Loch reingebohrt wurde, enger
schnallen, den Hosengürtel enger schnallen.

Weiter: Durch ein Loch in der Hosentasche an der
feuchtwarmen Bein-Innenseite kratzen, weils da
juckt ... weils da juckt ... weils da durchs Kratzen
immer mehr juckt ... Die Druckstellen des Büstenhalters entlasten, verstohlen die Schalen lüften, ein wenig
hochhieven, heimlich die Last der Brüste genießen ...
Nasenschleim hochziehen, sich feucht und schleimig
räuspern, den konzentrierten, angenehm schlüpfrigen
Mundinhalt in ein Taschentuch abgeben ... Die Düfte,
die Gerüche, die süßen und furchtbaren Gase überall
am Körper wahrnehmen, fächeln, umlenken, bis zur
Quelle hin verfolgen ... sich endlos kratzen, Haar-
schuppen von der Schulter klopfen, kämmen, Haare
aus dem Kamm streichen, Haare und Schuppen von der
Schulter klopfen, wegreiben, dabei bis an die Grenze
des Blickfelds, fast schmerzhaft schielen ... mit extrem
abgewinkeltem Kopf und stark verzerrter Miene ...

Fräulein, bitte schreiben Sie: Anschrift – Datum –
Zeichen. Sehr geehrte Herren. Erlauben uns hiemit
bezugnehmend auf Ihr Geehrtes mitzuteilen, daß wir
uns unter dem obigen Datum genußreich am Kopf

gekratzt, zwischen den Beinen geschubbert, im Ohr gebohrt und dabei wohlig gegrunzt haben. Wir entnehmen Ihrer Anfrage, daß das melodische Magenkullern, welches eine unserer Mitarbeiterinnen regelmäßig von sich gibt, bei Ihnen auf starkes Interesse stößt. Es würde uns jedoch mit Genugtuung erfüllen, wenn sich auch unter den ausgezupften Warzen- und Nasenhaaren, den abgeschnibbelten Nägeln und Nagelhäutchen, und den durch anhaltendes Reiben von Mitarbeiter-Hälsen gewonnenen schwärzlichen Fettwälzchen ein für Sie lohnender Artikel finden würde. Nennen Sie uns Ihre Preis-Vorstellung! Fragen Sie uns ohne Scham! Ihrer schmuddeligen Rückäußerung grunzend entgegensehend – Mit vorzüglichem Nasenbohren – Unterschrift gez. ppa. Mopser.

Die Zeit: 15:15.
  Wir sind drüber weg!
  15:30.
  In anderthalb Stunden ist Feierabend.

Jetzt hört man sie wieder.
  Irgendwo da draußen zieht sie ihre Bahn. Ob sie nur eben auf dem Durchmarsch ist, oder ob sie wirklich hierher will, man kann das vorher nicht wissen. Sie singt – gar nicht unmelodisch – mit Kraft und Deutlich-

keit: »Es klappert die Mühle am rauschenden Bach.«
Sie ist schon ganz nahe. Sie will zu uns.

»*Klipp klapp – Grüß Gott, ihr Leut!*«

Da steht sie schon drin, klein, stramm, rotbäckig, breit lachend mit blendendem Gebiß; sonnenbraun; das kaum ergraute Haar ist hinten geknotet. Die Martha. Mit beiden Händen schüttelt sie eine Zigarrenkiste, in der es klappert.

»Eine kleine Spende!«

»Was? Schon wieder? Erst letzte Woche ist hier gesammelt worden! Für wen denn diesmal?«

»Ei, für die Frau Supp! Die hat bald ihr Jubiläum – fünfundzwanzig Jahre! Denken Sie mal: Fünfundzwanzig Jahre!«

»Supp? Wer ist denn die Frau Supp?«

»Ei, die Frau Supp halt – unten, im Versand!«

»Kenn ich nicht. Kennen Sie die, Herr Kuhlwein?«

»Die kennen Sie nicht? Ach – freilich kennen Sie die! Diese lange Dünne – die hat mal bei einem Arbeitsunfall einen Finger verloren – wissen Sie noch? Die Frau Supp! Die müssen Sie kennen. So eine knochige, mit rot gefärbten Haaren!«

»Also, ich weiß nicht.«

»Ich kenn die bestimmt nicht«, sagt Fräulein Mauler.

»Naja – Sie! Das glaub ich schon.«

Martha guckt sie mitleidig an.

»Sie sind ja noch neu. Wie lang sind Sie jetzt hier? Ein halbes Jahr? Noch nicht einmal? – Aber Herr

Kuhlwein: Sie kennen die bestimmt! Die Frau Supp. Sie sind doch auch schon fast so lang in der Firma! – Früher hat die Fräulein Küfer geheißen. Wissen Sies jetzt? Die hat mal sehr gut ausgesehen – ganz zuerst hat die im Empfang gesessen, die war Empfangsdame. Wie sie älter geworden ist, ist sie versetzt worden. – Da müssen Sie sich doch noch dran erinnern, Herr Kuhlwein! Wie sie damals im Empfang gesessen hat!«

»Weiß nicht. In den Empfang komm ich nie. Das ist doch nur für Kunden. Vielleicht – jaja. In Gottes Namen – da, eine Mark. Das wird ja wohl reichen. Sowieso Blödsinn, die ewige Sammelei!«

»So, Blödsinn is das? – Warten Sie mal noch ein paar Jahre! Da freuen Sie sich auch, wenn die Kollegen etwas für Sie übrig haben! – So, und jetzt noch Ihre Unterschrift – hier, auf dem Kärtchen – jawohl, hätten wirs wieder – also dann – *Es klappert die Mühle am rauschenden* ...«

Raus ist sie. Man hört sie bei den Nachbarn eintreten, hört, wie sie dort wieder ihren Vers aufsagt ...

Alles arbeitet. Fräulein Mauler rattert wie rasend.

Einmal unterbricht sie sich. Sie blickt durch eine Öffnung im Haarvorhang zum Fenster. Es ist ihr was eingefallen.

»Wissen Sie was? Jetzt bin ich bald drei Monate hier, und weiß noch nicht mal, was die hier eigentlich machen.«

»Wie – ›was die machen‹?«

»Naja, was die herstellen, was die verkaufen – diese Firma hier!«

Kuhlwein hebt den Kopf. Er murmelt irgendwas, er ist am Rechnen, er notiert sich eine Zwischenzahl. Er hat einen nebligen Blick. Die Klatt ist mit einer Kartei beschäftigt: ›Klein-Investitionen – Einzelposten – Stand der Abschreibungen‹. Sie schaut gar nicht auf. Sie hat was Scharfes in der Stimme.

»Zu was wollen Sie denn das wissen?«

Kurze Pause. Dann Kuhlwein, lehrerhaft: »Das ergibt sich doch aus dem Namen. DRAMAG – ›Deutsche Regler-, Armaturen- und Meßgeräte-A.G.‹.«

»Ehrlich gesagt – ich weiß nicht, was das ist: ›Regler‹, ›Armaturen‹.«

»›Armaturen‹, so, wissen Sie nicht. Viel weiß ich auch nicht darüber. Zum Beispiel Flansche. Ein Flansch, ein Knie, ein T-Stück, das sind Armaturen. Dampfschieber, Druckminderer, Reduzierventile – das sind auch Armaturen. Ein Thermometer mit Schalter ist ein Regler. Regler sind meist elektrisch, Meßgeräte auch.«

Die Mauler guckt ihn leer an.

»Ein Nadelventil oder ein Wasserhahn sind Armaturen. Ein Bimetallthermostat ist ein Regler.«

»Also, Wasserhahn – das versteh ich.«

»Naja, was soll man da weiter erklären?«

Frauen haben für sowas keinen Verstand. Aber es ist da nicht viel zu begreifen. Schieber. Ventile – das sind die Sachen, die wir hier herstellen, verkaufen – oft nicht einmal selber machen, nur einkaufen und verkaufen, an andere Verkäufer. Es sind Nummern, Artikelnummern.

Die Herstellung geschieht unten, hinten. Wenn man, statt zum Aufzug, durch die Durchfahrt nach hinten geht, kommt man in den Hof, zu den Garagen für Firmenwagen, Firmentankstelle (Benzinausgabe von 9 bis 10), Werkstätten; von da gehts dann weiter zu den Werkshallen, P I, P II, und die ganz neue Anlage. Elektroschweißerei, Prüfstelle, Dreherei, Gewindebohrerei. Die üblichen Hallen, Flachdächer, Sägezahndächer, die großen, vielfach geteilten Fenster; dahinter, undeutlich, durch das staubige Glas kaum zu erkennen, Maschinen, undeutliche Auf- und Abbewegung, Drehbewegung, Laufkatzen, das blaue Licht von Schweißflammen, Funkensprühen von Schleifrädern; ein unklarer Lärm, eine Art Echo, Abwürgen von Stimmen, Dröhnen, Kreischen, überlaute Brummsignale – gußeiserne Werkstelefone, in die man schreit, eine Hand um den Mund gebogen. Man sieht das manchmal, zufällig, durch ein Fenster, durch ein offenes Portal ... Aber genau nicht. *Zwanzig Jahre, und nie genau gesehen, wie sie das machen, wovon wir leben, wie die ihr Geld machen.* (Aber interessiert es mich wirklich?)

Hier im Büro, an der Wand unter den Kalendern, steht ein kleiner Abstelltisch, darauf, zwischen Buchstützen, die Firmenkataloge, Preisverzeichnisse – auch die unseren, von der DRAMAG. Braucht man manchmal. Zum Beispiel für Werkstattrechnungen, wenn hauseigene Teile benutzt werden. Steht alles drin, was die DRAMAG anbietet, Informationen für unsere Kunden, Lieferbedingungen, Versandrichtlinien, Packungsgröße, Gerichtsstand. Artikelnummern DA 00–01 bis DZ 99–99. Verschiedene Indexe, auf verschiedenfarbigem Papier, Preisgruppenverzeichnis, Spartenverzeichnis – handlich mit Griffleiste. Außerdem noch, immer dicker, lose Blätter, Ergänzungen, die man extra einkleben soll, lieber Himmel, ›bitte korrigieren Sie auf S. 52‹, interne Verrechnungspreise, Rabatte bei Großabnahme, Zahlungszielvergünstigungen; immer mehr Blätter, die leicht rausfallen … das meiste interessiert nicht weiter. – Was man so täglich braucht, kennt man schon auswendig. Lauter Einzelteile. Wandern von einer Fabrik in die andere Fabrik, silberne und messingne, oder schwarze Teile, merkwürdig geformt, mit Anzeigeskala, mit unsichtbar klapperndem Inhalt, mit Gewinden, Überwurfmuttern, mit Drehgriffen. Es sind Teile, die passen. Passen in die Hände von Arbeitern in Overalls, in der Gesellschaft von Hämmern und Schraubschlüsseln. Es sind Teile dieser fluchenden Männer, der Männer, die in großer Höhe auf durchsichtigen Metallrosten stehen, mit schweren Hämmern auf eine festgerostete Rohrkupplung losdonnern, voller Wut, die etwas kaputtmachen und dadurch reparieren, oder umgekehrt – dahinter die Meister in grauen Kitteln, hin und her, schreiend gegen den Lärm von Mund zu Ohr, befehlende Arme ausstreckend, schließlich im Zorn auch selber Hand anlegend, und alle mit gelben Plastikhelmen auf den Köpfen ... das kennen wir doch, aus Filmen, vom Fernsehen. Hat nichts mit uns zu tun. Ist unbehaglich.

Fräulein Mauler ist durch die Auskunft nicht schlauer geworden. Aber sie hat schon wieder die Finger auf den Tasten – sucht im Text, wo sie stehengeblieben war.

»Vielleicht zu hoch für mich.«

Sie sagt, sie begreife nicht, warum jemand für so etwas Geld ausgibt.

»Iss doch ned Ihr Geld.« Frau Klatt holt sich eine Zigarette aus der Koffertasche.

»Wass wolle Se denn immer. Des sinn so Sache für die Industrie.« Sie nimmt die Zigarette in den Mund, läßt ihr Feuerzeug schnappen.

»So. Die letzte für heut.«

Es ist 16 Uhr.

Da sitzt sie, die Klatt, pafft vor sich hin – rauchen hat sie nie richtig gelernt, in all den Jahren.

Jetzt kommt ihr ein netter, freundlicher Gedanke. Man sieht es ihrem Gesicht an: Am liebsten möchte sie wie Inge Meysel aussehen. – *Dieser Slogan, seinerzeit:* ›*Seid nett zueinander*‹, *kam ja gut an.* Als das mit der

BILD-Zeitung anfing. (Später haben die das verändert: Herr Maier: ›Seid nett aufeinander‹ – das war die Pornowelle.) Nett zueinander. Und stimmt doch auch. Ist doch auch gut so. So sind wir doch Menschen.

2.6 Familienklein

Eigentlich sind wir eine Familie. Wie Vater Mutter Kind. Plötzlich, aus heiterem Himmel: *Die feuchten Augen – das ist das Herz.* Eia Pappi, Eia Mammi, eia mein Kind. Wo wir doch immer so eng zusammensitzen, wo wir doch alles zusammen machen. Auch auf die Nerven gehen.

Daß man sich unzertrennlich auf die Nerven geht, ist Familie. ›Intimsfäre‹, wie es heißt. Eine fortwährende kleine Unruhe durch familiäre Spannungen, Menschlichkeiten, Kameradschaft. Intime Beziehungen ...

Vor Jahren ist mal ein weinendes Kind hier reingekommen, hatte sich verirrt, suchte den Pappa – das war ein Prokurist, Dr. François. Sind auch nur Menschen.

Wenns warm ist, bringt man einander eine Coca mit, vom Automaten. Geldleihen. Können Sie mir eine Mark auslegen? Einstandsfeste, von Büro zu Büro. Abschiedsfeste, Geburtstage, Karneval. Noch lange Lachen, lange nach Feierabend – es wird hier nicht gern gesehen, aber wir sind doch Menschen. Man will auch mal lachen. Einer stiftet was, eine Flasche Sekt, einen Karton Salzstangen.

Ich kenn dich doch, du. Nicht mal meine eigenen Eltern hab ich so gut gekannt, wie ich dich kenne. Den ganzen Tag – jahrelang. Ich schau dich an, und ich bin auf einmal überschwemmt vor Mitleid: Die dünnen Härchen, die blasse, dünne Haut – ach Gott, ach Gott. Wenn da ein Fleck ist, irgendwo hinten, wo du nicht hinsiehst und nicht hinreichst, so ein Fleck, mit dem du jetzt schon wochenlang herumläufst. Am liebsten würde ich ihn mit etwas Spucke, mit dem Taschentuch wegreiben ... Sag Muttimutti zu mir, sag ich Vativati. Wir können doch nicht auseinander, nie mehr.

Um unsere Tochter haben wir Angst. Sprich mit unserer Tochter. Sage zu ihr: Nicht fortgehen, immer hierbleiben; laß sie laufen, die Männer, bei uns ist es besser. Alles muß bleiben, wie es ist. Wir kennen uns doch, wir kennen unsere Schwächen. Jeder kennt die Schwächen des anderen. Zum Beispiel sehe ich dich über die Maschine gebeugt, ganz dicht am Papier die Augen – weil sie schlechter sind, als du zugeben willst. Und du – wenn dein Mund aufgeht, weiß ich schon: Du hast sie wieder vergessen, die Nummer unserer Kostenstelle. »Sechsundachtzigfünfundvierzig.« Gerade diese Zahl kannst du nicht behalten.

Es ist immer dasselbe. Die Schweißtröpfchen über der Oberlippe, Augenbutter im Augenwinkel, wir kennen einander doch, die kleine Familie. Durch dick und dünn. Wir halten einander an den Händen, wir wollen niemals auseinandergehen. Nie darf es soweit kommen, daß du hier stehst, den Koffer in der Hand: Aus, Schluß – ich verlasse euch – mich seht ihr nicht wieder! – Nein, nein, tu das nicht! – Wir müssen alle unseren Kopf anstrengen, einen Ausweg suchen, wie man dieses Ende noch einmal verhindert – durch welches Opfer, durch welche Liebesbezeugung (selbst die unglaubwürdigste, albernste) dieses Ende noch einmal hinausgeschoben wird.

Ach, ich weiß. Muß bei mir selbst anfangen. Ich bin oft bös. Ich bin oft kalt. Soll nicht mehr vorkommen, nie mehr! Meine warme, milchmilde Stimme will von nun an jede Schärfe in meinen puddingweichen Polster auffangen. Mein pralinensüßes Lächeln will Antwort, will ewiges Glück: Die ideale, sportliche, gut aussehende Familie unserer Zeit hat sich fröhlich eingehakt, hüpfend über weiche Wiesen, jeder hat sich dem anderen so sympathisch wie möglich gemacht, ein Lüftchen verweht die Haare, wir lächeln einander aufmunternd zu, wir sind ganz offen miteinander, wir teilen uns auch das Geheimste, das Peinlichste mit, wir sparen nicht mit Rat und Tat – jeden Tag ein freundliches Wort, eine Gabe, und sei sie auch noch so bescheiden ...

»Fräulein Mauler – ein Pfefferminz?«

»Möchten Sie auch eins, Herr Kuhlwein?«

Er schaut verwundert auf. *Nanu?*

Er nimmt wortlos den kleinen weißen Ziegel, schiebt ihn in den Mund. Das Pfefferminz ist kühlend, es ist scharf, es wird schnell dünner, dann zerbricht es ganz leicht bei Zungendruck, *wie einer dieser modernen Plastiklöffel in einem hartgekochten Ei.*

Aber nun erwachen – zuerst schwach, doch bald deutlicher – ganz andere Geräusche. Sie kommen vom Gang her, durch Wände, durch Türen, vielleicht auch durch die hohen Öffnungen der Klimaanlage. Ein unklares Murmeln erst. Das endgültige Geräusch von Rollschränken, von Schreibtischrollverschlüssen, das Türenklinken, Türenschlagen. Und jetzt auch schon die ersten Schritte, laufend, absatzklappernd, die Rufe ›Tschüs‹ – ›Bis morgen‹ – ›Machs gut‹ – ›Machs besser‹ – und die ersten, schüchternen Transistortöne. Den ganzen Tag über gab es im ganzen Gebäude nur dieses Summen, dieses allgemeine Industriesummen, ein paar vereinzelte, einsame Schritte, das stille Rascheln der Büros ... Aber jetzt kennen wir keine Rücksicht mehr, überall wird es laut wie in der Schule.

Als das Geräusch anfing, rief die Klatt: »Was, schon kurz vor fünf!« – »Was ist denn wieder mit der Uhr los« – und schüttelte dran. Fast im gleichen Moment schrillte der Wecker los – fast zwei Minuten zu spät! Unverzeihlich! Man muß auch die Zeit zum Einräumen rechnen, zum Zuschubsen der Schubladen mit dem Bauch, zum Zuknallen der Schreibtischtüren und Aktenschränke, zum Aufspringen, zum eiligen Hin und Her zwischen Spind und Spiegel. Das allgemeine Betriebsklingeln von früher haben sie abgeschafft (›Humanes Arbeitsklima‹). Man weiß nicht mehr, wann Feierabend ist. *Mehr als zwei Minuten verschenkt!*

Vielleicht kommt es durch die Erschütterungen – das ganze Gebäude bebt: Die Bürotür springt schon von selbst auf.

Jetzt hört man alles sehr deutlich, mal weiter, mal näher, wie im Theater ›Wiedersehn Ihr Lieben‹ – ›Schön brav sein heut abend‹ und ›Ham wirs mal wieder geschafft tralala!‹ Irgendwo, durch eine offene Tür, aus einem wohl schon entleerten Büro, das vergebliche Schrillen eines Telefons – *nix mehr, aus, zu spät, heut nicht mehr.* Allerhand Jux wird getrieben, in einer durch spaßhaften Gleichschritt verbundenen Gruppe – ein Kichern, Prusten, bald auch Kreischen und Rennen: »Komm, Fangermantel!« – auch ein Zwicken und Bein-Stellen: »Wart nur, du Mistfink – morgen zahl ichs dir heim!«

Fräulein Mauler ist als erste aus der Tür gelaufen, den Mantel im Laufen zuknöpfend, die blonde Fahne hinter sich; die Klatt keift.

»Adjeu könnte die auch mal sagen, das Flittchen.«

Sie selbst strampelt sich in ihre hellbraune Pelzjacke hinein – der Pelz ist ausgebeult, die Jacke nicht mehr weit genug – wars wohl nie – ein Schlußverkauf-Angebot. Lang genug ist sie auch nicht. Da kommen bald die giftgrünen Hosen raus, über die sie von unten die schwarzen Knautschlackstiefel gezogen hat. Dazu nun die dunkelbraunen Handschuhe, den roten Kunststoffkoffer – »Hab ich auch alles – also dann, bis morgen.«

Die Klatt wackelt davon.

Es ist 17:03.

Sagen wir siebzehn Uhr – das rechnet sich leichter. Siebzehn minus acht, minus zwanzig Minuten Frühstück, minus dreißig Minuten Mittag, das ergibt acht Stunden zehn Minuten reine Arbeitszeit. Mal fünf macht das vierzig Stunden und fünfzig Minuten. Wir haben hier eine Einundvierzig-Stunden-Woche; zehn Minuten schenkt uns die Firma.

Kuhlwein hat es nicht so eilig.

Warum sollte er es eilig haben? Kein Grund es eilig zu haben. Er bückt sich, holt die Aktentasche aus der Tiefe des Bodenfachs. Er ratscht erst den einen, dann den anderen Rollverschluß vom Schreibtisch hoch. Er stellt seine Mappe auf den Rollstuhlsitz. Er schlurft zum Waschbecken, wo noch der süße Geruch von Frau Klatts Feierabend-Parfüm herumhängt. Er zieht sich den Schlips im Spiegel gerade, holt den Kamm aus der Westentasche, macht ihn unterm Hahn naß, strählt sich im Spiegel, den Kopf nach links, dann nach rechts neigend. Geht zum Spind, holt seine Jacke heraus, zieht sie sich über, holt den Mantel heraus, zieht ihn über, macht den Spind zu, hat den Hut vergessen, Spind auf, Hut raus, Spind zu. Es ist schon warm. Heute morgen dachte er, Hut nicht nötig. Abends für einen Moment vergessen, daß er sich anders entschlossen hat. Er steckt den Spindschlüssel in die dafür bestimmte Westentasche. Er wandert still hinaus und läßt die Tür offen.

Das Gebäude ist menschenleer. Die Neonbeleuchtung ist angeblieben, sie surrt. Das Surren der Neonbeleuchtung macht die Stille noch stiller. Das Gebäude ist restlos ausgestorben. Nur das Surren. Das weiße Licht. Die Hochspannung. Zwölf Stockwerke – ein einziges Weiß und einige Grautöne. Rechte Winkel und kahle Perspektiven. Surrende Hochfrequenz. Ein einziges Kopfweh.

Eine nicht meßbare Zeit vergeht.

Dann etwas Leises, ein fernes Geräusch. Hallende Stimmen, hallende Schritte, Klappern, Quietschen, Rollen, Eiern, und einmal – wohl eine Täuschung – ein Hundegebell.

Das Ganze nähert sich, manchmal durch Stille unterbrochen. Es gibt ein täuschendes Echo.

Dann ist es plötzlich hier.

Eine bräunliche kleine Frau in Hosen, mit einem gelb-rot gewürfelten Kopftuch steht in der offenen Tür. Sie hat ein narbiges Gesicht. Sie schiebt einen kleinen

Wagen mit einem im Gestell hängenden Plastiksack herein. Sie leert Papierkörbe und Aschenbecher. Kurz darauf erscheint ein Hündchen, ein gelbes, glattes, mit einem eingedrehten Schwanz; mit fixen, glänzenden Mandelaugen. Es folgt eine zweite, wohl ältere Frau – vielleicht die Mutter der ersten? Ein flaches, ernstes Gesicht. Sie sagt etwas Kurzes, Hartes in ihrer Sprache – die Kollegin antwortet mit einer einzigen Silbe. Sie reiben mit Tüchern, mit großer Kraft, die Schreibtischplatten und Schranktüren ab. Der Hund hat den Kopf in einem Papierkorb, niest da drin rum. Die Frauen wechseln ein paar Worte, verlassen den Raum. Der Hund hat den Papierkorb umgeworfen und folgt ihnen eilfertig. Eierndes Quietschen des Fahrzeugs. So arbeiten sie sich durch den Gang bis zum Ende, und die Geräusche werden schwächer. Weiter weg ein körperloses Kichern. Das Liftsummen.

Die jüngere der beiden Frauen kehrt später noch einmal hierher zurück, mit einer elektrischen Bohnermaschine, surrend. Sie stellt den Papierkorb wieder auf. Sie entfernt sich langsam, nach links und rechts durch die Türen, mit ihren Saug- und Bohnergeräuschen.

Die Stille, die dann folgt, ist unwiderruflich. Alle die sauberen, grauen und weißen Flächen schimmern im überhellen Licht. Der beißende Geruch von Polier- und Bohnermittel hat alle Geruchsreste des Tages überwältigt. Punkt 19 Uhr wird die Beleuchtung abgeschaltet; zentral.

3.0 Das Gewisper

Vor dem ›Schwarzen Brett‹ steht einer – ein älterer Mitarbeiter. Er trägt einen grauen Kittel und hat die Hände
in den Kitteltaschen. Er steht da schon länger und rührt
sich nicht. Beim Näherkommen ist zu sehen, daß er die
Lippen bewegt. Wir gehen jetzt am ›Schwarzen Brett‹
vorbei – wie immer mit einer gewissen Verlangsamung,
mit einem Zögern. Man könnte ja mal fragen.

»Was Neues?«

Natürlich gibts was Neues, doch steht es nicht am
›Schwarzen Brett‹.

Der Zeitraum Ihres Aufenthalts, lieber Bürofreund,
ist gut gewählt. Sie erleben uns in einem Umbruch.
Eben jetzt wird ja die Arbeiterschaft überrundet von
der Beamten- und Angestelltenschaft. Die Stehenden
werden weniger, die Sitzenden bekommen das Über-
gewicht. Nehmen Sie unsere Firma, zum Beispiel: 600
Schreibtische, bei einer Belegschaft von 800 Menschen.

Gewiß, nach hinten raus, haben wir einige Werkshallen: die ›Produktion‹. Dort arbeiten einige – eine Minderheit. Aber das Büro ist der Kern, das eigentliche
Zentrum der Firma. Es wäre ein Irrtum, die ›Produktion‹ für wichtiger zu halten. Dort werden Waren produziert, die gebraucht werden, oder nicht gebraucht.

Güter oder Artikel, die Vorratshallen, Kaufhäuser, Großhandlungen oder Müllhalden füllen. In der ›Produktion‹ kann gestreikt werden, es kann dort Betriebsstockungen geben, ganze Produktionseinheiten können außer Betrieb gesetzt werden – einige gibt es, die überhaupt nie in Betrieb waren – Fehlplanungen.

Das alles gibt es nicht im Büro. In einem richtigen Büro wird nie gestreikt. – Die Produktionsstätten sind voller Unruhe – das Büro ist die Ruhe selbst. Das Büro bürgt für Stabilität. Man weiß, warum dieser Staat auch die verheerendsten Kriege überlebt hat. Auch die DRAMAG ist ein Staat.

Allerdings, das Büro lebt nicht für sich allein. Das Einzelbüro lebt in der Büro-Umwelt. Untereinander sind die Büros vielfältig verbunden und versponnen – unerwartete Querverbindungen gibt es selbst zu entfernten Abteilungen. Unablässig wird geklöppelt, gehäkelt und gestrickt, an dem fädigen Gespinst von Büro zu Büro. Das ergibt ein Hintergrundsgeräusch – wenn Sie ganz still sind, können Sie es wahrnehmen.

Hören Sie es?

Das Getuschel, das Gewisper?

Bemerken Sie die sprechenden Blicke? Die vielsagenden Gesten – hinter gewissen Rücken?

Was Sie hier in Tätigkeit sehen, ist unsere Nachrichtenbörse. Hier entsteht die betriebliche Meinung. Die mündliche Überlieferung der DRAMAG nimmt hier ihren Ausgang.

Nein, wenn es was Neues gibt, so steht das nicht am ›Schwarzen Brett‹.

Dort hängt allenfalls die Speisekarte der Woche. Glückwünsche der Geschäftsleitung an die Jubilare. Danksagungen der Jubilare für die Glückwünsche und Geschenke. Innerbetriebliche Stellenausschreibungen. Der letzte Geschäftsbericht – alles so gut wie nie gelesen.

Die offiziellen Verlautbarungen sind spärlich und langweilig. Sie sind fast immer überaltert, vergilbt. Sie sind zu mager für unseren Hunger nach Nachrichten.

Unser Hunger nach Nachrichten ist groß. Wir versuchen ihn mit Tratsch, Gerüchten, mit vertraulichen Mitteilungen zu stillen. (»Das muß aber unter uns bleiben!«) Doch der Hunger bleibt. Auch darin hat die DRAMAG Ähnlichkeit mit einigen Staaten.

Immerhin, man kann schon manches erfahren.

Heute, in der Kantine, saß einer bei uns am Tisch. Einer aus dem elften Stock. Der hat vielleicht Sachen erzählt, Sachen! Er hat es erzählt, als ob das gar nichts wäre.

In diesem Bau, sagt der, gibts Büros, wo nie was zu tun ist. Da sitzen sie den ganzen Tag, trinken Kaffee, lesen Zeitung.

Wozu sitzen die da?

Für das Abteilungsprestige. Das stärken sie, durch ihr Da-Sitzen. Sie vergrößern das Gewicht des Abteilungsleiters.

Was für eine Logik steckt dahinter?

Die folgende: je wichtiger einer ist, desto mehr Angestellte kann er beschäftigen. Wenn Sie das umkehren: wenn einer viele Angestellte beschäftigt, ist er wichtig. – Aber es gibt noch tollere Sachen. Es gibt Angestellte, die die Firma bezahlt, damit sie nicht zur Arbeit kommen.

Sie machen Witze!

Nein, im Ernst!

Was hat denn die Firma davon?

Die Firma? – Die Firma hat nichts davon. Darum geht es nicht.

Worum geht es denn?

Diese Angestellten gehören zur Gegenpartei.

Was denn für eine Gegenpartei?

Ah – Sie haben wohl nicht viel Ahnung. Zur Gegenpartei im zwölften Stock! Diese Angestellten sind Schützlinge der Gegenfraktion in der Geschäftsleitung. Das ist die Gruppe im Vorstand, die zur Zeit unten durch ist. In Verschiß.

Was soll denn das heißen?

Ja, wissen Sie denn nicht? Da herrscht doch ständig Krieg da oben! Ein ständiger Kampf um Machtpositionen! Jeder will am Drücker sein! Die bekämpfen sich doch fortwährend bis aufs Messer, die Herren!

Aufs Messer, am Drücker ... Verschiß ...

Jaja, Taktik und Strategie. Parteien und Feindschaften. Ein Name genügt – dann weiß man schon. Die

84

Grünen, die Blauen. Die Hierarchie der Günstlinge, die Front geht von oben bis unten. Die Sekretärinnen wissen Bescheid. Sie sind schon darauf geimpft. Ein Name genügt, ein Wink vom Chef: wenn der François anruft – Sie wissen ja. Notiz vom Fleischmann – gleich in n Papierkorb!

Die Sekretärinnen können es ja gar nicht überhören, wenn drinnen, beim Boss, ins Telefon gebrüllt wird.

Hat eine Sekretärin eine ›hochpolitische‹ Notiz zu tippen, so erkennt sie schon am Unterton, an gewissen Sarkasmen, auf wen das gemünzt ist.

Sie weiß dann schon von selbst, wer auf dem Verteiler stehen muß, und wer ›vergessen‹ wird.

»Fräulein Schadow«, tönt es aus der Sprechanlage, »bringen Sie mir doch mal eben die Akte Kroll.« Die Sekretärin weiß dann, daß jetzt gewisse belastende Schriftstücke gesucht werden.

Manche der Herren sind darin ganz groß. Sie sind geschickt und fleißig. Bei guter Deckung von oben: sie ruhen und rasten nicht. Unablässig sind ›Aktivitäten‹ im Gang. Gewisse Herren werden ständig im Auge behalten. Es gibt ›Abschußlisten‹. Es wird an gewissen ›Stühlen gesägt‹. Es gibt ›Wackelige Stühle‹, ›Nagelbretter‹. Es gibt ›Schleudersitze‹, und es gibt ein ›Glattes Parkett‹.

Und dann – eines schönen Tages – ist es geschafft.

Die ›Hausmitteilungen‹ (nur für leitende Herren)

melden einen ›längeren Urlaub‹ oder ›längere Krank-heit‹.

»Anstelle des für längere Zeit erkrankten Dr. Freitag wird Herr Dr. Sonntag die Stelle kommissarisch be-treuen.«

Manchmal gibt es zunächst subtilere Anzeichen, mi-kroskopische Änderungen: ein fehlendes Kurzzeichen auf der Teilnehmerliste eines Sitzungsprotokolls. Ein neues Blatt zum Auswechseln im Telefon-Ringbuch – mit einer kaum merklichen Lücke. Eine geringfügige Korrektur am Türschild: statt ›Abt. Leiter‹ steht nun ›Abt. Koord.‹.

Und was bedeutet das?

Es bedeutet: SIEG!

Es bedeutet: der Mann hat nichts mehr zu sagen, er ist erledigt.

Der Sündenbock ist *abgeschossen.*

In den Büros wird viel über solche Dinge geredet – aber ungenau. Das sind doch alles geheimnisvolle Vor-gänge – wer kennt sich da wirklich aus!

Direktor Kroll zum Beispiel – ein Fachmann in Steu-ersachen –, was hat der wohl ausgefressen? Von Dr. François las man doch noch im letzten Quartalsbe-richt, seine Abteilung habe ein unerwartet günstiges Ergebnis erzielt! – Und nun ist er ›weg vom Fenster‹. Abgeschossen.

Wie macht man das nur?

Wie schießt man so jemanden ab?

Man hört darüber nur ehrfürchtiges Raunen. Diese Herren müssen Fähigkeiten haben, die unsereins nicht hat.

Im Vordergrund spiegelnde Brillengläser, Lächeln, Händeschütteln, burschikoses Witzeln – im Hintergrund ›die Aktivitäten‹. Es ist ein emsiges Fotokopieren im Gang. Telefonisches Einkreisen. Im Hof hat man gewisse Autokennzeichen beobachtet. (»Fräulein Leischke, schauen Sie mal raus – woher ist der Wagen?«)

Es stehen einige Herren am Fahrstuhl. Man beobachtet einerseits Zwinkern, andererseits starre Blicke. Kinnbewegungen. Andeutungen zu körperlichen Schwächen. Andeutungen über Ungepflegtheit, unmodische Kleidung, Haarschnitt, Dialekt. Man mokiert sich scheinbar über Außenstehende, über Fremde.

Es gibt auch verräterische Höflichkeiten. Eine Einladung zum Golf, zur Jagd, zum Segeln kann gefährlich werden. Längere Reisen können gefährlich werden. Jemand tritt eine beneidenswerte Reise an – währenddessen kommen zu Hause die ›Aktivitäten‹ in Gang. Oder während des Urlaubs. Bei der Rückkehr erlebt man unangenehme Überraschungen: ein anderes Büro, eine neue Sekretärin, ein Anderer hinter dem Schreibtisch.

Bitte keine Namen. Die gesprochenen Sätze sind halbe Sätze. Die Herren werden mit Leere umgeben.

Zwar erhalten sie korrekte Antworten auf ihre Fragen. Aber sie erhalten keinen Termin beim obersten Boß.

Begegnen sie aber zufällig dem obersten Boß im Fahrstuhl, so begrüßt sie dieser mit Handschlag. Es kommt zu einem kurzen, liebenswürdigen Gespräch: »Ah, mein Lieber, da fällt mir ein: wir müssen uns unbedingt mal unterhalten.« Der oberste Boß scheint von dem lange vorliegenden Ersuchen um einen Gesprächstermin nichts zu wissen. »Ja, wirklich! Mal in aller Ruhe unterhalten!«

Danach geschieht weiter nichts.

Es ist ein Schwebezustand.

Bezüglich dieser Herren ist etwas in der Schwebe.

Der Schwebezustand kann unter Umständen lange andauern. Monatelang. Jahrelang. Man kann sich daran gewöhnen. Wenn die Herren dann endgültig abstürzen, merken sie es oft selber nicht. In den Büros weiß man es manchmal früher, als sie es selber wissen. Abgesägt.

Natürlich nicht entlassen – so geht das ja nicht!

So einen leitenden Herrn kann man nicht einfach entlassen – wo denken Sie hin! – Er kriegt einen Posten, wo nichts zu tun ist, wo er nichts zu melden hat; bei vollem Gehalt, versteht sich. Er ist ja ein ›Insider‹, oder er war es. Er weiß so einiges. Wenn er das Spiel auch nur etwas kennt, hat er sich von einigen Sachen Fotokopien hergestellt. – Am besten bleibt er zu Hause, im Ruhestand, da richtet er am wenigsten Schaden an. (Ein gewisser

Dr. Giebel – der klassische Fall eines Frühpensionärs! Morgens winkt er seinem Nachbarn zu, der los muß. Ironisch ...)

Ist das nicht ein Glück? Ist er nicht zu beneiden?

Auf sein Glück hofft hier jeder. Das ist oben und unten gleich. Wenn es nicht zum ›Frühstücksdirektor‹ reicht, oder zum Frühpensionär, dann wenden wir uns anderen Hoffnungen zu. Ein Mitarbeiter kann ja reich heiraten. Er kann im Toto gewinnen. Ein Wunder kann ihm zustoßen! – Die Zeitungen sind voll von solchen Fällen.

Morgens im Büro liest man das Horoskop. Wenn es gut ausgefallen ist, spürt man den ganzen Tag den Aufwind. Einige gehen auch zu Frau Hof, die in einem Büro im achten Stock, in der Produktionsplanung sitzt. Frau Hof ist auffallend. Wenn sie irgendwo geht, wird hinterhergeflüstert. Sie hat eisengraues, über dem Nakken waagrecht abgeschnittenes Haar und pechschwarze Augen. Sie ist ein Medium, hat okkulte Fähigkeiten und kann aus der Hand lesen. In ihrem Büro ist es meistens voll. Es gibt eine Warteliste, aber manchmal gehts auch gar nicht, und das Büro ist abgeschlossen.

Es muß schon was dran sein, an ihren Voraussagen.

Einer jungen Angestellten namens Lind hat Frau Hof eine große Karriere vorausgesagt – und wirklich, wenig später ist sie in einem Schlagerwettbewerb aufgefallen, und ist ein Star geworden. Bei Herrn Maier von zehn-dreißig, der eigentlich nur aus Jux hingegangen war, hat sie *Geld* aus der Hand gelesen. Zwei Wochen später hat er im Toto gewonnen – dritter Rang, 96 Mark 44 – immerhin. Es muß schon was dran sein. Unheimlich war es mit einer Frau Wirth aus der Literaturabteilung. Als sie mit der fertig war, die Frau Hof, wollte sie nicht mit der Sprache heraus. Sie weigerte sich zu sagen, was sie in der Hand gesehen hatte. Die Wirth hat das nicht ernst genommen, sie hat sogar noch darüber gewitzelt: wenn man genau hinsähe, könnte man die gekreuzten Knochen wahrnehmen usw. – Einen Monat später kam sie bei einem Autounfall ums Leben.

Ein einziges Mal hat sich Frau Hof geirrt – seinerzeit mit dem Fräulein Herzing: ihr hatte sie eine berufliche Laufbahn vorausgesagt, dabei hat die Herzing bald darauf ihren Perser geheiratet und wohl nie mehr einen Finger gerührt. – Aber sonst hat es immer gestimmt, irgendwie.

Natürlich gibt es immer mal Ärger, weil Frau Hof so oft von der Arbeit abgehalten wird. Ihr Chef, Ingenieur Fleischmann, hat die Handleserei in ihrem Büro verboten. An der Tür wurde ein Schild angebracht: ›Zutritt nur für dienstlich Befugte‹. Aber das hat nicht lange gewirkt. Wer will denn das auch nachprüfen?

Vielleicht hat der Fleischmann auch ein Auge zugedrückt. Wie es heißt, wird Frau Hof manchmal in den zwölften Stock gerufen.

Viel Gesprächsstoff ergibt sich bei Veränderungen in Führungspositionen. Vor zwei Jahren ist Dr. Gropengießer neuer Chef im Rechnungswesen geworden. Bei seiner Einführung – anläßlich einer Betriebsversammlung – wurde er von Dr. Altenburg (dem Geschäftsführer) in den höchsten Tönen gerühmt; er sei ein Spezialist für moderne Methoden, modernste Buchführung, für EDV etc. Vorher war er ein paar Jahre im Ausland tätig, vor allem in Japan und in den USA. Eine steile Karriere – Dr. Gropengießer ist 38.

Sein Vorgänger war Herr Bunge, einer von der ›Alten Garde‹. Er war von Anfang an bei der Firma gewesen, war als Lehrling eingetreten, lange vor dem Krieg. Herr Bunge war klein, gedrungen, mit einem kugelrunden roten Kahlkopf. Ab und zu kriegte der einen Rappel, brüllte auf dem Gang herum, inspizierte sämtliche Büros und hatte überall was auszusetzen. Aber sonst war gut mit ihm auszukommen. Über Bunge wurde nie viel geredet.

Über Dr. Gropengießer wird viel geredet. Er hat etwas Imponierendes:

»Das ist ein Mann! Trainiert wie ein Sportler. Neulich habe ich ihn über das Geländer am Parkplatz hechten sehen. Auf dem Rücksitz seines Autos liegt immer ein Tennisschläger.«

»Englisch spricht er wie ein Engländer, außerdem soll er noch viele andere Sprachen können. Letzte Woche kam er plötzlich bei uns rein, und mit ihm zwei braune Herren mit breiten Schnurrbärten und grünen Turbanen. Auch mit denen hat er sich flüssig unterhalten.«

»Vorhin fuhr ich mit ihm im Fahrstuhl. Er trug einen nachtblauen Anzug mit feinen weißen Streifen, und eine weinrote Weste. Als er den Arm abknickte, konnte man sein goldenes Uhrband sehen.«

»Das Gefühl, wenn er einem die Hand gibt. Es ist ein warmes, seidenweiches Gefühl. Und wie er riecht: nach Kölnisch Wasser, oder nach einem Herrenparfüm – sehr dezent. Aus dem Mund riecht er nach Pfefferminz.«

»Haben Sie mal sein Haar bemerkt? So dunkelblond mit ein paar silbrigen Fäden. Immer wie vom Friseur. Ich habe noch nie ein Haar auf seinem Jackett gesehen, oder gar Schuppen.«

»Man meint immer, er käme frisch aus dem Urlaub. So braun und gesund – man könnte fast neidisch werden. – Bei mir ist immer alles schon nach drei Tagen wieder ab.«

»... als ich die Tür öffnete, trat er auf mich zu, die Arme vorgestreckt, und strahlte mich an mit seinen dunkelblauen Augen: immer herein, junge Frau, in die gute Stube! – Ich durfte mich auf seinen antiken Polstersessel setzen – er schob ihn mir von hinten unter. Ich kam gar nicht dazu, ihm das zu sagen, was ich wollte. Er hat mich dauernd gelobt – dabei weiß ich gar nicht, wofür!«

Vor dem ›Schwarzen Brett‹ steht einer, vielleicht noch immer, vielleicht schon wieder. Es gibt da nichts Neues, trotzdem, da steht fast immer einer. Liest nochmal und nochmal.

Manche Verlautbarungen wirken unklar. Sie scheinen eine Vorgeschichte zu haben, scheinen etwas anzudeuten, Kritik oder Drohung, zwischen den Zeilen: »Aus gegebener Veranlassung fordern wir unsere Mitarbeiter auf, nicht in übermüdeter Verfassung zum Arbeitsplatz zu kommen ... im Interesse der Firma ... aus Gründen der Sicherheit, also in Ihrem eigenen Interesse ... doch einmal spät geworden – etwa aus festlichem Anlaß, wofür wir vollstes Verständnis haben –, so bleiben Sie am nächsten Morgen lieber zu Hause. Nehmen Sie sich einen halben Tag Urlaub, den wir Ihnen in solchen besonderen Fällen gerne gewähren ...«

›Aus gegebener Veranlassung‹? Was heißt das? Was steckt denn dahinter?

Dahinter steckt, daß man wieder mal jemanden *schlafend* angetroffen hat. *Schlafend* auf Betriebsgelände. – Dabei geht es nicht um ein Nickerchen nach dem Essen. Es geht nicht um kleine Absenzen, um kurzes Abschalten, mit offenen Augen. Nein, hier geht es um die Fortsetzung des Nachtschlafs am Tage.

Dieses Schlafen kann geradezu krankhaft ausufern. Es kann schon frühmorgens anfangen, und den ganzen Tag, unter Umständen über den Feierabend hinaus andauern. Es können dafür die unwahrscheinlichsten Orte gewählt werden. Sie werden es nicht für möglich halten, wo, auf unserem Büro- und Fabrikgelände, schon schlafende Menschen angetroffen worden sind! Irgendwo, in einen Winkel verkrochen, um dort zu schlafen, nur schlafen – als ob sie wochenlang schwerste Knochenarbeit hinter sich hätten. Dabei haben sie, vielfach, wochenlang nichts anderes getan, als sie jetzt auch tun: geschlafen! Langschlaf ermüdet. Sie haben sich dann jeweils, nach kurzer, formaler Tätigkeit, wieder in ihr ›sicheres‹ Versteck verkrochen, und weitergeschlafen.

Selbst in unserem Stockwerk ist das vorgekommen, zum Beispiel letzte Woche: nach einem kleinen Mißgeschick mit der Kaffeekanne war eine Bürokraft auf die Suche nach einem Putzlappen gegangen. Neben dem Fahrstuhl ist eine Art Besenkammer, da werden Trittleitern, Schrubber, Eimer, Staubsauger etc. aufbewahrt, es ist ein fensterloser Raum. Nun, die Bürokraft öffnet die Tür – es ist elf Uhr vormittags – und sieht vor sich etwas auf dem Boden hocken, vom plötzlichen Licht geblendet, etwas wie eine Fledermaus: einen Menschen in einem grünen Arbeitskittel; er hob das verquetschte warmrote Gesicht von der Brust, vom Unterarm – er hatte dort geschlafen. – Wie lange schon? Vielleicht seit Tagen? Wurde er nicht vermißt? – Er war hier oben unbekannt, sah aber aus wie ein Bote. Er torkelte durch den Gang davon.

Oft sind es Handwerker; es sind ja immer welche hier, weil immer etwas schadhaft ist, abgenutzt oder undicht. Sie sollen zum Beispiel nach der Ursache einer Verstopfung eines Toilettenbeckens suchen, schlafen aber. Oder es sind Elektriker, die nach dem Kurzschluß forschen sollen, durch den im 5. Stock so oft die Sicherungen rausfliegen. Sie haben den Sicherungskasten abmontiert, dann ein Stück Wand daneben aufgestemmt, sind dann fortgegangen, angeblich um einen Spannungsprüfer zu besorgen – in Wirklichkeit aber, um zu schlafen.

Es gibt in unserem Gebäude einige offenbar geeignete Stellen. So im zweiten Stock, unweit der Zigaretten-, Süßigkeits- und Getränke-Automaten. Dort gibt es, hinter einer Zickzackbiegung des Ganges, eine dämmrige Nische mit einer außer Betrieb gesetzten Rohrpoststation. Eine Mitarbeiterin hatte sich neulich dorthin verirrt, mit ihrer Coca-Cola-Flasche –, plötzlich erschrak sie. Vor ihr, im Halbdunkel, sah sie einen jungen Menschen, vielleicht Lehrling, den langen dünnen Oberkörper geknickt über das Regalbrett für die Rohrposthülsen – alles war dick mit Staub bedeckt, und er, ein Ohr in der offenen Hand, das Gesicht zur Wand: schlafend. – Das ist wie eine Sucht. Um schlafen zu können, scheinen sie auch vor großer Unbequemlichkeit nicht zurückzuschrecken.

Einmal ist einer entdeckt worden, hinter dem Flügel einer eisernen Durchgangstür, einem Brandschott, das

normalerweise – da so schwer zu bewegen – offen-
bleibt, und am Boden eingeklinkt. Es war (wie man
hört) ein Monteur des monatlichen Schreibmaschinen-
Dienstes. Er hatte ein Knie gegen den Mauerabsatz gestemmt, einen Ellbogen auf der Türklinke, den Kopf in
der dazugehörenden Hand ruhend, nur mit einem Fuß
am Boden: Großer Gott! Ihm mußte doch alles weh-
tun, wie in einer Folter! Doch er schlief fest. Als aus-
nahmsweise, zwecks Sicherheitsprüfung, die Tür aus-
geklinkt und geschlossen wurde, kippte der heraus, wie
ein Toter.

Im Chefsekretariat hat es wieder Knies gegeben. Der
Doktor hält seine Leute auf Trab, vor allem die Sekretärinnen. Frau Volz, die Ältere, wurde von seinem Vorgänger Bunge übernommen. Die andere, Fräulein
Schadow, hat er selbst mitgebracht. Sie ist eine Schlan-
ke, Große, mit kastanienrot gefärbtem Haar, zum Beispiel in einem moosgrünen Hosenkostüm mit silbernen
Sandalen, Ohrringen und so.
    Eigentlich ist das Vorzimmer für die beiden Damen
mit den vielen Akten nicht groß genug. Deshalb – aber
auch aus anderen Gründen – gibt es oft Reibereien. Sie
gehen dann nacheinander zum Chef. Die eine beklagt
sich über die andere. Dieser erfährt so nebenbei auch
noch andere Neuigkeiten. Raffiniert ist der schon.
    »Das muß der auch sein. Sonst tanzt ihm hier alles auf
der Nase herum. Wo der so oft verreist ist. Wenn er hier

ist, dann gibts gleich wieder doppelt soviel Arbeit. ›Action‹, sagt er immer. ›Action‹.«

»Und wozu soll das gut sein? Der Bunge ist nie verreist!«

»Ach der Bunge, der Bunge. Der hat alles nach dem alten Stiefel gemacht. Alles von Hand. Der Doktor ist viel moderner. Der versteht was von Büromaschinen, von Computern.«

»Wozu denn? Die paar Zahlen können wir doch auch noch auf dem Papier rechnen. Das ist doch Spielerei.«

»Meinen Sie! Aber der Doktor setzt das durch, warten Sie nur. Am Ende des Ganges, die zwei Räume – da sitzen sie schon drin, die EDV-Leute. Nur junge Männer, die krempeln hier alles um! – Aber für den Doktor ist das schon gelaufen. Der hat schon ganz was anderes im Sinn. Ich habs aus erster Quelle: für den ist schon ein Platz reserviert – oben, im zwölften Stock.«

Bis vor fünf Jahren saß die Frau Volz, die jetzt im Sekretariat sitzt, im Büro 1028, auf dem Stuhl, auf dem jetzt Fräulein Mauler sitzt. Frau Volz hieß damals Fräulein Schneider. Noch heute kommt sie manchmal in das alte Büro, und jammert. Für Herrn Bunge hat sie alles ganz allein geschafft, und trotzdem war es nicht so viel Arbeit und Ärger, wie jetzt, wo sie zu zweit sind. Der neue Chef ist bestimmt sehr tüchtig – sie will auch nichts sagen. Aber sie seufzt.

Der Bunge? Wie der war?

Der Bunge war ein völlig anderer Typ. Studiert hatte der natürlich nicht, im Gegenteil: er konnte die ›Studierten‹ nicht leiden. Er hatte einen richtigen Haß auf die jüngeren Prokuristen der Firma, die meistens Doktor waren, und mit denen er täglich in der Kantine zu Mittag essen mußte.

Der Bunge hat sich lange gewehrt, wurde aber dann von der Geschäftsleitung gezwungen, einen *Diplom-Volkswirt* einzustellen – als Sekretär, und späteren Nachfolger. Mit diesem, einem Herrn Feuerstein, gab es dann einen tollen Skandal. Als der Chef mal auf Urlaub war, soll er es mit der Sekretärin – der Vorgängerin von Frau Volz – in Bunges Büro *getrieben* haben!

Die beiden verschwanden von heute auf morgen aus der Firma.

Die Aufregung, das Getuschel und Gerede können Sie sich vorstellen! Wochenlang gab es kaum ein anderes Thema – obwohl offiziell natürlich nie etwas mitgeteilt wurde. Die beiden waren wie weggeblasen, die Namen wurden nie mehr genannt. – Zu der Zeit holte sich Bunge die spätere Frau Volz als neue Sekretärin.

An dem Vorfall blieb einiges unklar. Kollegen, die damals schon bei uns waren, erinnern sich, die bewußte Dame sei sehr häßlich gewesen: ein Knochengestell, dünnes Kraushaar, vorstehende Zähne – eine wahre Schreckschraube! Und mit so einer sollte ein junger, studierter Herr . . . ? Und *wo* denn da, bitte – vielleicht auf Bunges spartanischem Sisalteppich? Auf einem der beiden harten und räudigen Ledersessel? Wer macht denn sowas! – Heute kann das niemand mehr nachprüfen. Die Raumpflegerin, die die beiden angeblich überrascht hat, arbeitet längst nicht mehr in der Firma. Was damals protokolliert wurde, ist irgendwo im Personalbüro vergraben. – Für Herrn Bunge war es ein kurzer Triumph. Drei Jahre später wurde er vorzeitig pensioniert.

Vielleicht ist Frau Volz nur unverträglich. Auch mit ihrer Ehe ist es ja schlecht ausgegangen. Sie nörgelt über den Doktor und meckert über die Schadow, sie sagt, sie habe bald die Nase voll, sie werde sich bald etwas anderes suchen.

»Was, Sie – in Ihrem Alter?«

Frau Volz macht eine Andeutung, es müßte ja nicht als Angestellte sein. Es gäbe schon noch selbständige Jobs, zum Beispiel bei dieser Kosmetikfirma, von der man öfters Anzeigen liest. Man bekommt Provision – sogar für Besuche ohne Verkauf!

»Ach du lieber Himmel! Meinen Sie das ernst? – Sie sind vielleicht naiv!«

Es gibt so Zeiten, so Stimmungen, da kommen solche Reden hier auf, vom selbständig werden, so irgendwie frei.

»Lieber weniger nach Hause bringen, und dafür sein eigener Herr.«

Geredet wird schon mal darüber; verwirklicht wird es selten.

In dieser Abteilung ist es einmal versucht worden. Ein Herr Fabian – es ist bald zehn Jahre her, der war damals ein junger Buchhalter im Büro 1031, wo jetzt Frau Zentner sitzt. Er hat es als Vertreter versucht, als Reisender für ein ›neuartiges Lexikon‹.

Am letzten Tag, bevor er hier aufhörte, hat er ein Abschiedsfest gegeben. Auch Herr Bunge war eingeladen, und Herr Fabian, ein schlanker, hübscher, braunäugiger Mensch, schenkte ganz glücklich Sekt aus und war sehr optimistisch. Herr Bunge hatte etwas übrig für ihn. Er brummelte ständig, das könne doch *nie* gut gehen – Vertreter, Reisender, das sei ein hartes Brot. Eines Tages werde er schon wieder reumütig zurückkehren. Aber Herr Fabian rief ganz kühn: »Ein Gegenvorschlag, Herr Bunge: wenn Sie mal Ihren Laden hier satt haben, dann kommen Sie zu uns! Da kriegen Sie auch einen Bezirk!« – Dann war er fort.

Ein halbes Jahr später kreuzte er wieder auf – mit modischem Haarschnitt (damals war das ein Pilzkopf), gut gekleidet, doch ernst und hager: Guten Tag, zusammen – er sei zufällig hier vorbeigefahren, da wollte er sich mal wieder sehen lassen. Doch, doch, zufrieden sei er. Natürlich sei es am Anfang hart gewesen, aber nun ginge es aufwärts.

Nach einem weiteren viertel Jahr war er wieder bei der DRAMAG. An sich nehmen sie keine Abtrünnigen, aber Herr Bunge hatte sich für ihn eingesetzt, und so waren sie nochmal großzügig und gaben ihm noch eine Chance – wenn auch in einer anderen Abteilung. Da arbeitet der heute noch. Er ist jetzt ruhig und unauffällig. – Der Bunge hat sich natürlich die Hände gerieben. »Hab ichs nicht gleich gesagt?« Das sollte für manchen eine Lehre sein!

Der Mann am ›Schwarzen Brett‹ reibt sich die Nase, reibt sich das Kinn. Er liest jetzt alles noch einmal durch. Dann schaut er zum linken oberen Eck, wo jemand nach einer vermißten Postsendung fahndet, er betrachtet, senkrecht über dem ›Schwarzen Brett‹, das Unfallplakat (Witzzeichnung betreffend unvorschriftsmäßige Steckdose), er wendet seinen Blick auf die Wand daneben, wo weitere unwichtige Verlautbarungen angebracht sind, die am ›Schwarzen Brett‹ keinen Platz fanden.

»Na, was Neues?« – Er schüttelt den Kopf. Dennoch kann er sich kaum trennen.

Gehälter sind bei uns Staatsgeheimnisse, wie überall in der Industrie. Deshalb gehören sie zu den beliebtesten Gesprächsthemen in den Büros. Vor allem über die Gehälter der oberen Chargen wird gerne spekuliert.

»Was der wohl kriegt, der Doktor?«

»Das möchten Sie wohl wissen. Jedenfalls mehr als unsereiner. Sonst hätte sich das doch gar nicht rentiert, das Studium, die besonderen Fähigkeiten, die ganze Dynamik.«

»Der verlangt das eben gleich von vorneherein: soundsoviel, sonst geht er woanders hin. Immer auftrumpfen!«

»Und wenn er dann mal drin ist, gehts gleich weiter. Diese Manager, die sind da kalt. ›Tausend Mark mehr‹, sagen die, ›sonst nehm ich meinen Hut‹. – Bei denen geht das nicht so, wie bei uns: ›Tja, Fräulein Soundso, wolln mal sehn, was sich machen läßt‹. Oder: ›Sie wissen ja, von mir aus gern – aber darüber haben andere zu befinden‹. Nein, mit sowas läßt der sich bestimmt nicht abspeisen.«

»Und dann noch der Bonus, Sonderzulagen, Gewinnbeteiligung. Die rechnen sowieso nach Jahresgehalt – der Monatslohn besagt noch gar nichts.«

»Was da wohl so zusammenkommt? Fünfzigtausend?«

»Wo denken Sie hin! Das kriegt heute schon ein mittlerer Beamter! – Der Doktor, der kriegt mindestens achtzig – nein, mehr: mindestens Hunderttausend!«

»Doch, sicher! Ein entfernter Vetter von mir ist leitender Angestellter! – Wissen sie, bei denen gehts ja gar nicht mehr um Lebensunterhalt. Da gehts nicht um Essen, Anziehen, Wohnung – Auto stellt sowieso die Firma. – Für die ist das selbstverständlich. Diese Führungskräfte haben ganz andere Ansprüche. Stadthaus, Wochenendhaus, und noch einen Ferienbesitz am

Mittelmeer; mehrere Autos, Motoryacht, Schmuck für die Gattin, Internat für die Kinder – die wissen ja kaum, was sie mit ihrem Geld anfangen sollen. Weil sie sowieso nicht alles ausgeben können, weil das, was übrigbleibt, wieder auf Zinsen liegt – oder sie spekulieren damit –, sodaß das Geld, das sie nicht brauchen, sich immer weiter vermehrt ...«

So die Vermutungen der einen, andere glauben es anders. Das wechselt von Büro zu Büro.

Hier heißt es: die sahnen ab – für nichts und wieder nichts.

Dort hört man: so rosig sei es auch nicht. Diesen Herren ginge es doch gar nicht ums Geld.

Dann wieder: »Dreimal kurz gelacht.«

»Aber die arbeiten auch härter als unsereins. Die arbeiten aus Hobby, weil es interessant ist.«

»So ein Hobby hätte ich auch mal gern.«

Jemand hat es direkt von der Chefsekretärin: ihr Chef käme fast nie vor acht nach Hause. Und dann müsse er oft noch mit Geschäftsfreunden ausgehen, damit diese einen guten Eindruck von der Firma bekämen.

»Dafür würde ich mich auch mal gern opfern.«

»Ja – ›mal‹ schon, ab und zu – aber doch nicht dauernd!«

Eine andere Mitarbeiterin vermutet, letzten Endes hätten sie wohl kaum was von ihrem Geld. Es ginge ja auch an die Gesundheit, dieses ständige Verhandeln,

Telefonieren, TEE-Zug-Fahren, Flugzeug-Fliegen –
diese Nervosität. Es sei ja bekannt: das führt zur Mana-
gerkrankheit. Erst neulich habe der Doktor zu seiner
Sekretärin gesagt, bei ihm sei eine ›Generalüberholung‹
fällig.

»Mir kommen die Tränen.«

Tja, dieses Leben der Manager. Da ginge er also wieder zur Kur, so ein Chef, er sei ganz marode, habe
Ringe unter den Augen – und drei Monate später sei er
wieder zur Stelle, top-fit und braungebrannt, womöglich sogar mit einer nagelneuen Frau zu Hause. Und
dann ginge es wieder los, und wieder könne er sich – bis
zur Erschöpfung – auf seine Arbeit stürzen.

So ein Leben sei das, das die führen.

4.0 Die Daumenreise

Sein Blick bleibt am Daumen hängen. Kommt nicht davon los. Immer wieder muß er da hinsehen. Der Rest des Blutflecks behindert ihn, stört ihn bei der Arbeit, es ist ein Reiz, eine Verwirrung.

Genug. Das muß jetzt aufhören. Es muß endlich Schluß gemacht werden. Er steht auf, langt sich das Taschenmesser aus der Hosentasche. Er klappt die kleinste der Klingen heraus, tritt dicht ans Fenster und schabt den letzten Rest der Blutkruste unter dem Nagel heraus, bis es da wieder weiß ist.

Vor acht Monaten hat Kuhlwein sich das zugezogen – acht Monate dauert das in seinem Alter. Er wollte damals, an einem Sonntag abend, einen Nagel in die Wand des Wohnzimmers einschlagen, um ein Bild dran zu hängen; ein Bildchen, postkartengroß, mit der Darstellung eines Mannes in altmodischer Kleidung, der, wie er selbst, auf einer Leiter stand; nur daß es eine Bücherwand war, an der die Leiter lehnte, und der Mann eine Brille trug, was Kuhlwein nicht nötig hat. Dieses Bildchen hatte ihm sofort gefallen. Es war in einem Schreibwarengeschäft, unweit seiner Wohnung, ausgestellt gewesen, fertig gerahmt. An seiner Wohnzimmerwand hatte er schon ein anderes Bild hängen: ein koloriertes Foto vom Königssee, seinem liebsten Urlaubsort –, das hing da schon seit Jahren. Eines Abends, auf dem Heimweg, hatte er dieses andere gesehen, und hatte plötzlich einen starken Wunsch nach einem weiteren Wandschmuck verspürt (Mammas alte Bilder hatte er nach ihrem Tode abgenommen. Sie standen im Keller. Aquarelle und Ölgemälde, meist von Menschen, die er nicht kannte. Was sollte er damit?).

Das Wohnzimmer war schwach beleuchtet. Die Stehlampe mit dem gelben Pergamentschirm, mit den gepreßten Blumen drin (auch von Mamma – wie fast alles), gab nicht viel Licht. Kuhlweins Schattenhand verdunkelte die Stelle, wo er zwischen Daumen und Zeigefinger den Nagel hielt. Der erste Hammerschlag ging auf den Daumen. Erst beim zweiten Mal traf er den anderen Nagel, daß er stecken blieb, und Kuhlwein die Hand wegnehmen konnte. Mit zwei weiteren Schlägen – nun bei besserem Licht – trieb er den Nagel gut in die Wand, stieg von der Leiter, holte das Bildchen, das auf dem gekachelten Sofatisch lag, hängte das Bildchen an den Nagel. Der Daumen fühlte sich heiß an, aber er beachtete das nicht.

Am folgenden Tag, im Büro, sah Kuhlwein zum ersten Mal den großen, blauroten Bluterguß unter dem Daumennagel: zungenartig, halb so breit wie das Nagelhorn, mit ausgefransten Rändern, wie Tinte auf Fließpapier. Es tat zwei Tage lang weh. Dann war der Fleck tiefschwarz und begann sich – langsam, langsam –

vorwärts zu schieben. Immer wenn er mit der linken Hand irgendein Schriftstück, das er bearbeitete, festhielt, hatte er den Fleck vor Augen. *Schwarzblutfleck.*

Es war damals Hochsommer, Juli, und es herrschte eine drückende Hitze. Eine Luft, wie im Treibhaus – kaum ein Unterschied zwischen drinnen und draußen. Was schon seit langem von der Belegschaft der DRAMAG beanstandet worden war: die schlecht, oder gar nicht funktionierende Klimaanlage, war jetzt ein Hauptthema. Man schimpfte grämlich, mit maulendem Unterton: wirklich, das sei ein starkes Stück, eine Zumutung bei diesem Wetter! Dabei sei die Anlage noch nie gegangen – von Anfang an nicht. Eine Fehlkonstruktion. Wer die auf dem Gewissen habe, der Ingenieur oder Techniker – den sollte man mal einen Tag hier einsperren, oder gleich in einen Backofen, den müßte man mal ... – man nannte verschiedene Foltern, die diesem Mann gebührten.

Solche Nörgeleien in vielen Abwandlungen, zum Beispiel mit Ironie: »Was denn was denn – zu heiß, zu tropisch? Hören Sie auf! Das ist doch ausgeschlossen mit unserer Klimaanlage! Noch in der letzten Betriebsversammlung, im Frühjahr, hat man uns doch versichert, nun seien alle Kinderkrankheiten beseitigt! Man habe die Anlage getestet. Diesen Sommer würde sie funktionieren!«

Aber, selbst wenn sie funktioniert hätte – wir hätten immer noch viel ausstehen müssen.

Der Sommer war wolkenlos. Zu der heißen Luft kam das gleißende Sonnenlicht. Im ganzen Gebäude – der schmalen, zwölfstöckigen Betonscheibe, mit Fenstern nur nach Osten und Westen – gab es kaum einen Winkel, wo man dieser rasenden, weißgelben Sonnenglut entging; sie erwartete uns schon morgens, bei Arbeitsbeginn, fast ungebrochen von den fast immer verklemmten Plastik-Lamellen-Blenden, zog sich gegen Mittag, zur Zeit der größten Luft-Hitze, vorübergehend aus der Tiefe der Räume zurück, um dann schon bald von deren anderen, bisher verschonten Seite des Gebäudes vorzustoßen.

Es war eben nicht allein die kochende Luft, es war auch das Licht, das hemmungslose, irrwitzige Licht, das den ganzen Kasten zum Backofen machte.

Kuhlweins erster Blick am Morgen galt dem Thermometer am Fenster – einem Werbegeschenk der Fa. UNDERBERG, auf grüner Pappe. Die Lufttemperatur: 33, 34, 35 Grad – jeden Tag höher. Wie sollte das weitergehen? Wo sollte das enden? War das noch eine normale Sommerhitze? Die Schlagzeilen der Zeitung waren beängstigend rot und dick: HEISSESTER TAG SEIT FÜNFZIG JAHREN – GANZ EUROPA STÖHNT. VERGLÜHT DIE ERDE? – ASTRONOMEN MELDEN UNGEWÖHNLICHE SONNENAKTIVITÄT – WISSENSCHAFTLER HABEN KEINE ERKLÄRUNG!

Zum Frühstück (nur Kaffee – kein Brot) las Kuhlwein (›Am Rande berichtet‹) die Geschichte vom Ägypterboy Ali in Kairo. Alis Herr, der deutsche Ex- und Import-Kaufmann S., hatte sich schon lange über die hohe Stromrechnung gewundert. Eines Abends hatte er nun Ali ertappt: vor dem offenen Kühlschrank, *die nackten Füße im Gemüsefach*, zufrieden die Flöte blasend. – Natürlich flog Ali raus.

»Das Fenster müßte man öffnen können«, sagte Kuhlwein. »Dann würde es nachts etwas auskühlen, und morgens wäre es erträglich.«

Die Klatt sah mißmutig auf.

»Was reden Sie bloß für einen Blödsinn (redde Se – Bleedsinn). Das Fenster geht doch nicht auf. Es geht doch nicht aufzumachen, das Fenster.«

»Jaja, sicher! Das ist es ja! Es müßte zum Aufmachen sein!«

»Wenns aber ned geed, dann geeds ebbe ned.«

Frau Klatt hatte sich von zu Hause einen kleinen elektrischen Ventilator mitgebracht, der stand vor ihr auf dem Schreibtisch. Herr Maier sagte ›Miefquirl‹. Das Kunststoffgerätchen, es summte wie eine Fliege, es wiegte sich hin und her, es machte ein scharfes Lüftchen. Manchmal bäumten sich dadurch Papiere auf und glitten im Tiefflug davon, fort vom Schreibtisch; es gab heitere Szenen – Grapschen, Rennen, Bücken: »Willst du wohl dableiben – du, du …« Man war sofort außer Atem – schweißsprühend, mit gespitzten Lippen blasend.

Und manchmal fiel der ›Miefquirl‹ um.

Bei dieser Hitze hatte die Klatt meist ihr gelb-rotes, schulterfreies Kleid an – es war gleich schwarznaß unter der Achsel, und auf dem Rücken. Sie trug es zwei oder drei Tage. Dann sagte sie: »Es geht wirklich nicht mehr. Ich muß es waschen« (»nemmeer« – »muß des wäsche«). Darauf kam sie einen Tag lang mit einem sehr kurzen Faltenrock, sehr stramm (wohl schon ein paar Jahre alt). Dazu eine Nylonbluse.

Mittags ging es jetzt auf 40 Grad. Es war so, daß man kein Papier mehr anfassen konnte, ohne Schweißflecken darauf zu drücken.

Der Klatt war, wie sie sagte, jetzt alles egal.

Sie stemmte sich hoch, löste sich mit einem Schmatzgeräusch von ihrem klebrigen Sitz, und knöpfelte, pellte sich mit großer Anstrengung die klatschnasse Bluse ab: »Wers ned sehe will, braucht ned hi-zegukke!« Es war da jetzt ein sehr großer, fleckiger, gelblich verfärbter Büstenhalter, mit schwer schaukelndem Inhalt.

Frau Klatt ließ sich fallen, wie betäubt. Schweiß lief aus ihrer Haut, wie aus der Brause, dickflüssige Rinnsale von der Stirn, über die Schläfen den Hals entlang, wurden durch die Schlüsselbeine schräg in die Mitte gelenkt und dann hinab ins bräunlich gerunzelte Busen-Tal ... Ja, alles war außer sich, in dieser Hitze!

Nebenan, bei Herrn Maier, stand ein Transistor. Von da hörte man immer das Neueste. Es war fast nur von der Hitze die Rede – in der ›Hessenschau‹, in ›Unterwegs in Hessen‹ – nur von der Hitze. Die städtischen Schwimmbäder überfüllt – mehr Menschen als Wasser. Am Main saßen die Omas aus Sachsenhausen in Unterröcken und beobachteten schläfrig die splitternackten Kinder, die sich in dieser Brühe tummelten. Die Polizei warnte vor Infektionsgefahr. Uringehalt und Typhus. Die Innenstadt fast ausgestorben. Taxifahrer fuhren mit bloßem Oberkörper. Man sah Leute mit Tropenhelmen. Die Krankenhäuser hatten Hochbetrieb – Schlaganfälle noch und noch. Wer konnte, fuhr ins Freie. Schon am frühen Nachmittag waren die Mainbrücken verstopft. Auf der Obermainbrücke stieg ein Mann aus dem Auto, zog Hemd und Hose aus, stieg auf einen Brückenpfosten, und stürzte sich sieben Meter tief in den Fluß. Autos hupten Protest oder Beifall.

Noch immer hielt Kuhlwein durch. Während die meisten schon jede Hemmung verloren: er saß mit Schlips und Hemd. Man schüttelte den Kopf über ihn.

Herr Maier fast feindselig: »Sagen Sie mal, was wollen Sie denn beweisen?« – er selbst, Herr Maier, ging längst in Shorts, mit grellbuntem Hawai-Hemd, das überhing, mit Sandalen ohne Socken. Kuhlwein blieb schweigsam, wie gewöhnlich.

Aber eines Morgens erschien er mit offenem Hemd – ohne Schlips. Das war schon viel. Zum Über-die-Hose-Tragen waren seine Hemden ungeeignet, sie waren zu lang und mit Seitenschlitzen. Immerhin: am folgenden Tag machte er noch ein Zugeständnis – das äußerste: er krempelte die Ärmel hoch. Seine Armhaut war gelblich schlaff; er hatte nur wenig durchsichtiges Körperhaar; nur auf der Brust einen kleinen, dunkleren Haarwirbel.

An dem dritten, querstehenden Schreibtisch hatte damals Fräulein Stepulat ihren Platz. Sie war aschblond, mit hellbraunen, vielleicht etwas rötlichen Augen. Sie hatte sehr blasse Haut. Sie war in dieser Hitze noch stiller als sonst, nur selten kam ein ängstlicher Piepser.

Ihr machte die Hitze anscheinend wenig zu schaffen (doch was weiß man von Menschen, und wie sie leiden!). Ihre Kleidung bestand meist aus pastellfarbigem, ziemlich steifem und knisterndem Material – immer adrett, wie gestärkt; wie gestärkte holländische Hauben. Man sah keinen Schweiß an ihr.

Die Klatt konnte es nicht fassen. Wie die da saß – Tag für Tag – immer glatt und trocken – das regte sie auf.

»Höre Se mal! Sie schwitzen wohl gar nicht! – Lassen Sie mal fühlen.«

Fräulein Stepulat rückte etwas ab, als die Klatt zu ihr rüberlangte – mit einem Piepsen; half aber nichts.

»Tatsächlich! Trocken wie Holz! – Höre Se mal, wie machen Sie denn das? – Wie mache Sien des, hä? – Also, isch glaub, des iss ned guud! Der Mensch muß doch

schwitze! Das Zeug muß doch raus ausm Kerper! –
Kein Wunder, daß Sie dauernd krank sinn.«

Fräulein Stepulat war oft krank. Sie fehlte fast jede
zweite Woche.

Die Klatt stöhnte zwar, und litt; aber dann, nach einem durchschwitzten Tag, war sie doch befriedigt; wie
nach der Sauna, oder nach einer sportlichen Leistung:
wer so geschwitzt hatte – der hatte fest gearbeitet. Der
Schweiß war wie Lob.

Schließlich war es überstanden. An einem Freitag, in
der dritten Juliwoche, nachdem Hitze und Feuchtig-
keit zehn Tage lang immer mehr zugenommen hatten,
ereignete sich nachmittags ein Gewitter mit Wolkenbruch, bei dem innerhalb einer Stunde die Wassermasse
eines Normalmonats niederging.

Nach dem Essen hatte sich der Himmel verdunkelt;
es kam ein Vorspiel mit Donner und Blitzen, und eine
kurze, dämmerige Pause. Danach setzte ein gänzlich
windloser Regenfall ein, senkrecht, weich und warm.
Das Fenster eine Wand aus Wasser. Ein Rauschen und
Zischen schloß alles ein. Aus einer der Klimaöffnungen
floß ein dünnes Rinnsal, es zog eine rostbraune Spur an
der Wand herunter. Frau Klatt legte ein Handtuch auf
den Boden, um die entstehende Pfütze abzufangen.
Wie Nasenbluten; Gedächtnisschmutz; eine Spur zu
dem Tag, an dem das geschah.

Als der Himmel sich aufhellte, und das Unwetter

nachließ, tönten ringsum Sirenen. Die Tür wurde aufgerissen und Frau Volz rief herein: »Katastrophenalarm.« Es ständen Teile der Innenstadt unter Wasser. Kanaldeckel seien meterhoch in die Luft geschleudert worden. Fontänen von Schmutzwasser seien aufgestiegen. Straßen seien reißende Flüsse, Autos schwimmend, einige gekentert. Es gab erste Meldungen von Verunglückten, Ertrunkenen. Die Feuerwehr komme nicht mehr nach, komme nicht mehr durch! – Frau Volz rannte weiter, sie ließ die Tür offen.

Durch den Gang schallte Herrn Maiers Transistor: Lebensgefahr für eine Anzahl von Eingeschlossenen in einer Unterführung. Vor dem einströmenden Wasser hatten sie sich auf die Dächer ihrer Autos gerettet; bei ihnen die Besatzung eines Funkstreifenwagens, mit dem ein Kontakt bestand. Der Luftvorrat, die Luftblase im oberen Teil des Tunnels verkleinerte sich. Sauerstoff wurde verbraucht, Stickstoff und Kohlensäure reicherten sich an. Von oben her war eine Rettungsmannschaft mit Preßluftbohrern an der Arbeit. Im Sender riefen Hörer an, die diese Aktion für mörderisch hielten: sobald die Bohrung durchkam, würde die rettende Luftblase entweichen und der Tunnel vollaufen! Man müsse vielmehr Taucher mit Sauerstoffflaschen einsetzen, um die Luftblase aufzufüllen, bis das Wasser wieder ablaufe!

In den Büros wurde mitgehört. Das Drama war spannend, jeder war neugierig, wie es ausging.

Unterdessen kamen Berichte von anderen Katastrophenorten. Im Taunus wurde die Erde von den Hügeln geschwemmt. Viele Keller standen unter Wasser, es gab elektrische Kurzschlüsse – Gefahr für die Hilfsmannschaften. Das Depot der Universitäts-Bibliothek bis zur Decke gefüllt – unschätzbare Werte vernichtet! (»Haha«, sagte Frau Klatt. »Da wern die Studente sich freue!«)

Aber im Tunnel sank jetzt der Spiegel. Man konnte aufatmen.

Vom Gang her war ein Hin und Her von Schritten zu hören; es entstand eine lebhafte Bewegung. Viele Besucher drängten sich auf einmal in das Büro, und alle waren besonders lebendig in ihren Gesten, mit ihrer Mimik, beim burschikosen Aufsitzen auf den Schreibtischen, mit Drehungen, Wendungen und buntem Durcheinanderreden. Ein Wohlsein herrschte hier, ein außerordentliches Hochgefühl. Jeder hatte etwas zu erzählen.

Frau Volz tat sich mit exotischen Beschreibungen hervor, aus Indien zum Beispiel, wo solche Unwetter oft vorkämen, wie eine Nichte von ihr, die Stewardeß sei, berichtet habe. In Bengalen halte jede Familie hinter dem Haus ein Boot bereit. Gleichzeitig sprach Frau Klepzig über die Bombennächte des letzten Krieges, von ihren Schrecken und von der damals beobachteten allgemeinen Hilfsbereitschaft. Herr Maier schwelgte von seinen Taten bei der Bundeswehr, vom

Hochwasser in Hamburg – mit vielen Witzen von schwimmenden Betten, schwimmenden Ratten und klatschnassen Frauen. – Sogar Fräulein Stepulat war gelockert. Sie erzählte dem vornehmen Fräulein Schadow, die zunächst etwas befremdet durch die Tür hereingeschaut hatte, leise und eindringlich – wie im Vertrauen – eine merkwürdige Begebenheit: von einem Waldbrand, den sie in ihrer Jugend einmal in der Schweiz erlebt habe, der tagelang gedauert habe – trotz der vielen Schweizer Soldaten –, und vor dem sich schließlich das Wild nicht anders zu retten wußte, als durch die Flucht in die Dörfer; ganze Rudel von halb angesengten, brenzlich riechenden Hirschen, Rehen; sogar Gemsen seien durch die Straßen galoppiert.

Man unterhielt sich überall, auch draußen auf dem Gang standen sie zusammen, unter ihnen Frau Zentner, der Bote Holzer, und andere vom fernen Ende des Ganges, oder aus anderen Stockwerken, die man kaum kannte. Niemand dachte mehr an Arbeit.

Der Feierabend kam fast unbemerkt. Frau Volz rief über alle Köpfe hinweg: »Ihr Lieben – ratet mal, wie spät es ist!« Da wanderten sie gemächlich in Gruppen zum Fahrstuhl oder zur Treppe. »Wie es unten wohl aussieht?« Man freute sich auf den abenteuerlichen Heimweg.

Auf diesen Wolkenbruch folgte eine längere Regenzeit.

In der Woche danach schaute die Klatt trübselig aus dem Fenster: »Natürlich! Es muß ja regnen, wenn wir in Urlaub fahren!« – Sie wollten nach Italien, wie jedes Jahr. Sie konnte sich nicht vorstellen, daß das Wetter in Italien, oder überhaupt irgendwo, anders sein könnte als hier. Das Wetter ist das Wetter.

Aber der Urlaub ist eine andere Welt. Eine Woche nach ihrer Abreise kam ihre Ansichtskarte aus Rimini – gleich einen Tag nach der Ankunft geschrieben: »Wir haben blauen Himmel, Sand und viele Landsleute. So kann mans aushalten! – Herzliche Grüße von Elfie und Fritz Klatt« (Unterschrift übergroß, mit dickem, das ganze Wort durchkreuzendem t-Strich).

4.1 Die Welt in Farbe

Über den Urlaub wird hier immer geredet: Urlaub – Reisezeit – ist das nicht überhaupt das Wichtigste im Jahr?

»Wir fahren im Juli in Urlaub – wann fahren Sie?« »Und wohin?« – »Diesmal machen wir Urlaub im Norden, Schweden, Finnland« – »Würden wir auch gern, wenns nur nicht so teuer wär« – »Wir sparen Hundert Mark monatlich für den Urlaub – und es reicht doch nicht hin und her.« – »Im Urlaub, da will ich nicht sparen müssen! – Einmal sich alles gönnen!« – »Fahren

Sie wieder mit Transeuropa?« – »Nein, diesen Urlaub probieren wirs mit dem Pfarrer – wie heißt er doch?« – »Nie wieder Brummel im Urlaub, das ist ja Nepp!« – »Und erst Kleckermann!« – »Wir machen am liebsten Camping, da bleibt man unter sich.« – »Die macht im Urlaub auf Bildung. Tilles, Pompeji und Caesar.« – »Museum und Trümmer – bleiwe Se mer weg! Im Urlaub will ich mein Vergnügen.« – »Ich hab die zufällig beim Werksarzt gesehen. Die war überall braun!« – »Was meinen Sie, wo der schon überall war: Indien, Japan, Mexiko! Möcht wissen, wo der das Geld her hat.« – »Ich hab noch Urlaub vom letzten Jahr, ich spar mir was zusammen.« – »Für mehr als drei Wochen Urlaub reicht das Geld nicht.« – »Ich kann es kaum abwarten, bis zum Urlaub.« – »Im Urlaub, da ist das wie im Rausch!«

»Den wievielten haben wir heute?«

»Noch dreiundzwanzig Tage – dann bin ich weg! Wenn ich heimkomme, abends, ist schon alles gepackt, und gleich wird eingestiegen, und ab geht die Post!« – »Das sage ich Ihnen: im Urlaub hält mich hier nichts.«

In der Haupturlaubzeit war die Abteilung fast leer.

Kuhlwein saß allein im Büro. Aushilfsweise, anstelle von Herrn Holzer, besorgte eine Türkin (oder Griechin – wer kann das unterscheiden?) den Botendienst. Man sah sie vor den Bürotüren stehen und die Namen auf den Namenschildern buchstabieren. Sie hatte die Karte aus Rimini gebracht.

Kuhlwein kam mit der Karte nicht zurecht. Er drehte sie hin und her, von vorne nach hinten, von hinten nach vorn.

Vorne drauf ein farbiges Foto: ein altmodisches offenes Auto, mit vielen lachenden Männern drin, die Strohhüte schwenkten. Was sollte das? Was hatte das mit Rimini zu tun? Oder mit der Adria? Oder mit Italien? – Vielleicht steckte irgendein Witz dahinter, aber dann verstand Kuhlwein ihn nicht.

Einmal kam Frau Klepzig herein, um nach den Pflanzen zu sehen. Auch sie war verwaist – Herr Maier machte Urlaub auf Bornholm.

»Verstehen Sie das?« fragte Kuhlwein und zeigte ihr die Karte. »Ich verstehs nicht.«

Sie betrachtete ihn unschlüssig. *Was wollte er jetzt hören?* Klatt. Irgendwas war mal gewesen, zwischen Frau Klatt und ihm. Sie sagte versuchsweise: »Nein, sowas! Um die Zeit da unten! – Die haben das doch nicht nötig – ohne Kinder!«

Kuhlwein schüttelte den Kopf. *Neinnein.*

Warum konnte er sich nicht verständlich machen? So oft fehlten ihm die Worte.

Was sie meinte, war wieder was anderes. Rimini im August – er hörte sie schon, die Klatt: »Ich muß Men-

schen um mich haben. Im Urlaub brauch ich Betrieb«
(»Mensche« – »ummischhabbe«).

Kuhlwein schwieg.

Frau Klepzig machte einen kurzen Besuch bei den
Pflanzen, sie sah sich unruhig um.

»Wo ist denn die Kleine?«

»Fräulein Stepulat ist krank.«

»Schon wieder. Glauben Sie das?«

Kuhlwein antwortete nicht. Sein Blick hing an dem
Daumen, wie festgesogen. Der Blutfleck unter dem
Daumennagel hatte sich jetzt deutlich vorwärts bewegt.
Er war vom Nagelbett abgelöst, ein schmaler Streifen
sauberes neues Nagelhorn hatte sich hinterdreinge-
schoben.

*Die Natur. Etwas von mir, repariert sich. Langsames
Wachstum, unbeirrbar. Löst sich ab, wie die Zeit, wie
Nichtmehrwissen. Was vorher wichtig war – schon wie-
der vergessen. Ebenso: leere Zukunft – das auch. Zu-
kunft: was niemand sich vorstellen kann* (wie mit dem
Wetter), *und was doch kommt.*

Frau Klepzig gabs auf. Sie goß schnell die Blumen,
dann verschwand sie wieder.

Eine ganze Weile stand sie draußen auf dem Gang; sie
horchte, ohne zu wissen, worauf. Es war totenstill, der
Bau schien menschenleer. Langsam stöckelte Frau
Klepzig heim in ihr Büro. Kaum was zu tun, auch der
Doktor war auf Reisen.

Ende August kehrten die meisten Urlauber zurück.

Aber wie sahen sie aus! Man mußte schon zweimal hinschauen, um sie zu erkennen!

»Höhö! Gucke mal den Neger!«

»Ach Sie sinds! – Ja, schämen Sie sich denn nicht, so gut auszusehen!«

Da ging es rein und raus, von Büro zu Büro. Aus Jux förmlich an die Türen klopfen oder wild hineinpoltern: »Holla, Ihr Stubenhocker!« So quirlten sie herum und präsentierten sich, unsere Urlauber; zum Reinbeißen gesund.

Manche trugen noch die Kleidung von dort, das grünweißrote Trikothemd – als Papagallo –, oder den Sahara-Burnus – den ›Fächer auf der Haut‹. Die Männer trugen die verschiedenartigsten Urlaubsbärte. Sie standen auf den Gängen zusammen, die fremden Worte und Namen kamen geläufig von ihren Zungen.

»*Algeciras, Djerba, Cassis*« –

»*Bei uns in Porto, bei euch in Varna, bei uns in Split*« –

»*Auf Hydra schmeckt er am besten, vor Korfu ist es glasklar.*«

Sie grüßten einander mit fremdartigen Grüßen, lachten dabei, wie die Südländer beim Grüßen lachen, klimperten mit fremden Münzen in der Hosentasche:

»Wir konnten nicht mal alles ausgeben – so billig war es dort.«

Durch alle Etagen zog Nivea-Duft.

Und nun erst mittags, in der Kantine – ein prächtiges Schauspiel war das: da stolzierte sie, unsere Urlaubsschönheit – ›*Miss Carthago*‹ und ›*Signor Ajaccio*‹, mit strahlenden Augen, mit schaumweißen Zähnen, geschwellt und gesteigert vom Überall-Zuhaussein.

»*Gestern noch in der Biscaya-Brandung*« –

»*Bis Mitternacht noch beim Retsina*« –

»*Der Wirt hat uns zum Abschied die Hände geküßt.*«

Herr Kurz, vom Vertrieb, war soeben aus Island zurück; er lud alle in sein Büro ein, dort wollte er seinen Film über Geysire vorführen.

Frau Zentner hatte aus Rhodos kleine Gebäckstücke mitgebracht, die sie nun in den Büros herumtrug und jedem anbot; sie wurden in kleinsten Häppchen genossen – sie schmerzten vor Süßigkeit.

Martha meldete sich mit lauten Gesängen zurück: »Lolo lo, Heido«, so marschierte sie herum; überall schwelgte sie von einer lebensgefährlichen Kletterpartie in den Ötztaler Alpen; sie war fast schwarz gebrannt.

Nun trug Herr Holzer wieder die Post aus. Wie immer war er mit seiner alten Mutter verreist, nach Röm, der dänischen Insel. »Röm«, sagte er. »Ma mach tho ein *rich* durch«. Einen Strich durch das ›O‹.

Als sie nun so frisch aus dem Urlaub zurückgeweht und reingeschneit kamen, erlaubten sie sich schon mal

ein kesses Wort zu ihrem Chef: »Hallo, hoher Herr!«
Mit großen Schritten trat man ins Chef-Büro, meldete
sich burschikos militärisch: »Zur Stelle, Boß.« Forsche
Ratschläge wurden gegeben: »Marokko, Herr Doktor
– da müssen Sie mal hin! Da kriegen Sie noch Service für
Ihr Geld.« Eine übermütige Dame, gurrend: »Gefall
ich Ihnen, Herr Ingenieur?«

Was Freches lag in der Luft. Mal sehen, was passiert.

Wie wärs, wenn wir dem Prokuristen Kroll, der immer so grimmig dreinschaut, beim Vorbeigehen zu-
zwinkerten? Wollen wir den Doktor, der zum Diktat
gerufen hat, mal etwas warten lassen?

Mal sehen, was passiert.

Der Doktor hatte den Mann mit dem frischen nor-
dischen Vollbart zuerst gar nicht erkannt, als sie da nebeneinander vor den Pinkelbecken standen: »Ach Sie
sinds! Käptn Vorschoot persönlich!«

Einträchtig wuschen sie sich die Hände mit der klebrigen Flüssigseife.

Sie sind direkt kollegial durch den Gang gewandert,
dabei hat der Urlauber von seiner Urlaubs-Insel ge-
schwärmt. Vor der Tür zum Chefbüro war der Doktor
schon kribbelig.

»... und wissen Sie, Herr Doktor, wenn wir beide,
meine Freundin und ich, abends vor unserem Häuschen gesessen haben, hoch über der Ostsee, mit einem
Bier, im frischen Wind, da mußte ich unwillkürlich
denken, wie wir uns doch unser Leben versauen!«

Der Doktor runzelte die Stirn.

»Na na! Junger Mann! Was reden Sie denn für Sachen!«

Rasch klinkte er die Tür auf; bevor er hineinmarschierte, drehte er sich nochmal um: »Wachen Sie auf, Mann! Kommen Sie zu sich!«

Ein paar Tage ging das so.

Es wurde oft in die Luft gestarrt. »Ja, Mut müßte man haben!« – »Es war alles so einfach.« – »Die Sonne, die Wärme, das Wasser – das war schon genug.«

»Abends saßen wir zusammen, eine bunte Gesellschaft, vor der Auberge, unter Bäumen. Auf dem Tisch lagen Stangen von Weißbrot, jeder nahm von dem Wein, ringsum wurde gesungen. Wir saßen zusammen, Franzosen, Deutsche, Holländer, aus den Büros aller Länder, und alle riefen durcheinander, jeder in seiner Sprache: ›Nein – wir gehen nicht zurück! Nein, wir bleiben hier!‹ Es wurde geredet und gerechnet, wie wenig man wirklich braucht zum Leben – ein paar Oliven, Brot und Wein; ein kleines Stück Land, ein wenig Arbeit – so schnell verhungert es sich nicht!«

»Das war so die Stimmung. Das war so das Hochgefühl. – Aber, hörn Sie mal, wer macht damit Ernst? Wer kann sich das leisten? – Da mußt du dies bedenken, auf jenes Rücksicht nehmen – und am Schluß kommen wir doch wieder *schön brav nach Hause gekrochen.*«

Mit dem letzten großen Urlauberschub war auch Frau Klatt wieder ins Büro zurückgekehrt – glänzend braun und prall in ihrem neuen, schwarzrot geblümten italienischen Kleid. Prächtig sah sie aus – zwar füllig, wie immer, doch irgendwie fester, straffer, strammer im Fleisch. Noch tagelang strömte sie einen unerklärlichen, würzigen Geruch aus, wie Zimt oder Nelken.

Aber sie schimpfte, schimpfte und maulte.

Es war ein starker Kontrast zwischen ihrem Aussehen und ihren Worten.

Sie schimpfte auf die Betten da unten: »Das sind doch keine Matratzen, das sind doch Strohsäcke, die die da haben.« Sie schimpfte auf den Nepp: »*Ein* Bier *fünf* Mark! Ein *kleines* Eis *drei* Mark fünfzig.« Sie schimpfte natürlich auf das Essen: »Nix wie fette Nuddle un trockne Reis! Olio, Olio, Pasta, Käs un Knoblauch!«

Die italienischen Männer – die hatte sie vollends gefressen: »Ein Gesocks – eine Bande – nicht zu glauben! Brauchst bloß irgendwo allein auf einer Bank zu sitzen, oder am Strand – schon schleicht sich einer an, oder drückt sich vorbei mit rollenden Augen: *Frau – amore!* – Einmal hats einer im Café probiert, wo wir zusammen gesessen haben, mein Mann und ich. – Ist doch da einer gegenüber, macht einen Schmachtblick und Bittebitte mit den Händen! – Ich hab zum Fritz gesagt, er soll ihm eine schmieren – aber der murmelt bloß: Warum denn, und guckt weg. Ich sage ja, die Männer. Entweder Böck oder Schlappschwänz.«

Bei diesen Reden, so ganz allmählich, wühlte sie sich wieder zurecht auf ihrem Platz. Sie stöhnte, ordnete Papierstöße, klammerte Formulare zusammen, blätterte in ihren Karteien herum.

»Aber das sage ich Ihnen«, sagte sie, »jetzt reichts mir. Das war das letzte Mal in Italien – Schluß. Finito.«

Sie hatte miese Laune. Sie mußte sich öfters schubbern und kratzen. (Vielleicht ging es ihr wirklich nicht gut.)

Zu Kuhlwein sagte sie, er solle ein Pfefferminz lutschen, er stinke aus dem Hals. Sie piesackte das arme Fräulein Stepulat (sie war zur Zeit gesund) mit der Beschuldigung, in ihrem Schreibtischfach gewühlt zu haben. Sie war unerträglich.

Als eine Woche nach ihr noch vereinzelte Späturlauber nachkleckerten – vielleicht von besonders weit her –, und man es schon von ferne durch den Gang hörte, immer näher heran, von Tür zu Tür, die Geräusche der Antrittsbesuche, immer wieder anschwellende Bewunderungstöne:

»Waaaauuuu! Uuuuiii! Wo kommen *Sie* denn noch her!« – hatte die Klatt nur einen mürrischen Kommentar:

»Do iss die Luft aaach bald eraus.«

Und es stimmte.

»Ffff...ft.« Wie ein Ballon.

Das ging ganz schnell. Irgendwie schrumpelten sie. Die Rundungen trockneten ein oder verlagerten sich –

waren nur noch unschön. Die Farbe sowieso; die ging ja ab wie nach dem Fasching, schelferte, und darunter erschien wieder die gute alte graue Talghaut, die hier das Normale ist. Nur bei den älteren Kollegen, bei denen ja alles langsamer geht, hielt auch die Farbe länger vor. Sie vergilbt höchstens, wie bei Kuhlwein.

Kuhlwein fuhr nie sommers weg. Er nahm seinen Urlaub im Frühling. Immer in Bayern.

In der Urlaubszeit waren die meisten Büros nur halb besetzt gewesen, und die Arbeit war nur mit halber Kraft vorangegangen.

Aber im September, als alle zurück waren, kam ›frischer Wind‹ auf. Die Parole des Chefs: »In die Hände gespuckt und an die Arbeit! Action! – Jetzt haben Sie doch wieder Kraft!« – Öfter als sonst ging das Telefon, Holzer brachte doppelt soviel Post, und Herr Maier sang schnell mal durch den Türschlitz »Heut ist Holzauktion« – und war schon wieder weg.

Auf dem Gang erschallte die Stimme des Doktors. Er schien gleichzeitig zu laufen und zu rufen. Jedem, dem er begegnete, erteilte er einen Sonderauftrag. Um diese Zeit kamen viele Besuche, auch aus dem Ausland, die sich für modernes Rechnungswesen interessierten. Der Doktor führte die Gruppen herum, riß eine Bürotür auf, deutete auf Schränke, Tische, Mitarbeiter, redete schnell in irgendeiner fremden Sprache. Er schien seine Erklärungen mit Humor zu würzen. – Wenn er dann wieder weiterging, machten die Ausländer joviale Gesichter und sagten mit schwerem Akzent ›Auf Wiedersehen‹.

Draußen auf dem Gang wurde lebhaft durcheinandergeredet. Es gab ein Echo im Gang, das sich entfernte, bis das Geräusch plötzlich abriß. Dann waren die Herren im Fahrstuhl, auf dem Weg zum festlichen Essen.

Also: ›Frischer Wind‹, starke Worte, viel Hin- und Her-Rennen und aufmunterndes Schulterklopfen.

Nicht, daß unbedingt mehr Arbeit vorlag, allenfalls die Urlaubsrückstände. Aber es war gut für die Stimmung, gut für die Moral. »Hier siehts ja direkt nach Arbeit aus«, rief Herr Maier mit gespieltem Erstaunen. Auch er hatte nicht viel Zeit für Witze.

Nun waren alle angesprochen. Da mußte schon jeder mitziehen – auch Fräulein Stepulat! Oder wollte Fräulein Stepulat etwa eine Extra-Einladung? – »Hören Sie mal – Sie haben wohl nichts zu tun!« redete die Klatt das blasse Fräulein an, das ein bißchen in der Luft herumträumte; ganz erschreckt fing sie wieder zu tippen an.

Die Klatt konnte Fräulein Stepulat nicht leiden.

So ein Püppchen. – Etepetete. – Denkt wohl, sie wär was Besseres.

Wenn es eine andere gewesen wäre, so hätte Frau Klatt schon ein paar Tips geben können, wie man beschäftigt aussehen kann. Die Klatt war darin Meister: Papiere von einem Stoß auf den anderen legen.

Mit spitzem Bleistift etwas Geschriebenes verfolgen, Zeile für Zeile. Ab und zu seufzen.

Aktendeckel aufschlagen. Den Verschluß unter Knacken und Quietschen mehrmals betätigen, blättern, die gelochten Akten packweise auf dem Bogengestänge zur anderen Seite hieven. Das Gesuchte nicht finden – alles wieder zurück. Den nächsten Ordner aufschlagen.

Auf einen Telefonanruf, oder auf eine Anrede (wie in Arbeit versunken) längere Zeit nicht antworten.

»Lieber Gott« sagen. »Jetzt muß ich alles *nochmal* machen.«

Mehrere Arbeiten gleichzeitig anfangen. Sie alle eindrucksvoll nebeneinander auf dem Schreibtisch liegen lassen.

Vergessen, einen Durchschlag zu machen – alles nochmal abschreiben.

Grundsätzlich: jede Vereinfachung von Routine-Arbeiten vermeiden.

Wie in vielen Firmen, so beginnt auch in der DRA-MAG das neue Geschäftsjahr mit dem ersten Oktober. Warum, weiß niemand.

Zu dieser Zeit ist die Rechnungsabteilung wirklich belastet: Bilanzen, Abschlüsse, Voranschläge etc. sind jetzt fällig. Aber auch eine andere Aufgabe muß erledigt werden: vor dem Ende des Geschäftsjahres muß das überschüssige Geld ausgegeben werden. Wenn es nicht ausgegeben wurde, dann wird es vom nächsten Abteilungsbudget abgezogen. Kein Abteilungsleiter könnte sich das verzeihen.

Den Überschuß auszugeben, ist gar nicht einfach.

Die Damen aus den Chef-Sekretariaten – zum Beispiel Frau Volz – gehen von Büro zu Büro und bitten um Vorschläge.

»Es ist noch Geld im Etat, das muß unbedingt weg. Ist bei euch was anzuschaffen?«

Alle grübelten, und ausgerechnet Fräulein Stepulat fiel etwas ein: »Wie wäre es mit einer elektrischen Schreibmaschine?«

»Geht nicht – zu billig. Es muß mindestens dreitausend Mark kosten. Billigere Sachen gehen nicht in diesen Etat.«

»Mehr als dreitausend!« – Frau Klatt war beeindruckt. »Was gibts denn, außer einem Auto, was soviel kostet?«

»Mehr als dreitausend« sagte Frau Volz. »Haben Sie eine Idee, Herr Kuhlwein?«

Kuhlwein starrte seinen Schreibtisch an. Er hätte vielleicht einen besseren Anspitzer, einen neuen Radiergummi, oder einen von diesen modernen, magnetischen Büroklammerbehältern gebrauchen können – aber dreitausend Mark? – Er schüttelte stumm den Kopf.

Frau Volz hatte auch anderswo kein Glück. Das Problem ist schließlich dadurch gelöst worden, daß eine neue

Fotokopiermaschine gekauft wurde – obgleich die alte noch funktionierte. Außerdem wurde, für das Sitzungszimmer neben dem Chef-Büro, ein großer, nußbaumgetönter Eisschrank angeschafft, und im Fenster ein Kühlaggregat eingebaut. Als Frau Volz das erzählte, fragte Herr Maier erwartungsgemäß »Wozu denn, wo wir doch die Klimaanlage haben?« und Frau Klatt war sehr verärgert.

»Da jammern die immer, daß das Geschäft schlecht geht – und dann sowas.«

»Mir hätten die das Geld geben sollen! Ich hätte was Besseres gewußt!«

»Was denn?« fragte Kuhlwein.

Kurze Pause.

»Wieviel war denn das? Wieviel war denn übrig?«

»Ich weiß auch nicht. Vielleicht zehntausend Mark. Was würden Sie denn mit zehntausend Mark anfangen?«

»Also den möcht ich sehen, der mit so einem Geld nicht fertig wird!«

»Dann sagen Sies doch!«

Fräulein Stepulat freute sich in der Stille, die Klatt lief rot an.

»Also, meinetwegen.«

»Auf jeden Fall ein neues Auto.«

Ihr Audi sei ja auch nicht mehr das Wahre, schon 60.000 drauf. Aber was bekäme man denn schon für 10.000, heutzutage – wenn man den Audi dazugäbe, dann reichte es vielleicht für einen K 70, vielleicht auch für einen Fiat. Autos bauen, das sage ihr Fritz immer, das könnten die schon, die Itaker, wenn auch sonst nicht viel.

Die Klatt quasselte – und erstickte fast vor Wut. Kuhlwein verzog keine Miene.

Frau Klatt war am Ende. »Ach, was solls – alles Luftschlösser.« Fräulein Stepulat blickte bläßlich ins Freie. Plötzlich sagte sie, überraschenderweise:

»Für zehntausend Mark würde ich eine Weltreise machen.«

Die Klatt blickte auf und faßte Fräulein Stepulat ins Auge.

»Was, eine Weltreise?!«

»Ja, sind Sie denn noch zu retten! Da können Sies ja gleich in den Mülleimer schmeißen, das Geld!«

»Eine Weltreise! Was soll denn das? Was habbe Se denn da dovon, mecht isch mal wisse! Überall Rumkutschieren, zu de Neescher, zu de Schinese – was weiß isch wo noch alles. Und dann? Was habbe Se dann? – Gar nix haben Sie dann. Das Geld ist weg, und angeschafft ist nix. Kein Stück mehr im Schrank!«

»Jaja – jung und dumm. Aber was rege ich mich auf. Uns schenkt sowieso keiner was.«

Mitte Oktober war der Blutfleck einen halben Zentimeter weit vorangekommen. Er war jetzt in der Mitte des Daumennagels. Zu dieser Zeit kam ein überraschender Besuch.

Nachmittags, die übliche Stille. Frau Klatt stand am Aktenschrank, und blätterte da herum. Kuhlwein bewegte lautlos die Lippen. Fräulein Stepulat wechselte das Schreibmaschinenband. Man hörte ein Geräusch im Gang, Freudentöne, Frauenstimmen – leicht bewundernd, leicht gekünstelt; Türenklappen, erstaunte Ausrufe, sich näherndes Getrappel.

Dann ging die Tür auf, und herein trat eine Dame, groß und hübsch, mit einem Baby auf dem Arm. Hinter ihr drängten sich fast alle Frauen der Abteilung. Frau Klepzig und Volz zuerst, dann auch Frau Zentner, und andere, die sich nur selten hier blicken ließen. Frau Klepzig – fast verdeckt – rief fortwährend: »Hier, guckt doch mal, wer da kommt!« Die Dame lächelte in die Runde, warm und freundlich. Kuhlwein erhob sich verlegen. Frau Klatt stand steif am Aktenschrank. Sie hielt sich etwas zurück, während die anderen Frauen die Besucherin von allen Seiten belagerten, um das Kind zu betasten, die Kleider zu betasten, und sich gegenseitig auf das Wichtigste aufmerksam zu machen.

»Gucken Sie mal, die blauen Augen!«

»Und seine Fingerchen, wie zierlich!«

»Was sie für einen eleganten Pelzkragen hat – ich glaube, das ist Nerz!«

»Richtig wie eine glückliche Mutter.«

»Ooohh – jetzt sagt er etwas –, jetzt will er etwas sagen. Na, kleiner Mann, was willst du denn sagen?«

»Jetzt sabbert er! Pfui, du kleiner Fratz!«

»Was sie für schöne Perlen an den Ohren trägt!«

»Fühlen Sie mal den Rock – das muß was extra Gutes sein.«

»Niedlich – mit der kleinen Speckfalte –, so ein Würmchen!«

»Sieht sie nicht aus wie im Film?«

Die Geschichte von Loisl Herzings Verlobung und späterer Ehe mit einem reichen persischen Kaufmann war vor sechs Jahren wochenlang *das* Thema der Abteilung gewesen. Die Loisl war überall beliebt. Immer lustig, ein bißchen wirbelig, wußte immer was zu reden mit ihrer hellen süddeutschen Stimme. Sie wußte recht gut, daß sie hübsch war – aber man konnte ihr ›nichts nachtragen‹. War sie irgendwo zur Tür hinaus, so hieß es: »Immer freundlich und immer gepflegt – das muß der Neid ihr lassen.«

Natürlich hatte sie Verehrer in der Firma. Zwischen der Hauspost waren oft an sie adressierte Umschläge – ohne Absender. Manchmal verlangte man sie am Telefon. Aber wenn sie dran war, war nichts mehr zu hören.

»Hallo! Hallo! Was wollen Sie denn? – na sowas!«

Ein- oder zweimal wurde sie in den 12. Stock gerufen – und sofort wurde überall gemunkelt, daß man sich da oben für sie interessiere. Aber auch dabei fand man nichts Schlimmes. Über die Loisl wurde viel geredet, aber kaum getratscht. Sie konnte sich viel erlauben, man traute ihr alles zu.

Aber eines Morgens beim Frühstück erzählte sie, daß sie sich verlobt hätte. Sie werde bald kündigen und heiraten. Dann kam es heraus. Man wollte es zuerst nicht glauben.

»*Wie* heißt er?«

»Was ist denn das für ein komischer Name?«

»So, persisch. Ein Perser.«

Eine unbehagliche Pause.

»Es geht mich ja nichts an – aber muß es unbedingt ein Perser sein?«

Die ganze Abteilung war sich damals einig, daß sie in ihr Unglück rannte. Frau Klatt wußte Geschichten von Türken und Arabern, die Vielweiberei trieben, Mädchenhändler seien und Frauen wie Tiere behandelten.

»Außerdem sind die doch alle andersrum.«

Auch Kuhlwein war stark betroffen. Als sie beide mal allein waren, sprach er sie an, stockend: »Fräulein Loisl, bitte, seien Sie vorsichtig. Wenn ich Ihnen einen Rat geben darf: tragen Sie immer eine Rückfahrkarte bei sich.«

Loisl Herzing hob den Kopf von ihrer Arbeit. Sie sah Kuhlwein groß an, stand auf, kam zu ihm, und drückte ihm ihre Lippen auf die Stirn – ein rascher, fester Kuß, den er nicht vergaß. Dann sagte sie ernsthaft (obwohl ihr sehr zum Lachen zumut war): »Ich paß schon auf mich auf.«

An ihrem letzten Arbeitstag ging sie durch alle Büros und schenkte Sekt aus – auch im Sekretariat und im

Chefzimmer. Damals saß dort noch Bunge – was er von dieser Sache hielt, ist ohnehin klar.

Zwei Monate später machte sie noch einmal einen kurzen Besuch – strahlend, in einem eleganten Kostüm. Ihre Hochzeitsanzeige, die bald darauf eintraf, wurde über den Urlaubskarten an der Wand befestigt; sie hing dort zwei Jahre – bis gemalt wurde.

Lange Zeit kam keine weitere Nachricht. *Wies ihr wohl geht? – Vielleicht besser, wenn mans nicht weiß.* Die Erinnerung wurde blasser. Sie zerstreute sich mit dem Wechsel in der Belegschaft. Nur wenige blieben, die es noch wußten.

Manchmal geschieht schon was. Da war mal eine . . .

Etwas märchenhaft das Ganze. Sowas, wie die Zeichnungen zu einem Illustriertenroman. ›Endstation Isfahan‹. Ein Turban mit smaragdgrünem Schmuckstein. Blaue Augen hinter einem Schleier.

Jetzt war sie plötzlich hier. Sie sah gesund aus, wohlhabend, selbstsicher, irgendwie . . . erfahren. In die Überraschungsfreude mischte sich Verlegenheit.

Entschuldigen Sie – es ist schon so lange her –, wie war noch mal der Name?«

»Shafizadeh. Es ist immer noch der Name.«

»Shafi-zadeh. Entschuldigen Sie. Ich kann mir solche Namen schlecht merken. Ich darf Sie doch Loisl nennen? – Ist das das erste Kind?«

»Wir haben schon eine Tochter, Leila. Sie ist jetzt fünf, sie ist in Persien geboren. Das hier ist Saad.«

»Und jetzt – zu Besuch in der alten Heimat!«

»Nicht nur Besuch; wir bleiben jetzt ganz hier.«

Frau Klepzig sagte: »Wie schön für Sie«, und Loisl sagte, aber für ihren Mann sei es schmerzlich, sie hätten Persien verlassen müssen. »So«, sagte jemand, »müssen« – dann hätte es wohl politische Gründe, schlimm genug; man sollte sich wohl besser nicht einmischen, es sei doch alles so kompliziert, da hat doch jeder eine andere Meinung – nicht?

»So kompliziert ist es wieder nicht«, sagte Loisl, guckte die Frauen reihum an, und sagte dann nichts weiter. Sie lächelte ihr Kind an, das die ganze Zeit irgendwelche Geräusche gemacht hatte. Was war noch zu reden?

Aus dem Hintergrund redete Frau Klatt.

»So, und jetzt bleiben Sie hier, bei uns.«

Sie lehnte am Aktenschrank, die Arme untergeschlagen, und betrachtete Loisl. Belauerte sie.

»Und sonst? Isch main – klappts einigermaßen?«

»Doch. Wir haben es gut. Mein Mann hat jetzt hier sein Geschäft. Wir können gut leben.«

»Das glaube ich schon. Geld wird schon da sein. Aber ...«

Die Loisl hörte auf zu lächeln.

Sie wartete, ob die Klatt nicht ihren Satz beenden wollte – aber da kam nichts mehr. Sie guckte der Klatt direkt ins Gesicht, ein bißchen von oben – weil sie eben größer war. Schließlich sagte sie, sie wüßte natürlich, was Frau Klatt meinte. Sie meinte, ob man denn mit einem Orientalen leben könnte. Sie könne da ganz ruhig sein. Es sei nicht anders als mit anderen Männern. Immerhin – sie wünschte der Frau Klatt, daß sie bei ihrem Ehemann auch so viel Rücksicht und Höflichkeit fände, wie sie es selbst erfahren habe. Dann verabschiedete sie sich von allen.

Die Klatt blieb blaß zurück. Die Art, mit der hier mit ihr geredet worden war, war genau die Art, die sie am wenigsten vertrug. Das nagte noch lange in ihr.

Auch sonst hinterließ der Besuch eine längere Unruhe. Die Sache wurde wieder- und widergekäut.

»Also – isch waiß ned.«

»Ich finde ja auch – irgendwas stimmt da nicht.«

»Mer kann de Finger ned draufleesche – aber da is was faul.«

»Haben Sie mal das Kind angesehen? Das ist doch viel zu weit für sein Alter!«

»Saache Se was Se wolle – des is fremdes Blud. Kann unsereins ned warm werde damit.«

»Wissen Sie, was ich denken mußte? Wie eine Schauspielerin! Immer dieses Lächeln; was darunter vorgeht, weiß niemand.«

»Ich möchte nicht mit ihr tauschen – nicht für viel Geld.«

»Denke Se mal, wies der Soraya ergange iss!«

Loisls Geschichte war ein Märchen mit bitterem Nachgeschmack.

4.3 Die Versammlung

Wie alles, was am ›Schwarzen Brett‹ erschien, kam auch dies nicht unerwartet: »Am 20. Oktober um 10 Uhr in der Kantine: Betriebsversammlung. Wir bitten die Kolleginnen und Kollegen um möglichst vollzähliges Erscheinen!«

Also dann. Isses mal wieder soweit. Betriebsversammlung gibts bei uns zweimal im Jahr. Eine im Frühjahr, die andere im Spätherbst: Also nach Ablauf des Geschäftsjahres – Zeit für Rückblick und Ausblick.

An diesem Tag kann nicht gekocht werden. Es gibt ›Kaltverpflegung‹, die bis zehn Uhr in der Kantine abgeholt sein muß. Zwei Brötchen, dicke Scheibe Sülze, dicke Scheibe Fleischwurst, ein Würfel Butter in Stanniol, ein leicht zerbrechliches Plastikmesser.

Schon am Nachmittag zuvor (gleich nach dem Essen) hat die Hausverwaltung den Eßsaal ummöbliert: Tische raus, stattdessen Stuhlreihen, zwanzig mal dreißig Stühle. Die DRAMAG beschäftigt über 800 Menschen, aber man braucht nicht mit allen zu rechnen.

Um Dreiviertelzehn ist der Saal beinahe voll, für den, der später kommt, sind nur noch die ersten Reihen frei – und das ist unbehaglich. Davor, wo sonst die Schlange vor der Essenstheke steht, steht nun ein langer Tisch, mehrere Eßtische aneinander, durch die ganze Kantinenbreite. Darauf Akten und Papiere, Wassergläser, Aschenbecher, Mikrophone. Hinter dem Tisch die Herren von der Firma und vom Betriebsrat – die Damen und Herren. Es sind sieben, sechs Männer und eine Frau. Ganz in der Mitte saß immer der oberste Boss – Herr Doktor Altenberg.

»Der sieht guud aus, gell?«

Doch – wirklich – es ist eindrucksvoll, wie er aussieht. Straff und braungebrannt (vielleicht ein bißchen zu rötlich im Gesicht?). Das Haar ist weißblond, die Augen friesisch blau. War Offizier früher – das merkt man eben. Strahlt Erfolg aus, der Mann, Hoffnung und Kraft. Die blauen Augen. Braucht nur dazusitzen, und den Blick wandern zu lassen – schon strahlt er es aus. (Damals war er noch neu. Erst ein Jahr zuvor war Dr. Altenberg, wie er sich ausdrückte, ›hier angetreten‹.)

Rechts neben ihm sitzt immer Herr Mime, der Personalchef – übergroß, mit breiten, nach vorne hängenden Schultern, – wenn er geht, geht er mit pendelndem Gang, wie ein Ackerbauer, mit randloser Brille. Herr Mime besitzt eine helle Stentorstimme. Er kann, anscheinend grundlos, weithin hörbar, tenorhaft lachen. Das vereinfacht vieles.

Links neben ihm sitzt Herr Schornstein, der Betriebsratsvorsitzende – klein, drahtig, sportlich. Links neben ihm, und auch auf der anderen Seite, die sechs anderen Betriebsräte. Sie kommen fast alle aus der

›Produktion‹ – in den Büros kennt man sie weniger. Von einem weiß man, daß er ein ›Roter‹ ist.

Rechts an den Langtisch angesetzt: ein Extratischchen – für den Mann von der Gewerkschaft (fast immer macht er einen Witz über die Seite, auf der er sitzt). Er heißt Kaluza, oder Kionka – er sitzt da mit untergeschlagenen Armen, ein glatter Sportstyp, braun, gepflegter Haarschnitt, mit offenem Kragen. – Im Publikum stößt man sich an. »Da, sehen Sie nicht, drüben sitzt er – der von der Gewerkschaft!«

Einige freuen sich auf ihn, weil er so forsch und frech daherredet. Andere (zum Beispiel Frau Zentner) lehnen ihn ab: eine solche Tonart gehöre sich nicht.

Es geht meist pünktlich los. Mikrophone werden zurechtgerückt – mit metallischem, überlautem Geräusch; ein entnervendes Pfeifen wird vom Hausmeister durch nervöses Regeln im Hintergrund beseitigt. Murmeln, Flüstern, Handsignale. Erwartungsvolles Stühlerücken: »Liebe Kollegen, liebe Mitarbeiterinnen und Mitarbeiter ... ich begrüße Sie sehr herzlich zu unserer Betriebsversammlung.« ›Sehr herzlich‹, sagt Herr Schornstein – es folgt der übliche Ablauf. Begrüßung der Belegschaft, Begrüßung des Gewerkschaftsmannes. Der Betriebsratsvorsitzende übergibt das Wort an den Geschäftsführer. »Bitte, Herr Dr. Altenberg.«

Dr. Altenberg – irgendwie blühend, mit schweifenden, zuweilen blau aufblitzenden Augen – gibt den Lagebericht. Bildet knappe, unwiderlegliche Sätze. Bietet

entschlossenen Rückblick und Ausblick. Will keines-
falls die Augen verschließen. Auch nicht im Unklaren
lassen. Die rundum nicht voll befriedigende Lage. Die
nur durch gemeinsame Anstrengung zu meisternde
Lage. Der hart umkämpfte Markt. Die angespannte Fi-
nanzdecke. Die nervige, mit knappen Gesten unter-
streichende Hand. Wo stehen wir also heute?

Dr. Altenberg illustriert die Situation durch Daten
und Zahlen. Soundsoviel Millionen, soundsoviel Pro-
zent Zuwachs – noch immer konnten wir den 18. Platz
in der Rangliste verteidigen. Völlig ungeschminkt zeigt
sich das Gesamtvolumen insgesamt erfreulich, und
zeigt sich das Ergebnis als doch recht enttäuschend.
Ergebnis. Nicht auf den Umsatz kommt es an: das ›Ergebnis‹ zeigt erst den Meister. Während die Prognosen
im fortgeschriebenen Gesamtvolumen macht sich im
Ergebnis Ernüchterung und damit die Notwendigkeit
einer Kapitalisierung unserer Stärken... Dr. Altenberg
kommt zu sprechen auf die ›Schere zwischen wachsen-
den Lasten und dem durch Marktsättigung entstehen-
den Preisdruck‹. Wachsende Lasten, dies muß betont
werden – vor allem auf dem Lohn- und Gehaltssektor.
Ein Anstieg um mehr als 2 Millionen, dazu Sozialleis-
tungen, Pensionen – und und und. Dr. Altenberg sagt
›und und und‹. Wir müßten daher von allen – er nähme
sich hierbei nicht aus – noch härteren Einsatz erwarten.
Mehr Härte. Mehr Dynamik. Das Kostenverhältnis
muß günstiger werden. Dr. Altenberg, metallisch:

»Mehr *Kosteffektivneß* – wie man drüben sagt.« – »Neue Methoden des *Marketing*.« Wir haben die finanziellen Möglichkeiten, wir müssen sie rücksichtslos einsetzen. Mehr ›*Pauer*‹ fordert er, mehr ›*Pusch*‹ – und ballt eine Faust vor dem Mikrophon.

Doch nun mildert Dr. Altenberg seinen Tonfall, er läßt jetzt Herzlichkeit aufkommen. Blaublitzende, blühende Herzlichkeit. Trotz aller Schwierigkeiten den Optimismus behalten. Unsere Ässets. »Unsere Haupt-*Ässets* sind unsere Menschen«, sagt Dr. Altenberg (Gemurmel im Hintergrund: Was sind Ässets?). Gemeinsam, sagt Dr. Altenberg, ein Team an einem Tau. Nie zuvor in seiner Laufbahn als Manager hatte er ein so leistungsfähiges Team. Zu rühmen auch die Zusammenarbeit mit dem Betriebsrat. Vertrauensvoll. Sein Bestes geben. Jeder an seinem Platz. »Ich als Manager – Sie als Meister, Lagerist, Kontorist – so werden wir dieser Firma den Erfolg auch weiterhin sichern.«

Die Versammlung klatscht. Einige trommeln. Der übliche Ablauf. Lockerung im Publikum. »Irgendwie nett, wie er sich selbst als Manager bezeichnet.« – »Haben Sie das alles verstanden?« – »Find ich gut, wie der sagt, er muß auch mehr arbeiten.«

Herr Dr. Altenberg hat sich zurückgelehnt. Den Kopf hin und herdrehend betrachtet er die Versammlung. Er hat ein beinahe lausbübisches Lächeln – jedoch ein Lächeln mit Distanz. Dr. Altenberg ist Jurist. Er kann dosieren.

Weiter – der übliche Ablauf.

Nach dem Lagebericht des Geschäftsführers der Bericht des Personalchefs. Probleme, die uns alle angehen! Herr Mime hat eine Liste vor sich, die er beim Reden abhakt. Verbesserungen am Arbeitsplatz. Neue Brausen in den Umkleideräumen, modische Arbeitskleidung für gewerbliche Arbeitnehmer, Betriebszuschuß zum Kantinenessen – zu jedem Essen stiftet die Firma eine Mark: freiwillig. Weitere freiwillige Leistungen: Zuschuß zum Betriebsausflug, Zuschuß zum Betriebsweihnachtsfest – Herr Mime kann auch dieses abhaken. Nicht zu vergessen sind die verbilligten Bezugsmöglichkeiten für Autoreifen, Elektroartikel und Wein. Auch *Wein*. Die Stimmung belebt sich ein wenig – was nicht viel heißen will. Dr. Altenberg beugt sich – leicht burschikos – herüber, und flüstert ein Witzwort. Herr Mime lacht kräftig heraus, wobei er vorsorglich Abstand vom Mikrophon hält. Ferner abzuhaken: Betriebsjubiläum. Auch in diesem Jahre konnten wieder... Zugänge Mitarbeiter, Abgänge Mitarbeiter. Ruhestand Mitarbeiter. Weiterbildende Kurse für Mitarbeiter. Parkplätze Mitarbeiter. Gymnastik Mitarbeiter. Betriebskindergarten Mitarbeiterinnen. Schließlich eine Stille, die anzeigt, daß Herr Mime zu Ende ist. Leichter Applaus.

Weiter weiter. Alles flüstert jetzt, raschelt, ist gespannt; denn jetzt ist die Zeit für den von der Gewerkschaft. Herr Schornstein kündigt ihn an. »... wird ein

Grußwort unserer Gewerkschaft an uns richten.« Und der fackelt auch gar nicht lange, hebt gleich die Stimme und dreht voll auf:

»Liebe Kolleginunkollegen wenn einige – ich sage einige – Arbeitgeber noch immer glauben, ihr ständiges Gejammere unsere legitimen Forderungen ... Teufel an die Wand nach dem Motto: Noch nie so ernst ... nur lachen! ... gewisse unbelehrbare Kräfte auf der Arbeitgeberseite noch immer die hart erkämpften Arbeiterrechte nicht zur Kenntnis nehmen ... sage ich hier ganz deutlich: Gewaltig geschnitten!«

Man hat nicht zuviel erwartet. Hoi hoi, der legt schon ein Tempo vor! Der haut schon rein, der Kaluza oder Kionka, mit schneidendem Ton. Reden kann er, jawoll, und er hat dabei eine gewisse langrollende, kugelgelagerte Tour – und mit seiner besonderen Atemtechnik fährt er immer noch ein ganzes Stück in den nächsten Satz, um in der Mitte, nach einem besonders agitatorischen Akzent, den Atem nachzuholen – oder auch, bei einem Bravo oder Gelächter, das unerwartet kam, Luft aufzufüllen, um gleich wieder weiterzupreschen: »... nicht wegen unserer schönen blauen Augen ... mal die Faust zeigen ... die Herren Trittbrettfahrer ... gefahrlos von unserem Kampf profitieren ... die haben sich getäuscht!«

Die Versammlung wird jetzt lebhafter.

Einige der gewerblichen Arbeitnehmer (man kennt die schon) feuern den Redner an: »Ja, ja, hau auf die

Pauke, Otto, gib ihm Saures!« Sie sind nur eine Minderheit. Im übrigen gibt es eher Gemurmel, etwas unruhiges Herumrutschen auf den Stühlen. »Nana ... aber jetzt! Mal halblang!« Auch wenn er recht hätte – man ist doch sowas nicht gewöhnt! Nach vielen Monaten so plötzlich aus der Bürostille geholt, und dann auf einmal dieses *Aufdrehen*, dieses *Lostrompeten* ...

Doch auch der Gewerkschafter schließt mit einer versöhnlichen Note. Er nimmt das Gas weg, er holt die Stimme in die Mittellage – wobei er kumpelhaft zu Dr. Altenberg hinüberzwinkert: »Aber, in diesem Betrieb – dies möchte ich anerkennen – haben wir uns noch immer zusammengerauft.« Dr. Altenberg läßt, ohne den Kopf zu heben, ein wohl dosiertes, juristisches Lächeln um seine Lippen spielen. Der Gewerkschafter schließt hoffnungsvoll. Allgemeine Erleichterung. Von allen Seiten erhebt sich ein starker, *erlöster* Beifall, an dem sich auch Dr. Altenberg beteiligt, indem er dreimal leicht die Hände klatscht.

Vorsitzender Schornstein blickt auf die Uhr. Der übliche Ablauf. »... nun die Namen der in diesem Jahr verstorbenen ... sich von Ihren Plätzen zu erheben ... ich danke Ihnen.« Danach erstattet er Bericht über die Arbeit des Betriebsrats. Veranstaltung eines Betriebsausfluges nach Baccharach am Rhein – allgemein als gelungen bezeichnet. (Die Beteiligung, allerdings, läßt seit einigen Jahren stark zu wünschen übrig.) Veranstaltung eines gemeinsamen Kegelabends. Dank an die Geschäftsleitung für hierfür zusätzlich zur Verfügung gestellte Mittel. Sitzungen, Hilfe aus dem Fonds für Härtefälle, Initiativen betreffs Betriebssicherheit.

Herr Schornstein holt Atem – nun folgt der streitbare Teil. Nicht daß Ihr glaubt, es sei alles Frieden und Einigkeit. »Wir kamen durchaus nicht in allen Fragen mit der Geschäftsleitung überein.« Zähe Diskussionen. Die Verhandlungen zuweilen hart, jedoch immer kompromißbereit. – Herr Schornstein wechselt einen Blick mit dem Gewerkschaftsmann. Worauf will er hinaus? Was wird denn hier angedeutet? Was sich wohl hinter den Kulissen so alles tut?

Das ist doch sowieso alles ein Kuhhandel.

Manche sagen, die sind ja doch alle von der Firma geschmiert. Dann wieder wird erzählt, daß die sich oben im Direktionszimmer angebrüllt haben, daß man es bis auf den Gang hinaus gehört hat, durch die doppelten Türen mit Polster! *Wie ist es wirklich?* Es heißt, die mischen schon mit in der Geschäftspolitik. Das meiste, was sie wissen, sagen sie nicht.

Herr Schornstein sagt, er müsse jetzt ein weiteres Eisen anschneiden. Das Thema ›Behördengänge‹. Könne man erwarten, daß die Mitarbeiter sich hierfür Urlaub nehmen müssen? Auf der anderen Seite, bei einer großzügigen Regelung – die Gefahr des Mißbrauchs. Es seien wiederholt Petitionen in dieser Sache eingegangen. Unterschriftensammlungen seien durchgeführt worden, was der Geschäftsleitung mißfallen habe. Und auch er müsse sagen, daß manche Kollegen sich da nicht richtig verhalten hätten.

Eine neue Unruhe in der Versammlung. Es wird viel gezischt und getuschelt. »Wißt Ihr denn nicht, wie das wirklich war?« Ein Zwischenruf, durch eine vorgehaltene Hand erstickt. »Das paßt denen nicht, wenns am Betriebsrat vorbeiläuft!« – »Das nützt doch nur den anderen.« – Hinten rennt jemand gebückt an einer Stuhlreihe entlang, kniet vor einer gestikulierenden Gruppe nieder.

Was steckt dahinter?

Es heißt, auch im Betriebsrat gäbe es zwei Fraktionen. Die sollen sich da allerhand an den Kopf werfen. Die Behördengang-Sache ist nur ein Anlaß. In Wirklichkeit ganz andere Intrigen. *Wenn man alles wüßte, was gespielt wird!* Überall stecken Köpfe zusammen, Vermutungen werden ausgetauscht, Andeutungen, spöttisches Lachen ...

Der Betriebsratsvorsitzende muß sich jetzt durchsetzen. Er klopft ans Mikrophon, schafft Ruhe durch Ohren-Betäuben: »Kolleginunkollegen! Liebe Mitarbeiter! Lassen Sie mich meinen Bericht abschließen, dann können Sie diskutieren und Ihre Fragen stellen. Bitte noch etwas Geduld ...«

Der übliche Ablauf. Das kommende Weihnachtsfest. Die kommenden Betriebsratswahlen. Einrichtung von Vertrauensleuten. Einige Parkplätze noch zu vergeben. – Herr Schornstein blickt auf die Uhr. Die Diskussion kann beginnen. Es braucht sich hier niemand zu scheuen. »Wir hoffen auf recht lebhafte Beteiligung.«

Herr Schornstein nimmt einen Schluck aus dem Wasserglas.

»Also, wer will etwas sagen?«

Die Versammlung ist stumm. Man hört ein gepreßtes Tuscheln. Einige drehen die Köpfe, es wird gekichert.

»Ja, also – hat niemand was auf dem Herzen?«

Es wird deutlicher gezischt. »Los jetzt – fang doch mal an!« – »Mehr als Kopfabreißen können die nicht.« – »Feigling, steh doch selber auf.« – Es melden sich immer dieselben.

Wie immer erhebt sich Fräulein Ballauf und tritt ans Saalmikrophon. Es ist eine Resolute, ein Knopfmündchen, dunkle, krause Haare, ein rundes Apfelgesicht. Sie nimmt kein Blatt vor den Mund, sie redet vom Essen. Mit dem Essen, sagt sie, sei es ein Skandal, und im letzten Jahr sei es noch schlimmer geworden. Sie wolle nur an den ›eingelegten Fisch‹ erinnern – es sei erwiesen, daß er bei vielen Kollegen eine Darminfektion verursacht habe. Der Kartoffelbrei, der einmal wöchentlich serviert würde, habe Ähnlichkeit mit Tapetenkleister, und der Spinat werde wohl grundsätzlich nie gewaschen – jedenfalls knirsche jeder Bissen auf den Zähnen. Aber der Gipfel – Fräulein Ballaufs Stimme kippte in den Kopf – »Der Gipfel, also einsame Spitze, das war ja wohl, im Sommer, in der Hitzewelle, die sogenannte ›Kaltschale‹, die man uns hier angeboten hat – eine Unverschämtheit!« Fräulein Ballauf sucht nach einem stärkeren Wort dafür: es sei schon eine Zumutung, ein Hohn – direkt *makaber* sei es, bei dieser Hitze einen lauwarmen Rosinenaufguß als ›Kaltschale‹ anzubieten – wo man doch sowieso schon halbtot war!

Die Aufzählungen von Fräulein Ballauf haben immer eine aufpeitschende Wirkung. Einige springen auf, klatschen in die Hände, andere liefern weitere Beispiele für den Essensmißstand, und noch andere sind der entgegengesetzten Meinung und rufen: »Mir hats geschmeckt!« Das wiederum reizt wieder zu Schmähungen wie »Saufraß«, »Hundefutter« – ein Scherzbold ruft: »Den Koch in die Pfanne.« Dagegen kommt Protest von einer anderen Seite: der Koch könne doch nichts dafür, der Koch verstehe sein Handwerk, aber wie soll ers machen, für so wenig Geld – *Von nichts kommt nichts.* Und noch andere, vor allem eine Gruppe aus der Produktion, in neuen, modischen, stahlblauen Overalls, rufen ärgerlich dazwischen »Aufhören, aufhören«, warum würde bloß immer vom Essen geredet, immer nur vom Essen, wo es doch *ganz andere Sachen* gebe, *viel wichtigere,* die hier nicht in Ordnung seien.

Ob es nun dem Betriebsratsvorsitzenden zu wild wird, oder ob er auch der Meinung der letzten Zwischenrufer ist – jedenfalls erzwingt er sich, indem er mit dem Fingerring ans Mikrophon hämmert, wieder Ruhe und Aufmerksamkeit: nun gut, man habe alles gehört –

die Küchenkommission werde sich mit diesen Fragen befassen. – Aber jetzt – er zeigt auf die Wanduhr hoch über seinem Rücken – »Wir haben noch fünf Minuten Zeit, und sicher gibts doch noch Fragen zu anderen Themen!«

Darauf meldet sich, wie meistens, Herr Kurz zu Wort – der ›Island-Kurz‹. Worüber spricht er? Was kann es anderes sein, als die ›Klima-Anlage‹! Ein erprobtes Thema – aber er kommt nicht weit damit. Er kann noch nicht einmal eine erste, spöttische Frage zu Ende stellen. Wie kommt das? Was bewegt die Versammlung – will sie ihn demonstrativ unterstützen? Oder ist es so, daß schon zu oft darüber geredet und debattiert worden ist, daß es schon fast wie ein Witz ist: »Was solls denn – was willste denn noch – wer will denn das noch hören hier« – jedenfalls wird Herr Kurz von Lärm und Gelächter übertönt, und auch vom Stühle-kreischen, weil viele schon aufbrechen, weil es sowieso gleich vorbei ist – »... wohl eher eine Abluftzufuhr – wenn es nicht überhaupt eine Attrappe ist ...« sagt Herr Kurz ins Saalmikrophon – aber er ist bloß noch ein Hindernis, er ist dem Strom der Hinausdrängenden im Weg – sie klopfen ihm auf die Schulter: »Ja ja, schon gut – hast ja recht.« – Zugleich versucht auch Herr Schornstein noch ein formelles Schlußwort zu sprechen – aber die Versammlung ist in unaufhaltsamer Auflösung.

Kuhlwein war auch dort gewesen.

Fräulein Stepulat war krank. Frau Klatt ging nie zu Betriebsversammlungen.

Kuhlwein erzählte ihr immer, in wenigen Worten, was ihm wichtig erschienen war. Die Klatt sagte dann – siehste, sie habe wiedermal nichts versäumt.

»Hab ich das nötig? Muß ich mir das anhören? – Es sind doch immer die gleichen Wichtigtuer, immer dasselbe Gelaber – große Reden um Nix und widder Nix.« – Und eine Weile danach (weil sie sehr gerne ein Thema mehrfach aufwärmt):

»Ich will doch das gar nicht wissen. – Ich will wissen, was ich verdien, wieviel Weihnachts-Grati die springen lassen, und vielleicht noch, obs bald mehr Urlaub gibt. Alles andere ist sowieso kalter Kaffee. – Betriebsrat, Betriebsrat – wenn ich das schon höre!«

Übrigens, schwer zu sagen, wie das zuging, aber Frau Klatt wußte wirklich schon alles. Die Neuigkeiten, die Herr Kuhlwein mitbrachte, konnten sie kaum überraschen.

Warum ging er eigentlich hin? Interessierte ihn das wirklich?

Kuhlwein ging aus Pflichtbewußtsein. Er saß da, die ganze Zeit steinern auf seinem Stuhl – zwischen den anderen, die er kaum kannte. Er saß da wie betäubt, mit einem Kopfsausen – das dröhnte so. Wie bei einer Eisenbahnfahrt. Wenn er nicht nachher berichten müßte, würde er vielleicht gar nicht richtig aufpassen. Die meisten Verbesserungen, Vergünstigungen betrafen ihn nicht. Er fand auch das Essen nicht so schlecht. Er fand es nicht gut, aber auch nicht schlecht.

Am wenigsten interessierte ihn die Lage der Firma. Die Lage der Firma hatte nichts mit seiner Lage zu tun. Dr. Altenberg erinnerte ihn an einen Filmschauspieler. Manchmal hatte man den Eindruck, daß diese Menschen, eine gewisse Oberschicht, eine ganz andere Vitalität hätten. *Immer Höchstleistungen. Kennedy und der Schah. Nicht zu bremsen. Filmschönheiten mit riesigen Mündern und energischem Gang.* An wen erinnerte ihn Dr. Altenberg? Curd Jürgens? Errol Flynn? – Auch ins Kino ging Kuhlwein nicht mehr oft. Die Gesichter wurden blaß.

Und sonst, die Atmosphäre, die Vorfälle, die Erregung?

Kuhlwein lebte allein, oder, im Büro, mit zwei Menschen. Er fühlte sich unwohl in Menschenmengen. Reden, Rufen, Mikrophone. Die eigentümliche Verzerrung der Worte durch die Mikrophone. Die Wiederholungen. Wenn bestimmte Worte dauernd wiederholt wurden, hörte man schließlich nichts anderes mehr. Dann wartete er nur noch auf diese bestimmten Worte. »Leeschenunleschen« ... »Itawaiter, Itawaiterinnen« ... »Betriebs ..., Betriebsrat« immer wieder: »Riehb-Rab – Riehb-Rab«. Gewisse schneidende Worte, wie die des Gewerkschafters. Kamen auf ihn zu, wie Zeigefinger.

*Die wollen doch was! Was wollen die denn? Was soll
ich denn tun?*

Kuhlwein fühlte sich unruhig. Es war etwas mit ihm.
Er hatte Angst – vor sich selbst. Er sah den Blutfleck,
der jetzt einen ganzen Zentimeter vorgerückt war.
Wie das immer wächst! Aber lebendig kam ihm das
nicht vor.

Es war schon soweit, daß es auffiel, wenn Fräulein Stepulat mal *nicht* krank war. Aber man glaubte nicht an
diese Krankheit. Daß Fräulein Stepulat wirklich recht
zart und kränklich aussah, war höchstens ein Anlaß zu
Witzen:

»Oh – da ist sie ja mal wieder, unsere Prinzessin auf
der Erbse«, begrüßte sie Herr Maier – und dann gedämpft: »Kennen Sie das Gedicht vom Unwohlsein?« –
Fräulein Stepulat blickte ängstlich zu ihm auf. – »Lassen Sie die in Ruhe«, sagte die Klatt. »Bei der ist doch
nichts zu holen!«

Daß Fräulein Stepulat für schlüpfrige Witze kein pas-
sender Partner war, mußte jedem einleuchten. Manchmal hatte die Klatt auch Mitleid mit ihr. Und doch ärgerte sie sich immer wieder, wenn morgens der Anruf
kam – mit kläglicher Stimme.

»Die Stepulat«, sagte die Klatt, und hielt mit der
Hand die Sprechmuschel zu. »Hat wieder ihr Asthma
heut. – Da fällt mir ein: krankfeiern täte ich auch mal
wieder gern.«

Nach dem Gesetz kann ein Arbeitnehmer sechs Wochen lang krank sein – solange bekommt er ohne weiteres sein Geld. Wenn er innerhalb dieser Zeit wieder am Arbeitsplatz erscheint, ist alles in Ordnung. Natürlich braucht man einen Krankenschein, von einem Arzt unterschrieben. Doch ein bißchen krank ist fast jeder.

Wenn man es geschickt anstellt, kann man ziemlich lange so weitermachen. Man läßt am besten nicht die ganzen sechs Wochen vergehen. Zum Beispiel kann man sich nach vier Wochen mal blicken lassen und bleich und leidend aussehen:

»Ja, mich hats bös erwischt. Aber es geht schon bald wieder. Vielleicht nächste Woche ...«

Darauf wird der Chef zur Vorsicht mahnen: »Es ist ja erfreulich, daß es Ihnen besser geht – aber seien Sie vorsichtig! Sie sollten sich wirklich auskurieren!«

Aber der Mitarbeiter, oder die Mitarbeiterin, erklärt mit Entschlossenheit: nein, nun sei es genug – nächste Woche sei er (sie) wieder da – auf Biegen oder Brechen.

Und kommt dann auch. Arbeitet fleißig, mit viel gutem Willen. Arbeitet mehr als andere – kann gar nicht genug Arbeit kriegen. Hat sich Mitte der Woche wohl doch übernommen, beginnt über Beschwerden zu klagen, schluckt öfters Pillen, muß häufig mal raus, hat zur Essenszeit keinen Hunger, und bittet am Nachmittag, früher heimgehen zu dürfen. – Am nächsten Morgen trifft die nächste Krankmeldung ein.

Es gibt da richtige Künstler. Man kann immer neue

Variationen dieses Hergangs austüfteln – aber es hat einen Haken: die meisten genießen es nicht. Sie haben Gewissensbisse – oder sie langweilen sich.

Die Klatt kam etwas später darauf zurück.

»Also gut – ein bißchen krankfeiern – da bin ich mal ganz ehrlich – so zwei oder drei Tage – das mach ich schon mal. Aber für länger? – Nee, das könnt ich nicht!«

»Glauben Sie das, ich halt das nicht aus. Do dääääd isch misch jo ze Dood langweile!

Was kannst du denn machen, die ganze Zeit? – Putzen, Staubwischen, Nähen, Stopfen? Illustrierte angucken? – Ich glaube, davon würd ich erst richtig krank werden!«

Etwas später, nach einigem Nachdenken, sagte sie noch: »Naja, wenn einer ein Hobby hat, ein Bastler, oder ein Schrebergärtner – dann wäre das eher was. Aber auch nicht für lange.«

Noch später sagte sie, etwas unlogisch: »Übrigens kann ich Ärzte nicht leiden. Zum Arzt geh ich nie.«

Kuhlwein war über drei Jahre nicht krank gewesen – oder waren es vier?

Damals war das eine langwierige Sache, ein Magengeschwür. Rollkuren waren verschrieben, viel Ruhe – er dachte ungern daran zurück. Er hatte sich aus dem Keller, aus dem Nachlaß seiner Mutter, ein paar von ihren Romanen geholt. Aber er kam nicht weit damit. Längeres Lesen fiel ihm schwer. Dann hatte er ein bißchen Radio gehört, Schulfunk, und andere belehrende Sendungen. Aber die waren immer nur kurz. Meistens Unterhaltungsmusik, die ihm mißfiel. Fernseher hatte er nicht. Spazierengehen, was er gern tat, wollte er nicht, weil es nicht zu einer Krankheit paßte.

Übrigens waren es auch sehr unangenehme Schmerzen gewesen – jedenfalls am Anfang. Eine Krankheit vorzuspiegeln, wäre ihm nie eingefallen.

Das Fahndungsplakat hing damals fast in jedem Büro: »Gesucht werden als anarchistische Gewalttäter ...« Es waren alles Bilder, wie von Fotoautomaten – absonderliche Bilder, irgendwie verdreht, mit Grimassen, wie von Verrückten. Ganz links war Ulla Marein.

Im Zimmer 1028 hing das Plakat gleich neben der Tür, über dem Lichtschalter. Jedesmal, wenn wieder einer geschnappt worden war (oder *eine*, – komisch, so viele Frauen dabei), machte man ein Kreuz über das betreffende Bild. In 1028 machte Frau Klatt die Kreuze. Mit demselben Filzstift, mit dem sie auch das Kalenderkreuz machte. Nur nicht so regelmäßig, nicht Tag für Tag.

Es ging doch recht langsam voran, mit dem ›Schnappen‹. Als es eine Zeitlang mal gar nicht weiterging – als sie Ute Stöckle in der Boutique geschnappt hatten, und dann wochenlang keinen mehr, wurde man direkt ungeduldig.

»Was is denn jetz«, sagte die Klatt, wenn sie morgens, nach der Kalenderarbeit, davorstand »Gehts jetzt nicht weiter? Schöne Polizei! – Noch nicht mal der Zimmermann kriegt die!«

Kuhlwein murmelte vor sich hin »Sie könnens wohl gar nicht erwarten« – aber die Klatt hatte es genau gehört. Da stand sie, halb zu ihm umgedreht, den Hintern prall in ihrer violetten Hose, eine Hand in die Hüfte gestemmt:

»Was ham Sie da gemurmelt? – Ich glaube gar! – Solln denn die Kerle frei herumlaufen, mit ihren Bomben und Ballermännern?«

Nein nein. Das wollte Kuhlwein auch nicht. Nur so ein Einfall, wie er sie da stehen sah, die Klatt, so bunt, mit ihrem Filzstift ...

Nein, wenn er darüber nachdachte, hätte er am liebsten *alle* Bildchen durchkreuzt gesehen. Wegen der Ordnung. Weil es unvollständig war. – *Woher kamen denn überhaupt diese Stockungen? Warum ging das so unregelmäßig? Es ging doch sonst immer alles regelmäßig.*

Endlich wurde wieder einer gefaßt. Herr Maier trällerte »Zehn kleine Negerlein«. Frau Volz betrachtete das Plakat mit den Kreuzen und sagte: »Wie man sich dabei wohl fühlt – an jeder Ecke ein Bild von einem.« – Die Bande war das einzige Thema.

Wenn jemand etwa eine dicke Tasche trug, hieß es: »Nun – wohin mit der Bombe?« – Wenn eine Sirenenübung stattfand, oder nach einem Düsenknall: »Achtung – jetzt geht es los!«

Es wurde viel debattiert.

»Kinderkinder«, sagte Frau Volz. »Jetzt machen sies schon seit einem Jahr. Holen sich Geld, wenn sie Lust haben, leben wie die Playboys, und tanzen der Polizei auf der Nase rum! Ehrlich – mir imponiert das!«

»Sie gehören wohl auch dazu, was? Passen Sie bloß auf!«

»Verstehen Sie eigentlich, was die wollen?« fragte Kuhlwein.

»Gar nix«, sagte Herr Maier. »Bloß ein Happening.«

»Und gut leben, natürlich.«

Frau Zentner verstand in dieser Sache gar keinen Spaß. Das seien alles Spinner, Fanatiker, Kommunisten, Verrückte. Jemand mit normalem Verstand begreift das überhaupt nicht. »Da können Sie genauso mit einem Irren reden, der meint, er sei Napoleon. Sie können ihm tausendmal erklären, daß er nicht Napoleon ist – er sagt eben immer wieder, er ist Napoleon.«

»Was haddn des mit dem Napoleon zu duun?« fragte Frau Klatt.

Frau Klepzig sagte, die meisten von denen seien ja aus gutem Hause, sie seien am Anfang vielleicht schon idealistisch gewesen. Hätten etwas tun wollen für die kleinen Leute, Arbeiter und so – dabei wüßten sie gar nicht, wie diese leben. Und dann hätten sie sich aufhetzen lassen.

Darauf die Klatt – sehr gehässig: »Jawoll, das isses! Den Brill, den Schreiberling – den sollen sie gleich dazu einsperren. Das sind so die richtigen! Den ganzen Tag nur schreiben, sich was aus den Fingern saugen, Millionen damit verdienen – und der ist dann Kommunist!«

Sie gingen wieder auseinander.

Jeder raschelte mit seiner Arbeit herum – vorübergehend Gäste, flüchtige Reden, die bekannte Müdigkeit.

Aber es blieb im Kopf. Man konnte mittendrin anfangen. Jeder verstand sofort.

Die Klatt am Mittwoch: »Wenn ich so einen erwische – links und rechts tät ich dem eine schmieren!«

Die Klatt am Freitag: »Dene geheert der Kopp ab, geheert dene.«

Die Klatt am Montag: »Ehrlich. Manchmal ist mir auch zu Mut, daß ich alles in die Luft sprengen könnte.«

Die Klatt am Mittwoch: »Immer noch nix! Ham Sie auch nix gehört, Herr Kuhlwein? – Die stecken alle unter einer Decke, die Polizei auch. Das ist doch alles ein Kuhhandel!«

Endlich war es soweit.

Ausgerechnet in Frankfurt wurden die letzten geschnappt. Am Morgen, nachdem sie den Rehder, den Krasske und John in der Garage gestellt hatten, und der Rehder, auf die Bahre gefesselt, wie im Fernsehen gezeigt wurde, die Polizei machtlos beschimpfte, war die ganze Firma in Aufruhr!

Es war ein Volksfest. Nach der Großjagd, Safari oder so: *Wenn es da vor einem liegt, das wilde Tier, tuts einem doch leid.*

»Aus der Traum«, sagte Frau Volz.

»Die armen Eltern«, sagte Frau Klepzig, und dachte an ihren fast erwachsenen Sohn.

»Viele Hunde sind des Hasen Tod«, rezitierte Herr Maier, und Frau Klatt sagte befriedigt, während sie mit der Hand die Krümel ihres Kuchens vom Schreibtisch wischte:

»So. Jetz iss e Ruh.«

Ende November hatte der Blutfleck fast das Nagelweiß erreicht.

Mehr und mehr war nun von Weihnachten die Rede. Auf welche Wochentage fiel Weihnachten? Wer hatte noch Resturlaub, um die Woche zwischen Weihnachten und Neujahr zu einer ganzen Urlaubswoche aufzufüllen – und wer hatte nicht aufgepaßt? Vor allem aber das Weihnachtsgeld. Die Weihnachtsgratifikation. Wird es mehr als letztes Jahr?

In diesen Wochen wanderte die Klatt fast jeden Abend durch die Kaufhäuser in der City: »Wenn ich Geld hab, dann juckts mich. Da muß ich rennen rennen, gucken gucken – was gibts aber auch alles für Sachen.«

Sie hatte Prospekte dabei, die sie jetzt statt ihrer Illustrierten las. Prospekte mit ›Weihnachtstips‹, mit Tannenzweig mit brennender Kerze vorne drauf. Und innen: bunt bunt. Eigentlich wollte sie ja neue Möbel kaufen – vielleicht aber auch was anderes. Oder alles zugleich? Solange man nichts ausgab, konnte man das Geld fünfmal ausgeben (ihr Mann bekam ja auch was, wenn auch nicht so viel – er wollte einen Farbfernseher kaufen).

Es war das allgemeine Thema.

Frau Volz wollte wissen, ob der ›HiFi‹, den sie sich vorgenommen hatte, auch wirklich ein gutes Gerät sei – Herr Maier brachte eine Testzeitschrift mit Tabellen. Die Geräte hatten Noten: ›gut‹, ›befriedigend‹, ›sehr gut‹. Das Gerät von Frau Volz hatte ›befriedigend‹ – das hieß, es war schlecht. Frau Klepzig war mit einem EGA Brotröster schon mal ›bös reingefallen‹ – bei Fräulein Schadow funktionierte er tadellos. Frau Zentner sagte, sie nähme immer nur BRAUN – wegen der guten Form –, Frau Klatt hatte dafür kein Verständnis. Herr Maier verlas die technischen Angaben über ein hochwertiges Tonbandgerät, das er kaufen wollte – für alle anderen waren das ›Böhmische Dörfer‹. Für den Kassettenrekorder, den Frau Klepzig ihrem Sohn schenken wollte, hatte Herr Maier nur ein mitleidiges Lächeln.

Eines Morgens sah man das Fräulein Schadow mit einer neuen, todschicken Pelzjacke. Aber das, so wurde gemunkelt, hatte nichts mit Weihnachten zu tun.

Und was machte Kuhlwein mit seinem Geld? Man vermutete allgemein, daß er sein Geld auf die ›Hohe Kante‹ legte. Wofür? Herr Maier witzelte insgeheim: Fürs Begräbnis.

Aber eines Morgens, Anfang Dezember, erschien Kuhlwein mit einer neuen, blaugrauen Hose mit Fischgrätenmuster. Niemand bemerkte es – bis Frau Klepzig kam: »Oh, Herr Kuhlwein! Was haben Sie für eine schöne neue Hose!«

Die Klatt hob den Kopf. »Was? Neue Hose? – Lassen Sie mal sehen!«

Kuhlwein mußte aufstehen, ein paar Schritte machen, sich von hinten zeigen – stocksteif, mit unglücklich hängenden Armen.

»Was hatn die gekost?«

Kuhlwein war verlegen, voll böser Ahnung.

Daß alles teurer geworden ist, das habe er ja gewußt. – Aber so viel hätte er eigentlich nicht gerechnet. Achtundsiebzig.

»Achtundsiebzig! – Ich glaube, Sie sind verrückt!«

Frau Klepzig meinte, das sei natürlich viel Geld – aber *zu* teuer sei das nicht. Sie kenne das, von ihrem Sohn.

»Ned deuer?« – Die Klatt kam jetzt in Fahrt.

»Hörn Se doch uff! – Ich habe doch auch einen Mann und weiß, was eine Hose kostet. Mehr als fuffzig Mark hat der noch nie bezahlt!«

Kuhlwein, jetzt doch etwas aufgebracht, leistete eine

kurze, grollende Gegenwehr. – Es sei aber auch eine gute Hose – haltbares Material, dafür könnte man schon mal etwas mehr ausgeben! Sie hält dann auch länger!

»Was Se ned sage!«

Die Klatt lehnte sich zurück und machte sichs bequem. Sie war jetzt fest entschlossen, Kuhlwein mit seiner Hose fertigzumachen. Sie gab ihm einen Wink mit dem Kinn.

»Gehn Sie mal ans Fenster, damit man was sieht!«

»Ja – du lieber Gott!« – Sie klang richtig verzweifelt.

»Was ist denn das für ein Ding! – Was habbe Se sich denn da uffschwätze lasse! – Das sieht ja aus, wie vonnem Matrosen!«

»Was haben Sie sich denn dabei gedacht? Sie sind doch kein junger Mann mehr! – Ein junger Mann, der kann sowas vielleicht tragen – aber Sie doch ned!«

Frau Klepzig, die schon an der Tür stand, sagte, sie fände das nicht. Sie prüfte Kuhlweins Silhouette: »Heutzutage trägt man eben solche Hosen! Das ist modern! Warum soll denn Herr Kuhlwein nicht mal etwas jugendlich aussehen?«

»Weil ers ned iss!«

Frau Klepzig kannte diese Gespräche. Sie sagte schwächlich, Kuhlwein solle sich seine Hose nicht mies machen lassen – und verschwand.

Kuhlwein setzte sich wieder hin, schweigend.

»Achtundsiebzig!« – die Klatt machte halblaut weiter, wie bei einem hoffnungslosen Fall.

»Naja – mach was dagegen. Wenn einer so dumm is, un sichs Geld aus der Nase ziehen läßt. Für so ein Ding. Für so e Ding do! – Man muß doch wissen, was man tragen kann. Ich zieh mir doch auch kein Bikini an!«

»Als ob man sein Geld nicht schwer genug verdient. Aber wenn einer sein Geld verschenken will ... bitte!«

Kuhlwein versuchte nicht zu hören. Unkonzentriert schob er seine Papiere hin und her.

Schließlich nahm er eines der Papiere, faltete es zweimal zusammen, zerriß das gefaltete mit heftigem Geräusch, machte immer kleinere Fetzchen, zerriß jedes Fetzchen noch einmal, und nocheinmal – er schaute gar nicht mehr hin.

Er sah aus dem Fenster. Draußen war das klarste Wetter. Dicht an ihm vorbei gingen scharfe, klare Sonnenstrahlen, mit Flimmerstaub drin. Ein gleißender Vordergrund – dahinter, südlich blau, die Fassade von KISTNER & VOIGT.

Mitte Dezember war der Blutfleck soweit, daß das erste Stückchen davon beim Nagelschneiden mit abging.

Fünf Monate! Die ziehende, sich dehnende Langsamkeit der Veränderungen.

Veränderungen der Personen – Veränderungen der Außenwelt. Die Veränderungen des Lebensraumes – seine fortwährende Abnutzung. Quälend. Alles wird befingert, gerieben, gedrückt, verdreckt. Täglich winzige Unglücksfälle, kaum sichtbare Beschädigungen. Die Sachen verschleißen, wie Personen.

An einem dieser Tage machte Kuhlwein eine Entdeckung.

Etwas veranlaßte ihn, den Kopf höher zu heben, als gewöhnlich. Strich mit dem Blick die Wand hoch, unterdrückte mit geschlossenen zitternden Lippen ein Gähnen. In drei Meter Höhe hielt er plötzlich an. Was war das?

Dicke braune Triefflecken waren da. Spuren, als sei da was runtergelaufen, wie brauner Kaffee. In dieser Höhe!

Er glaubte doch, hier alles zu kennen – aber das war neu. So ein Fleck da, von Kaffee, dickem, oder von so einem Getränk, das so dickbraun rann – unten mit dickem Rand, weil da der Tropfen nicht weiterkam und eintrocknete. Wie kam denn das dahin? Wer machte denn sowas? Nächstens findet man noch einen *Fußtritt* an der Decke. -- Waren das die Putzfrauen?

Man darf ›Putzfrau‹ nicht mehr sagen – das heißt ›Raumpflegerin‹ –, aber niemand kümmert sich darum. Die Klatt redete öfters darüber: Wenn das einer wüßte! Was hier so alles los ist – wenn wir nicht da sind. Was hinter unserem Rücken hier vorgeht!

Jedesmal, wenn sie etwas sucht und nicht findet, äußert sie diesen Verdacht. Die Putzfrauen. Alles Ausländerinnen. Klauen wie die Raben.

Was für Szenen mögen sich hier abspielen – abends, nachts?

Kuhlwein betrachtete den Fleck, und versuchte es sich auszumalen. Frau Volz hat mal etwas erzählt. – Sie hatte zuhause bemerkt, daß sie ihr Portemonnaie im Büro vergessen hatte, und war noch einmal zurückgekehrt: »Und was glauben sie, wie es hier aussah!«

Eine ganze Corona von Putzfrauen hatte sich im Büro breitgemacht. Sie saßen auf unseren Stühlen, an unseren Schreibtischen, schwatzten, tranken Kaffee, aßen und rauchten. Sie hatten es sich sehr bequem gemacht, die Beine auf dem Papierkorb, oder auf einem anderen Stuhl, wippend, weit zurückgelehnt ... Sie mochten nicht aufstehen, und mich an meinen Schreibtisch lassen. Das ganze Büro war verqualmt, wie im Wirtshaus!

Kuhlwein stellte es sich vor. So mußte das sein.

Sie machen es sich gemütlich – hier stört sie niemand. Das Gebäude – das ganze Viertel ist ja ausgestorben. Es sind ja alles Ausländer, und lebhaft, sie sitzen wie die Schwalben, wie die Spatzen, zwitschern und schreien durcheinander, legen die dicken Beine hoch, stützen sich auf die Schreibtische – manche haben auch Kinder dabei, oder Tiere! – Später kommen auch die Männer dazu. Vielleicht leben die hier, vielleicht ist das ihr Quartier? Ergreifen jeden Tag wieder resolut Besitz von ihrem Heim, sättigen sich, wischen sich die Lippen, trinken Kaffee, Schnaps, Wein, spielen Karten in einer dichten Rauchwolke, jagen sich, lieben sich, spielen Spiele. Sie feiern Feste, haben ihre Vergnügungen – *und da kann es schon mal passieren, bei einem wild aufschäumenden Gelächter, daß der Kaffee aus der geschwungenen Tasse meterhoch spritzt ...*

Noch eine andere Veränderung vollzog sich im Weihnachtsmonat. Nach einer letzten längeren Krankheit war Fräulein Stepulat nicht mehr zurückgekehrt. Sang- und klanglos – ohne Abschied. Hatte sie selbst ein Einsehen gehabt, oder hatte die Firma doch einen Weg gefunden, sie loszuwerden? Im Büro wollten sie das gar nicht so genau wissen. Fräulein Stepulat war hier nie heimisch geworden.

Es wurde dann eine neue Kraft für die Stelle gesucht.

Bis sie gefunden war, überbrückte man die Zeit mit einer Aushilfskraft. Sie kam von einer ›Teilzeit-Vermittlung‹ und hieß Frau Vergin. Eine äußerst gesprächige Frau. Den ganzen Tag erzählte sie von ihrem Hund, einem Chow-Chow namens Peter, von dem dicken Angorateppich in ihrer Wohnung, den der Hund liebte, von ihrem Verlobten namens Erich, der gegen den Hund war, vom Baden mit ›Badedas‹, von ihrer Wirtin, die gar nichts gegen den Hund hatte, vom Fernsehen, von dem Kuchen, den sie manchmal buk, und von dem sie der Wirtin und dem Hund etwas abgab, von ihrem Schlafzimmer mit den Blumentapeten, aus dem Erich den Hund rausschmiß, von Erichs ›brutaler Ader‹, die ihre Wirtin nicht leiden konnte, wogegen sie selbst dafür eine Schwäche hatte, von den Vorteilen der Teilzeitarbeit, und von gewissen Jobs, wo es bei ihr aufhöre – obwohl sie nicht prüde sei. – Sie konnte einem ein Ohr abreden.

Aber nach fünf oder sechs Wochen – Weihnachten war auch vorbei – war auch das überstanden. Frau Vergin hatte sich verabschiedet, die neue Mitarbeiterin, Fräulein Mauler, nahm ihren Platz ein. Die gewohnte Ruhe kehrte ins Büro zurück.

5.0 Der hohe Besuch

Die Ankündigung des Besuchs kam zwar direkt von
oben – vom zwölften Stock –, dennoch wurde sie wie
ein Gerücht verbreitet. Kein Rundschreiben – kein An-
schlag am ›Schwarzen Brett‹ – sollten wir es nun wissen
oder nicht?

In der Rechnungsabteilung war die Bekanntma-
chung so vor sich gegangen: Frau Volz lief von Büro
zu Büro und teilte es halblaut, wie ein Geheimnis mit.

»Raten Sie mal, wer nächste Woche kommt!«

». . .?«

»Herr Tülle.«

»Herr Tülle – gibts den wirklich?«

Tülle ist jemand, den man nur als Markennamen
kennt. In der Öffentlichkeit zeigt er sich ungern. Er ist
etwas zwischen Onassis und Peter Stuyvesant.

Das Besuchsprogramm (es war ebenfalls auf sehr ver-
schwiegene Weise verbreitet worden) sollte wie folgt
ablaufen:

Punkt 10 Uhr: Ankunft des Herrn Tülle am Hauptportal. Dort Begrüßung durch Herrn Dr. Altenberg
und die Herren von der Geschäftsleitung. Anschließend ein Rundgang durch die Produktionsgebäude,
wobei vor allem der Stolz der DRAMAG, eine nagel-

neue Anlage für elektronische Reglerteile, besichtigt werden sollte.

10 Uhr 30: Im Sitzungssaal im 12. Stock, eine kleine Erholungspause mit Cocktails und kleinen Happen. Bei dieser Gelegenheit wünschte Herr Tülle die Herren Prokuristen und Abteilungsleiter kennenzulernen. Anschließend, gegeń

11 Uhr: Einige knappe, datengespickte Informationsvorträge über die interessantesten Sparten der Firmen-Aktivität – Gelegenheit zur Bewährung für die Vortragenden, ein paar junge, aufstrebende Talente, meist Direktionsassistenten.

Um 11 Uhr 45 würde Herr Tülle, mit den Herren der Geschäftsleitung, die Firma wieder verlassen. Zum Abschluß des Besuchs hatte er einen ausgewählten Kreis zu einem Arbeitsessen im repräsentativen Restaurant ›Königshof‹ eingeladen.

Es versteht sich von selbst, daß die Tage vorher *ausschließlich* im Zeichen dieses Besuchs standen. Vom Büro aus konnten viele Vorbereitungen allerdings nur indirekt verfolgt werden. Der Lastenaufzug am anderen Ende des Gangs war ständig besetzt. Zahlreiche Gegenstände, meist in großen Kartons verpackt, wurden in den obersten Stock befördert. Es sprach sich herum, daß der Sitzungssaal oben völlig neu ausgestattet wurde. Er wurde frisch tapeziert, und ein neuer Bodenteppich ausgelegt. Eine große Magnettafel mit Elementen für die Darstellung von Fließdiagrammen und Organisationsschemata wurden eingebaut. Ferner wurde neu möbliert. Die plastikbezogenen Stühle, soll Dr. Altenberg geäußert haben, seien unzumutbar – *da schwitzt man ja auf der Sitzfläche!*

Auch in den darunterliegenden Etagen wurde neu gemalt.

Zwar sollte Herr Tülle, laut Programm, nach Abschluß der Besichtigung direkt mit dem Lift in den 12. Stock fahren – doch bei einem so prominenten Gast mußte man mit überraschenden Einfällen rechnen. Vielleicht hatte er plötzlich den Wunsch, unterwegs auszusteigen, zu Fuß weiterzusteigen, oder ein Büro zu besichtigen? Die Unberechenbarkeit von Herrn Tülle bewirkte eine verbreitete Nervosität, und viele spontane Verschönerungsmaßnahmen – auch abseits des vorgesehenen Besuchswegs.

Die stärkste Emsigkeit herrschte jedoch entlang der Programm-Route. Es wurde vieles über die Vorbereitungen in der ›Produktion‹ erzählt – einiges davon konnte man durch die rückwärtigen Fenster beobachten. Man sah Maler und Weißbinder mit Leitern und Eimern ein- und ausgehen. Andere hingen an den Außenanlagen, oder hockten auf den Rohrbrücken.

Nicht nur der zur Besichtigung ausgewählte Neubau – der natürlich nur so funkelte –, sondern auch die angrenzenden Hallen, Durchgänge und Lager wurden geputzt, geschrubbt, entrostet, bemalt und auf Hochglanz gebracht. Besonders häßliche Winkel wurden mit

Planen oder Spanplatten verdeckt. – Selbstverständlich konnte in dieser Woche nichts produziert werden.

Am letzten Tag vor dem Besuch war die Stimmung gereizt. In allen Abteilungen liefen die Abteilungsleiter herum, um noch den ›letzten Schliff‹ reinzubringen. Auch Dr. Gropengießer wirkte nervös. Er inspizierte sämtliche Büros – einige davon zum ersten Mal. Er nahm Anstoß an einem ausgefransten Papierkorb, an einer mit Leukoplast geflickten Schreibmaschinenhülle, und an leeren Coca-Cola-Flaschen unter dem Waschbecken. Spät nachmittags, kurz vor Arbeitsschluß, entdeckte er in dem frisch gemalten Gang – direkt gegenüber der Fahrstuhltür – den Abdruck einer gespreizten schmutzigen Hand! – Es war das erste Mal, daß man ihn brüllen hörte. Frau Volz mußte sofort losrennen und einen Maler holen.

Endlich war es soweit. Der Tag des Besuchs war angebrochen.

Die Portiers trugen neue Uniformen. Ein Portier stand an der Straße, vor der Einfahrt zum Hauptportal, und hielt Lastzüge und Lieferwagen auf, die hereinwollten, um auf- oder abzuladen. »Nix da! Heute keine Einfahrt! Kommt morgen wieder!«

Hinten im Hof waren kleinere und größere Gruppen von Mitarbeitern zu sehen, alle in guten Anzügen, einige noch mit Besen oder Schaufel in der Hand. Ab und zu trabten aus dem Bürohaus, oder von der Produktion her, Herren in noch besseren Anzügen und gestikulierten heftig – worauf einige der im Hof Stehenden sich in Bewegung setzten, um noch eine Unstimmigkeit in Ordnung zu bringen. Dr. François mußte seinen Wagen außer Sichtweite bringen (er putzte ihn selten). Ingenieur Fleischmann pickte persönlich einen rostigen Blechkanister auf, der in einer Ecke stehengeblieben war, und versteckte ihn unter der Laderampe.

In den Büroetagen war es an diesem Tag noch stiller als sonst. Bis zum Frühstück war noch ein bißchen gearbeitet worden – mit gezierten Bewegungen. Man saß steil auf dem Stuhl und befleißigte sich einer sauberen Handschrift. Beim Frühstück erinnerte man sich seiner guten Tischmanieren. Einige Damen waren beim Friseur gewesen.

Nach dem Frühstück erstarb jede Tätigkeit. Man trommelte auf die Schreibtischplatte, man sah auf die Uhr. Wenn die Tür aufging, erschrak man. Wer wußte eigentlich, wie Herr Tülle aussah?

Zehn Uhr. Frau Volz kam aus dem Sekretariat gestürzt. Sie lief den Gang entlang und rief überall durch halbgeöffnete Türen:

»Er ist da. Er ist eben am Hauptportal.«

Jetzt hörte man nah und fern Telefone klingeln. Von den Büros in den tieferen Etagen, deren Fenster nach hinten blickten, konnte man den größten Teil des Besuchsweges durch die ›Produktion‹ überblicken. Von dort aus konnten die übrigen Büros, mithilfe des Telefons, auf dem laufenden gehalten werden.

»Wie stehts?« »Wo sind sie?«

»Sie sind jetzt am Trafohäuschen. Jetzt am Flaschenlager.«

Es sei eine kleine Prozession von etwa dreißig Herren. Man könne Herrn Tülle gut ausmachen, da er als einziger einen hellen Anzug trage. Alle hätten blaue Schutzhelme auf. Manchmal stocke der Zug, und es bilde sich ein Kreis um den Ehrengast, neben dem jemand mit erklärenden Armbewegungen stünde.

Kurz vor dem fernsten Punkt des Rundgangs knickte der Weg ab, und die Gruppe wurde unsichtbar. Die Telefone schwiegen. Man konnte nur noch warten.

Aber schon kurz darauf – zwanzig Minuten nach Tülles Ankunft am Hauptportal – schrillten die Telefone wieder: »Er kommt zurück! Im Eilschritt! Fünf Minuten früher, als im Programm vorgesehen!«

Was war passiert? Ein Zwischenfall? War Tülle verärgert? Durch die Telefone schwirrten Gerüchte. Auf dem Rückweg habe man Herrn Fleischmann nicht mehr gesehen. Ein Eisenteil sei direkt vor Herrn Tülle von einer Anlage heruntergefallen. Ein Arbeiter habe eine freche Antwort gegeben. – Aber andere sagten, gar nichts sei vorgefallen – Herr Tülle habe einfach eine rasche Gangart, und Fleischmann sei nur durch einen größeren Herrn verdeckt gewesen. Übrigens seien sie eben ins Bürohaus eingetreten.

Dann wurde mitgeteilt: »Er ist im Fahrstuhl!« Mit ihm fuhren Dr. Altenberg und zwei andere Herren. Die übrigen benutzten den Lastenaufzug.

Nächste Nachricht: »Er ist losgefahren. Er ist jetzt unterwegs!«

Man hielt den Atem an. Die Mutigsten traten auf den Gang hinaus und blickten in Richtung Lift.

Nichts zu sehen, nichts zu hören.

Jemand hatte eine Filterzigarette am verkehrten Ende angezündet, und fluchte. Sonst passierte nichts.

Gleich darauf kam Frau Volz wieder aus dem Sekretariat gelaufen: »Er ist jetzt oben!« (Nach oben waren die Telefonkontakte spärlicher, da lief alles über die Chefsekretariate.)

Es kam eine unentschiedene Stimmung auf. Während einige noch immer in Lift-Richtung blickten, eilten andere zum Treppenhaus, stiegen ein paar Stufen aufwärts und reckten die Hälse. Die übrigen waren in die Büros zurückgekehrt – in das eigene, oder in ein benachbartes, um dort vielleicht noch etwas Neues zu erfahren.

Doch im Inneren wußten alle: Es war vorbei.

Was jetzt noch an Meldungen kam, fand immer weniger Interesse. Die Gespräche hatten sich bald von der Person Tülles entfernt. Eine Weile wurde ganz allgemein debattiert – über Kapitalgesellschaften, Börsengeschäfte, Firmenverflechtungen, über Vorstandsmitglieder, die gleichzeitig in einer anderen Firma Aufsichtsräte sind und umgekehrt, und manchmal zugleich noch von der Gewerkschaft. Wem die Firmen wirklich gehörten, das wüßten nur Eingeweihte – oft gehörten sie der Konkurrenz.

Es könne jedoch geschehen, daß eine Aktienmehrheit über Nacht in andere Hände übergeht. Es war also möglich, daß Tülle schon in diesem Augenblick gar nicht mehr Hauptaktionär der DRAMAG war, weil nun Herr *Kluck* der Hauptaktionär war, oder irgendeine Bank, oder eine ›Finanzgruppe‹.

Interessierte es hier? – Allmählich schlenderten die Leute überall wieder zurück, an ihre angestammten Plätze. Man gähnte und klopfte sich dabei mit der flachen Hand an den Mund. »Was Zeug – was Zeug«, sagte jemand. – Aufsichtsrat, Großaktionär, Hauptaktionär – ob es nun der war, oder jener – wir würden kaum was davon bemerken.

Dennoch hat man es deutlich gespürt, ein bißchen geheimnisvoll, wie eine Erleichterung, ohne Worte, sich im ganzen Gebäude ausbreitete. Bevor man es eigentlich wissen konnte, fühlte man es: Der hohe Besuch war zu Ende.

Gegen zwölf Uhr lief Frau Volz herum und bestätigte es: Vor fünf Minuten habe Herr Tülle mit seiner Begleitung die Firma verlassen.

Sie war, da sie, mit Fräulein Schadow zusammen, den Ereignissen näher stand, noch immer ziemlich erregt. Doktor Gropengießer sei auf einen Sprung noch eben im Büro gewesen – bevor es losging, mit dem Mercedes-Konvoi, zum Ehren-Essen, zu dem er auch gebeten worden war. Blendender Laune sei der Doktor gewesen, er habe ihnen beiden, den Sekretärinnen, noch eine halbe Flasche Sekt mitgebracht: alles habe bestens geklappt! Herr Tülle sei sehr befriedigt gewesen, er habe sich sehr lobend geäußert, und er sei überhaupt ein umgänglicher Herr. Er habe einen köstlichen Humor. Zum Beispiel habe er am Schluß der Veranstaltung im Sitzungszimmer ›vor versammelter Mannschaft‹ gesagt:

»Also, meine Herren – nun erzählen Sie mir bloß nicht, daß es in dieser Firma *immer* so piekfein aussieht!«

Darüber habe man ringsum herzhaft gelacht.

6.0 Das Luftloch

Seit einigen Tagen ist im Fenster etwas Neues zu sehen. Wo bisher noch leerer Himmel war, wird jetzt gearbeitet. Von der Baugrube her – die nicht sichtbar ist – wächst täglich, stoßweise, ein Neubau ins Blickfeld. Irgend etwas Säulenförmiges – es könnte ein Turm, oder, durch Verdickung, ein Hochhaus werden – anstelle des vorher noch leeren Rechtecks neben KISTNER & VOIGT.

Das Ausschachten hat schon letztes Jahr begonnen – von hier oben sah mans nicht, aber auf dem Weg. Es ist ausgeschachtet worden. Tiefgeschosse betoniert, für Garagen, Lager, Versorgung – von dort aus geht es jetzt aufwärts. Große Röhren werden ineinandergesteckt, daran zur Seite hin montiert, mit Riesenkranen und kletternden Hebebühnen – dieses Bauen heutzutage – seltsam.

Nun ist also immer Bewegung im Fenster. Menschlein krabbeln immer im Augenwinkel. Ein Baukran, lang und dünn und schwankend wie Gras, schwenkt seinen weitreichenden Ausleger durch das Gesichtsfeld, schwenkt aus dem Gesichtsfeld raus, schwenkt wieder ein, und hat dann irgendwelche Teile am Haken, oder hat sie nicht mehr – kleine Stäbchen,

Klötzchen, Fingerhüte, im Kreis auf und ab, rückt zur Seite – das ganze, wankende Gestell –, rollt vor uns zurück. Manchmal gerät das lange Seil ins Schaukeln. Der Kran hilft wo er kann. Das haushohe Schild einer freitragenden Wand schießt in wenigen Stunden hoch. Eine vierkantige Betonwabe scheint ruhig in der Luft zu schweben. Man kann das Häuschen des Kranführers sehen, vielleicht, im Fensterchen, den Kopf. Es gibt da immer was zum Zuschauen.

Aber heute kommt noch etwas hinzu. Mehr als gewöhnlich wird geschwankt und balanciert. Das Wetter ist umgeschlagen – man hört ein leises Sausen.

»Die kriegen wohl Wind, da draußen – schauen Sie mal!« sagt Fräulein Mauler; von ihrem Mittelplatz hat sie die beste Sicht.

»Schauen Sie mal, wie die sich festhalten!«

Dieser Wind kommt anscheinend unerwartet. Die vielen kleinen Figuren auf der Montageplattform sind in merkwürdigen Stellungen erstarrt – mit einem Werkzeug und nach oben gestrecktem Arm, oder mit geknickten Knien, zwei Eimer abstellend. Andere sieht man am Geländer, wo sie sich halten und abwärts blikken, zu einem großen Betonbehälter, den der Kran eben hochzieht. – Der große Behälter pendelt am Seil. – Ein durchsichtiges Plastiktuch, Abdeckung von etwas, das nicht naß werden soll, flattert auf, glänzend, segelt zur Seite weg. – Der große Behälter pendelt stärker. Man sieht, wie der große Behälter, der nun schon sehr weit ausholend pendelt, rasch abgesenkt wird, um zu verhindern, daß er zerstörerisch irgendwo anschlägt, oder den Kran selbst in Gefahr bringt. – Die meisten Arbeiter verschwinden jetzt von der Plattform ins Innere, in das Mittelrohr, wo vielleicht ein Personenaufzug installiert ist.

Aber es war wohl nur eine Windbö. Nach zehn Minuten hat sich alles wieder beruhigt. Die Arbeit geht weiter, die Plattform belebt sich wieder.

»Da möcht ich nicht arbeiten«, sagt die Klatt. »So e Await – des wär nix für misch.« – Und das ist ja auch wirklich *unvorstellbar, die Klatt im Overall, alles stark ausgebuchtet, wackelnd, stampfend, auf einem Baugerüst.*

Kuhlwein spürt einen Lachreiz steigen, fast unwiderstehlich; er beugt sich, um damit fertig zu werden, verbissen über seine Arbeit. Wenn sie das jetzt nur nicht, wie sie es gern tut, mit verschiedenen Abwandlungen wiederholt; wenn sie nur nicht sagt: »Aufm Bau – im Lebe ned, ned für viel Geld ...« – Aber sie sagt nichts mehr.

Da erscheinen die Fensterputzer.

Fensterputzer kommen hier alle zwei Monate, im Winter seltener. Innen ist das weiter nichts Besonderes – die Fensterbretter müssen leergeräumt werden. Um außen putzen zu können, muß, da die Fenster sich nicht öffnen lassen, außen an der Fassade aufgestiegen werden. Zu diesem Zweck gibt es am Gebäude eine Vorrichtung; eine Schiene mit Laufkatzen am Dachrand – daran zu befestigen eine Hebebank an Drahtseilen, elektrisch, durch Knopfdruck waagrecht und senkrecht zu bewegen – längs der Fassade vielfach gesichert durch Anker, Ösen, Karabinerhaken, und durch ein am Gürtel des Fensterputzers angeklinktes Seil. – Trotz der Sicherung ist es aber eine gefährliche Arbeit. Immer wieder gibt es Unglücksfälle. Es ist eine Arbeit für Ausländer.

Sie sind ganz plötzlich aufgetaucht, die Köpfe zuerst – langes, zerwühltes Haar, schwarz der eine, der andere ein brauner Lockenkopf. Beide haben dunkle Gesichter, lachend, beinahe übermütig, die Zähne weiß, die Eckzähne spitz, der Schwarzhaarige mit einem Stoppelbart. Sie gestikulieren viel. Sie schaukeln auf ihrer Sitzbank, zwischen den dünnen Drahtseilgeländern, woran die Eimer, Bürsten, Rakel und Poliertücher hängen. Es ist nicht klar, ob sie wegen ihrer eigenen Lebhaftigkeit, oder wegen des Windes so schaukeln. Natürlich kann man sie nicht hören – durch das Isolierglas; man kann nur ihre Mundbewegungen sehen.

»Na sowas – die Fensterputzer«, sagt Frau Klatt und schüttelt den Kopf. »Bei diesem Wetter!« Kuhlwein wirft einen kurzen Blick hin und bewegt die Lippen. Fräulein Mauler, die das hier zum ersten Mal erlebt, sagt »Das ist ja toll. Das ist ja fabelhaft.«

Menschen in der Luft. Vierzig Meter über dem Boden, das ist ein Anblick, für den man im Zirkus Geld bezahlt. Es ist sehr nah, zwei, drei Meter von den Sitzplätzen – und dennoch ein Abenteuer. Da kann auch Herr Kuhlwein nicht weiterwerkeln. Sie lassen alle die Hände sinken und schauen zu, wie die da draußen arbeiten. Manchmal hört man nun doch was – das Quietschen und Brummen der Rakel auf dem nassen Glas. Aber sehr gedämpft. Sehr gedämpft nun auch Rufen, wohl lautes Schreien der beiden, die scheinbar mutwillig, wie auf einem Ruderboot, vielleicht um ihrem Sitzfleisch Erleichterung zu verschaffen, mit ihrem Sitz hin und herschaukeln. Ab und zu – wohl aus dem Gespräch heraus, das man hier drin kaum hört, und auch nicht verstehen würde – berühren sie einander mit der Hand oder mit einem Werkzeug; sie schauen sich an, beugen sich rücklings voneinander fort, und sind ganz plötzlich wieder ernsthaft – beinahe finster bei der Arbeit.

Diese Südländer! Sie sind wetterwendisch, sprunghaft – sicher heftig in ihren Wünschen. Und ihre Wünsche, das sieht man, richten sich nach drinnen. Sie schauen herein wie ins Aquarium. Sie legen die flache Hand über die Augen (wie man es bei einem fernen – oder bei einem unglaubhaften Anblick macht). Sie drücken die Gesichter, Münder, Nasen dicht ans Glas. – Natürlich haben sie es vor allem auf Fräulein Mauler abgesehen! Abwechselnd machen sie ihr Zeichen mit den Augen, mit den Lippen, mit gebogenen Zeigefingern: »Komm heraus, Mädchen, nur keine Angst, komm gleich durchs Glas, schnell her zu uns, wir wollen gleich hier, sofort, auf dem schwankenden Brett – auch ein *Bett* schwankt – und hier darf man doch alles, bei euch, hier oben, da gibts kein Dorf, keinen Priester, keine Familie, keine Rücksichten mehr ... und zur Not nehmen wir auch noch die Dicke dazu, als Zuwaage, zur Not nehmen wir alle beide ...« – Die Liebeserklärung war überdeutlich. Ja, auch Frau Klatt noch dazu – auch wenn sie sich mit gespieltem Ernst dabei ansahen, mit den Händen, wie vor einer schwierigen Aufgabe, mit aufgeblasenen Backen, die kräftigen Rundungen nachbilden und darstellen – und wie sie diese, wie Riesenplumeaus an sich drücken würden, wie sie sich nach hinten biegen müßten, aber auch diese Last männlich bewältigten – und das alles immer deutlicher, kühner, sodaß die Klatt nicht mehr an sich hält und loskreischt:

»Ihr Makkaroni, Ihr Saukerl« – aber dann muß sie doch auch wieder lachen. Fräulein Mauler ist tiefrot geworden und schlägt die Augen nieder – obgleich sie auch etwas lächeln muß.

Es muß da draußen wohl ein plötzlicher Sturm aufgekommen sein, denn das Sitzgestell ist in Bewegung, es wird auf- und abgestoßen, zugleich gerüttelt und gedreht. So überraschend muß das gewesen sein, daß die Gesichter nicht nachkommen: das Grinsen ist noch da, während der lockige Mann, der rechts sitzt, in seinem

Schrecken schon den Rakel losgelassen hat – der unten vielleicht weiß Gott was anrichtet. Er wollte wohl die Hand frei haben, und krallt sich nun mit beiden Händen an das Drahtseil an seiner Seite. – Der zweite Mann verhält sich anders. Er krampft die Hand nur noch fester um sein Werkzeug, gestikuliert damit herum, schreit wohl auch – sein Mund steht offen, aber das lautere Klappern, Rattern und Pfeifen des Sturms ist alles, was man drinnen hört. Der Mann mit den langen schwarzen Haaren, die heftig flattern, sodaß man die Stärke und Richtung des Windes daran erkennt, tastet mit der linken Hand nach einem Halt. Er krallt sich in den Overall seines Kameraden. Er schließt den Mund und preßt die Augen zusammen – jetzt ist ihm die Höhe erst zu Bewußtsein gekommen.

Für einen Augenblick scheint die Luft wieder ruhig zu sein. Die verkrampften Finger strecken sich wieder, die gepreßten Lippen lockern sich – aber dann fällt eine neue Bö, mit noch größerer Heftigkeit, über die beiden Fensterputzer her. Jetzt wird ein lautes Knallen und Poltern hörbar. Es scheint, daß der Sitz sich an einer Seite von der Sicherungshalterung losgerissen hat, denn er dreht sich, fort vom Fenster und der Gebäudewand, in den bodenlosen Luftraum hinaus ...

Dies nun bedeutet wirkliche Gefahr – es muß sofort etwas geschehen. Fahrig in seinem Schrecken holt der schwarzhaarige Mann – als nun das Sitzbrett wieder zurücklappt, mit seinem Metallrakel aus und trifft das

Fensterglas. Sofort überzieht sich die äußere Scheibe eilig mit Sprüngen – dann ein scharfer Knall, Brechen, Sirren – und ein unregelmäßiges Stück der inneren Scheibe wird mit den Splittern der äußeren hinausgedrückt, und fliegt über die Köpfe der schnell geduckten Männer in einem weiten Bogen in die Tiefe. Ein Loch ist jetzt im Fenster, fast so groß wie ein Autorad, aber zackig – durch das jetzt der Wind und ein wilder Lärm hereinfährt.

Dieses Loch ist auf Frau Klatts Seite. Sie ist sehr erschrocken und ein paar Meter auf ihrem Rollstuhl zurückgerollt. Herr Kuhlwein und Fräulein Mauler sind aufgesprungen und rufen »Um Gottes willen!« Der schwarzhaarige Mann auf dem Fensterputzersitz hat Blut im Gesicht. Angstvoll und lärmend stößt er mit den Füßen – er trägt Turnschuhe mit gerippten Gummisohlen – die Glaszacken nach innen. Dann macht er sich daran, zitternd und vorsichtig, mit den Füßen voran durch das Loch nach innen zu hangeln. Fräulein Mauler räumt mit einer Handbewegung die im Rollstuhl gelähmte Frau Klatt aus dem Weg und eilt zum Fenster. Sie will irgendwie behilflich sein – was nicht einfach ist –, zerrt etwas am Overall, hält eine Hand hin. Zum Glück ist Kuhlwein schon hinter ihr. Er kann fester zupacken, während sich der Mann rücklings, von seinem Brett aus hereinschlängelt. »Kopfrunter«, ruft Kuhlwein, da der Mann, unbegreiflich, den Kopf nach hinten gebogen hat, und den Hals dicht unter dem gezackten Glasrand. Kuhlwein stürzt vorwärts zur Scheibe, streckt vorsichtig seinen Arm durchs Loch, packt den Mann bei seinen langen Haaren und zieht ihn nach innen, sodaß der Kopf nach vorne gebogen wird, und der Mann schließlich mit einem Purzelbaum neben Frau Klatts Schreibtisch zu Boden rollt, und dort, ein wenig blutend, liegen bleibt.

Die Mauler und Kuhlwein wenden sich nun dem anderen zu. Er hat die ganze Zeit während der Rettung seines Kameraden verkrampft auf seiner Seite gesessen, und nur ab und zu ein paar Worte in seiner Sprache gerufen. Zum Glück war es windstill. Um den zweiten hereinzuholen, geht Kuhlwein mit mehr Überlegung vor. Er ergreift den am Boden liegenden Rakel, schlägt damit auch auf der anderen – auf seiner Seite, systematisch und vorsichtig das Glas aus dem Rahmen. Das ist schnell geschehen, der Mann springt herein – mit einem großen Schritt auf den Schreibtisch.

Während dies alles bewerkstelligt wurde, wobei Fräulein Mauler kleine Handreichungen machte, die Klatt schwankend aufstand und sich breitbeinig und tatenlos über den liegenden Fensterputzer gebeugt hat, kommen die ersten Nachbarn, vom Lärm angelockt, herein – als erstes Frau Klepzig, die die bisher (auf wunderbare Weise) unbeschädigten Pflanzen vom Fensterbrett räumt. Herr Maier intoniert zunächst »Geh mach dei Fensterl auf« – geht aber dann gleich sachverständig daran, dem blutenden Mann am Boden Hilfe zu leisten (wie er es bei der Bundeswehr gelernt hat). Man hat einen Verbandkasten herbeigeholt. Herr Maier kommandiert »Spiritus« – »Jod«, Frau Klatt reicht es ihm zu. »Jetzt tut es ein bißchen weh – ist aber gesund.« Der Mann läßt sich willenlos bearbeiten. »Schere!« – »Hansaplast!« Er hat einen Schnitt auf der Stirn, einen am Hals, mehrere am Arm – nichts Ernstes.

»Gut so. Tadellos« sagt Herr Maier. »So, junger Mann: nun stehen Sie mal auf.«

»Nix verstehen? – Los jetzt, hoch hoch!«

Irgendwie verständigt man sich. Der frisch verarztete Fensterputzer ergreift mit beiden Händen die Hand von Frau Klatt – die erste erreichbare Hand. Er sagt »Danker! Danker!« – Sie läßt es fassungslos geschehen. »Danker! Danker!«

Hier im Büro stehend ist er nun ein *kleiner* Mann, kurzbeinig, mit breitem, unproportioniertem Rücken. Unruhig huschen seine Blicke von Frau Klatt, zu Fräulein Mauler und den anderen hin und her, während von draußen immer mehr Kollegen hereindrängen: »Was ist hier los? Ist was passiert? Ein Einbruch?« – Jemand sagt: »Ah! Die frische Luft!«

Der andere Fensterputzer ist unverletzt geblieben. Er steht noch immer hoch auf dem Schreibtisch, er hat sich schnell von seinem Entsetzen erholt. Er ist wirklich hübsch und schlank. Über die vielen Köpfe hinweg ruft er in seiner Sprache »Chellid Abuchabr Challid« zu seinem Landsmann hinüber, lacht dabei den Büro-

menschen unten zu, sie sollten das auch bestätigen:
»Chellid Abuchabr Challid!« Das muß wohl heißen:
Lieber Gott, das hätte beinahe ein schlimmes Ende gegeben, aber zum Glück sind wir, mit Allahs Hilfe, davor bewahrt worden. – Sowas ähnliches muß es wohl
heißen.

Dementsprechend erklärt auch Herr Maier: »Na, da
habt Ihr wohl nochmal Schwein gehabt.« Frau Volz
sagt: »Besser ein Fenster kaputt, als zwei Menschen
tot.« Und Frau Klepzig: »Diese Hochhäuser, ich sage
ja immer, das ist unnatürlich.« Frau Klatt möchte den
Geretteten jetzt abschütteln: »Jetz lassese misch doch
los! Isch kann doch nix dofier!«, und Herr Maier ruft:
»Darauf einen Dujardin!«

Herr Maier und Kuhlwein führen die beiden Männer
›für alle Fälle‹ in die Sanitätsstation. Jetzt, da er sich ein
wenig erholt hat, kann der verletzte Fensterputzer, außer dem Wort »Danker«, noch einige Wörter deutsch.
Damit versucht er die Geschehnisse nochmal aus seiner
Sicht zu schildern. »Heute morgen Vormann schon sagen, heute nix gut. Viel Wind heute. Aber wir Akkord.
Keine Arbeit – kein Geld. Ich habe Frau und vier Kleine,
meine Kollege hat Frau und zwei Kleine, und wir sagen
zu Vormann . . .« Man hört die Stimme durch den Gang
hallen, laut und eifrig, sich entfernend, dann hinter der
Fahrstuhltür verstummt. Jajaja. Diese Ausländer mit
ihren Familien hier, mit Familien zuhause, immer von
Postämtern Geld überweisend, in Bahnhofsvorplät-

zen debattierend, irren umher mit Pappkoffern und furchtsamen Gesichtern, sollen in unbeschreiblichen Unterkünften hausen, unbeschreiblich primitiv, verdreckt, verschimmelt, im Strahl der Polizeilampen erschrocken hochfahrend, jajaja. – Frau Klatt steht betäubt neben ihrem Schreibtisch, irgendwie nutzlos steht sie da, sie stützt sich mit zwei Fingern auf, schaut auf die Fensteröffnung. Wenn man nicht extra drauf achtet, sieht man kaum einen Unterschied.

»Ja, jetzt haben wir Luft.«

Es ist etwas Blut am Boden, ein paar Tropfen, etwas Verschmiertes, zwischen Frau Klatts Sitzplatz und dem Waschbecken. Die Scherben liegen in dicker Schicht unter dem Fenster, kleinere Splitter sind überall im Raum verteilt. Wenn man einen Schritt macht, knirscht es.

Einer nach dem anderen sind die Kollegen wieder gegangen, zuletzt Frau Klepzig, die Pflanzen vor der Brust, um sie einstweilen in Obhut zu nehmen. Frau Klatt und Fräulein Mauler stehen ratlos herum. Dieser Lärm jetzt – fast ohrenbetäubend! Alle diese Geräusche hat das Fenster bisher ferngehalten: das Quietschen von Baumaschinen, Flugzeugpfeifen, das Rattern von Baumaschinen, das Hämmern, Dingdingding, der Verkehrslärm, ein hartnäckiges, wütendes Hupen, als ob jemand unbedingt hier durchfahren wollte. Wie nach dem Tauchen, mit dem Wasserpfropf im Ohr, der knackt, der sich löst und warm herausrinnt – worauf die Geräusche der Welt nur allzu deutlich werden – überlaut. – Kilometerweit hörst du alles.

An Arbeit ist hier nicht zu denken. Man hat genug zu tun, bei periodisch hereinfahrenden Winden, die Papiere festzuhalten, und sie einzusperren. Dann wieder fühlt man einen Sog, ein fast beängstigendes Zerren nach außen, und sucht einen Halt. Nach langer Zeit kehrt Kuhlwein zurück. Auf irgendeine Veranlassung hin erscheint eine Putzfrau mit Schaufel und Besen, mit einer Papptonne. Es klirrt gewaltsam, Scherben fallen, Glas wird geschüttet, grelles Krachen, wenn die Putzfrau größere Scherben mit dem Griff ihres Besens in der Tonne zerschlägt. Danach wischt sie auf. »Gehn sie mal weg, ich muß da hin«, sagt sie, und »Autsch« und saugt an ihrem Finger.

Die letzten zwei Stunden sitzen sie wortlos herum. Fröstelnd. Frau Klatt im Mantel. Man kann nichts machen, aber gehen kann man auch nicht. Windchen zupfen an Kuhlweins Hosenbein. Der Wind bewegt langsam Fräulein Maulers Haarfahne. Der Wind zerbläst Klatts Zigarettenrauch, sodaß der Genuß verleidet wird.

Noch ist alles möglich. Einmal ist Kuhlwein aufgestanden, und stand so, als hätte er schon vergessen, wozu. Zwei Meter wären es nur – mehr nicht. *Ein kurzer, trippelnder Anlauf, dann hinaus, aufrecht, steif wie ein Regenschirm.* Er fühlt sich nackt in der freien Luft, die an seinen Ohren entlang orgelt: es ist ein Abenteuer.

Ein Abenteuer hat er sich noch nie geleistet. Er gleitet, segelt – er ist ja leicht, wie ein trockener Ast. Hält die Arme spitz vor den Kopf, wie vor vierzig Jahren, in Lust und Angst, hoch über dem Schwimmlehrer im Stadion-Bad. Der ganze Körper ist eine flache Kurve, vom Kopf bis zur Fußspitze. »Bravo« ruft es: »Jetzt bist du mein Sohn.« Das war Mamma. Zuhause lispelt der Vater von geistigen Flügen – die Jahre wehen vorbei.

Kuhlwein blickt nach unten. In großer Tiefe die kleinen Fahrzeuge, die Klümpchen entsetzter Menschlein. Endlich, nach so vielen Jahren, Jahrzehnten, hat er es gewagt. Er vertraut sich der Luft an, sie trägt ihn mühelos, und er wundert sich, daß er so lange gezögert hat.

Aber nein. Nichts ändert sich.

Am anderen Morgen ist alles wieder beim alten.

Als Kuhlwein, wie gewöhnlich, als erster das Büro betritt, ist der Schaden schon behoben. Man hat ein neues genormtes Fenster eingesetzt, von denen in der Werkstatt immer welche vorrätig sind. Reparaturen, von denen der Fortgang der Arbeit abhängt, werden stets prompt ausgeführt.

7.0 Die Zeitraffer

Frau Klatt gehts nicht gut. Es könnte mit ihren Frauen-
beschwerden zusammenhängen, unter denen sie
manchmal sehr leidet, aber das kann nicht alles sein.
Müde ist sie, müde. Ein Hautjucken, mit dem sie schon
seit dem Urlaub zu tun hat, belästigt sie sehr. Und dann
der Durst, immer der Durst. Mehrmals am Tag rennt
sie zum Automaten, zieht sich eine ›Frischa‹ oder
›Cola‹. Danach fühlt sie sich erst recht elend.

Früher hat sie immer eine gesunde Konstitution gehabt. Die Familie ist langlebig. Ihre Mutter lebt noch
immer (man sieht sie selten, aber Hermann, ihr Bruder
lebt bei ihr). Der Vater ist tot, aber er starb an den Spät-
folgen einer Kriegsverletzung. Bis dahin hat ihm nichts
gefehlt. In der Familie Fuchs wurde nie viel Wesens aus
einer kleinen Krankheit gemacht.

»Mach kai Fäz. Werst scho ned dra sterwe.«

Man war immer in Bewegung. Wenn Frau Klatt sich
an ihr Zuhause erinnert, kommt es ihr vor, als hätte da
kaum jemand auf einem Stuhl gesessen, außer zum Essen. Vor allem die Mutter. Wenn sie mal saß, guckte der
Vater hinter der Zeitung hervor und sagte:

»Was iss? Haste nix zu tun?« – Bald danach legte er
die Zeitung weg, trank den letzten Schluck Bier, und

setzte irgendeine Arbeit fort – Hämmern, Schmirgeln, Malen.

Oder graben – sie hatten einen Schrebergarten. Es war 20 Minuten mit dem Fahrrad zu fahren, an der Bahn entlang, meistens mit einer Last an der Lenkstange oder auf dem Gepäckträger. Dann zweigte der Weg ab – zu beiden Seiten die Parzellen, vorne ein Torbogen ›Kleingärtnerverein Dicke Rübe e.V.‹. Wenn ein Zug kam – damals noch mit Dampf –, hörte man ihn weit; dann richteten sich überall die Männer auf, rammten die Spaten ein, zogen die Taschenuhren ›aus dem Sack‹, ließen die Deckel aufschnappen, blickten auf die Zifferblätter, drehten mit erdigen Daumen und Zeigefinger am Aufziehknopf. – *Manchmal hat er mich drehen lassen. Das Geräusch ... das Riffelgefühl ...*

Sie versuchte die Erinnerung festzuhalten. Der Schrebergarten, an Sommerabenden, war eine der Hauptfreuden. Ringsum hingen Lampions, jemand spielte Quetschkommode. – Für andere Vergnügungen hatte der Vater nichts übrig. Das meiste wurde abgelehnt. Dazu sagte er: »Wir sind Arbeiter.«

»Gibst du mir eine Mark? Auf dem Jahrmarkt (auf der Kerb) gibt es Ohrringe. Die möcht ich so gern.« – »Nix da. Gibts ned. Mir sinn Awaiter.«

Im Radio spielten sie Tanzmusik. Er sagt: »Mach den Kaste aus. Ich kann se ned höre, die Katzemusik. Mir sinn Awaiter.«

Dabei war Vater Fuchs lange kein Arbeiter mehr. Er

war Lagerverwalter in einer Papiergroßhandlung, und hatte zwei Arbeiter unter sich. Abends erzählte er stolz, welche Firmen wieviel Papier abgeholt hatten. »Ein Ries – zwei Ries.« Zu Festtagen bekam er Geschenke. Einmal wurde zu Weihnachten, durch einen Boten, ein großes Päckchen für ihn abgegeben. Der Vater wickelte es aus – es war ein prachtvolles Buch, Ledereinband, Goldschnitt, mit irgendwelchen Bildern drin. Er blätterte darin, rieb das Papier zwischen den Fingern, roch an dem Papier. »Nix wert«, sagte er. »Scheißpapier.« – Das Buch wanderte ins Vertiko im Wohnzimmer, ins unterste Fach. Es wurde nie wieder angesehen.

Frau Klatt hat lange nicht mehr daran gedacht. Es liegt über 30 Jahre zurück, und doch sehr klar vor ihren Augen. Es macht sie unruhig. Kurz darauf tritt Herr Maier ein und will mit einem seiner bekannten Scherze aufwarten. Aber sie unterbricht ihn:

»Lasse Se uns in Frieden. Ich bin heut ned aufgelegt. Ich bin nervös!« – Der Maier entfernt sich kopfschüttelnd. – Als dann Kuhlwein, wie so häufig, wieder nach der Kostenstellen-Nummer fragt, die er sich einfach nicht merken kann, ist sie immer noch unwirsch.

»Möcht bloß mal wissen, was Sie im Kopf haben.« Kuhlwein schaut sie an – ein wenig überrascht.

Was er im Kopf hat? – *Ja, was eigentlich?*

Etwas Ungenaues. Sehr langsam, wolkenhaft war es gewesen. Wie das Wehen von Mammas Morgenmantel. Oder wie der Himmel, den er tagelang, wochenlang über sich gesehen hatte, im Liegestuhl, auf der Veranda, im Tbc-Sanatorium. – *»Die Zeit verfliegt«*, hatte er vielleicht gedacht. Es stand auf der bronzenen Zimmeruhr: »TEMPUS FUGIT«. Ein Familienerbstück von Mamma. Sie hatte es mit in die Ehe gebracht. Wo war die Uhr geblieben? »Tempus fugit.«

Die Mutter hatte Vater Kuhlwein geheiratet, als es mit der Familienherrlichkeit zu Ende ging. Familie aus Elberfeld. Fabrikanten. Kammgarn. Ihr Vater 1918 gefallen – danach ging es rasch abwärts. Die Inflation gab den Rest.

Welche Inflation?

Die nach dem *ersten* Weltkrieg. Nach dem *zweiten* gab es wieder eine. Auch das ist schon Vorgeschichte (auch der Krieg – harmlos gegen die Zukunft!). – Es ist Vorgeschichte für Fräulein Mauler. Sie kann manchmal ganz naiv fragen:

»Ach – den Weltkrieg haben Sie miterlebt?« – Sie meint den *zweiten.*

Sie hat ganz recht. Es ist Vorgeschichte. 25 – nein 27 Jahre her, also Jahrzehnte. Warum kommt es ihm vor wie gestern? Mehr als ein halbes Leben liegt dazwischen. Büroleben. *– Sogar Mammas Tod liegt schon sieben Jahre zurück.*

Die Art von reichen Leuten hat Mutter Kuhlwein immer behalten. Eine heimliche Überlegenheit. Wenn jemand ›impertinent‹ wurde: »Was erlauben Sie sich!

Verbitte mir diesen Ton!« – Dabei reckte sie sich, und war dann fast immer größer als andere.

Ihre Verwandten. Besuchten uns selten. Tante Emy, Tante Thea. Rötlich schimmernde Abende. Mürbe, seidige Erinnerungen. Wir saßen etwas abseits, Pappa und ich, hörten zu. Etwas Verschlissenes, etwas altrosa Verblaßtes. Ein leicht staubiger Geruch. *Ein Verdunstungsrückstand – Lavendel.* Die Familie war weit verzweigt – viele noch immer erfolgreich. Lauter Vornamen, dazu fremde Städte. Man hatte alle zu kennen. Dazu der Tonfall. Mammas singender Tonfall – etwas schleppend, ›rheinisch‹, sehr deutlich, deut-lich. Die Redensarten reicher Leute: »Man kann es auch billiger haben, dann ist es weniger angenehm« (»kanned« – »billjer« – »wenjer anjenehm«).

Mammas Familienanekdoten. Ihre Familiensprache. Wir verstanden vieles nicht, Pappa und ich. Sie war fast eine fremde Frau.

Kuhlwein macht eine überraschende Entdeckung: jetzt in der Erinnerung versteht er es besser.

Es ist etwas an dem Tonfall, was es erklärt. Er wölbt die Lippen etwas nach außen.

»Eu« macht er, »eu«. (Fräulein Mauler erklärt es sich als Räuspern).

Er fühlt die Bedeutungen. Die Färbungen von Worten, gewisse Nachlässigkeiten – wie hauchzartes, drachenbemaltes China-Geschirr mit etwas zerlaufener Glasur, etwas Unpraktisches, Unsinniges, Höchstzer-

brechliches, zugleich den Geschmack und das Zungen-
gefühl eines mürben, brüchigen, leicht nach Anis
schmeckenden Teegebäcks.

»*Eu* ...«

»Liewe Gott, jetzt hernen Se doch uff – ich glaab, bei
Ihne setzt was aus!«

Ein größerer Gegensatz, als zwischen den Eltern
Kuhlwein, war nicht denkbar. Vater Kuhlwein, ein Beamter – eine späte Heirat. Ein zierlicher Mann, kleiner
als die Mutter – dünnes, weißes, flatterndes Haar. Man
hatte ihn vorzeitig pensioniert, aufgrund eines arthriti-
schen Leidens – er stelzte vorsichtig, als ob er aus Glas
sei. Nur Augen, groß und braun, und ein surrender
Grübelkopf. Philosophierte so herum. Tierischer Ma-
gnetismus. Gedanken-Übertragung. Geheime Wissen-
schaften. Aus einem Buch von Max Eyth: In den Pyra-
miden die Botschaften alter Völker durch die Sprache
der Geometrie. Und die Hohlwelttheorie.

»Mein Junge, die Welt ist kein Raum voller Kugeln.
Sie ist eine Hohlkugel.«

»Aber der Horizont! Die hinter dem Horizont ver-
sinkenden Schiffe!«

»Lichtstrahlen können sich biegen. Auch Einstein
hat das gesagt.«

»Und Kopernikus – hatte er unrecht?«

»Die Sonne ist schon in der Mitte. Aber die Planeten
sind zwischen ihr und uns. Wir leben auf der Innen-
wand einer Hohlkugel.«

»Und draußen? Was ist draußen?«

Er winkte mich heran, mit dünnem Zeigefinger, und flüsterte: »Das will ich dir sagen: die hohle Kugel ist *Gottes* Kopf. Er *denkt* uns – er denkt die ganze Welt. – Aber behalte das für dich!«

Niemand sollte das wissen. Vor allem die Mutter nicht. Sie schüttelte den Kopf über ihren Mann – über seine nutzlose Existenz. »Da hockt er wieder und spintisiert. *Sokrates hinterm Vorhang.*«

Die meiste Zeit verbrachte der Alte in seiner ›Studierzelle‹, am blinden Ende des Flurs, das er sich durch einen Vorhang abgetrennt hatte. Die Mutter ging da nie hin. Sie schickte den Sohn – oft mit demütigenden Botschaften:

»Sage deinem Vater, er soll endlich seine Schuhe putzen.«

»Sage ihm, um halb vier kommt Thea aus Düsseldorf. Er soll sich ordentlich anziehen und den Hosenschlitz zumachen.«

»Wenn er nicht augenblicklich zum Essen kommt, dann gieße ich alles ins Klo!«

Widerwillig trottete er nach hinten. Er schob den dicken, dunkelroten Vorhang zur Seite. Die Beleuchtung: ein schwaches Klemm-Lämpchen an seinem Buch. Der Vater blickte eulenhaft auf: »Jaja, ich komm ja schon. – Kann man denn nie zu Ende denken? – Zeig mir mal deine Hand, mein Junge. – Sieh mal an, nicht schlecht, nicht schlecht. An der Hand erkennt man den

Menschen, seine Fähigkeiten. Ein Genie hat breite, spatelförmige Finger. Pedanten haben spitze, dünne Finger mit vorspringenden Fingernägeln. Kaufleute, Geldleute haben weiche, runde Finger. Techniker haben eine kurze, eckige Hand. Es gibt die Sonnen- und die Mondhand, die carbonische, phosphorische und die fluorische Hand. – Und welche Hand zeigt den Künstler an? – Die fluorische Hand soll Intuition bedeuten – aber auch Ängstlichkeit, Unentschlossenheit – wie reimt sich das zusammen? – Gerade wollte ich darüber nachlesen – da muß mich deine Mutter wieder stören! Was gibts zu essen?«

»Rindfleisch und Meerrettichsoße.« Frau Klatt weiß es immer, aus alter Gewohnheit.

»Bitte, was?«

Die Wärme – die Kälte – Vierzig Jahre ... Vierzg ... vrzjar ...

»Meerretch un Rindflaisch – sinnse taub?«

Sitzt wieder auf den Ohrn, der alte ... Kann eim schon aufn Wecker gehn, der ... Daß ich mit dem mal ... beinah mal mit dem ... Nee nee ... *Es gibt Sachen, die müßt man sich glatt aus dem Kopf rausschneiden!*

Frau Klatt reibt sich die Augen. Das Lesen und Schreiben strengt an.

Ich werde doch keine Brille brauchen? – Der Hermann hat schon eine.

Hermann ist ihr Bruder. – Vergeblich versucht sie

den Namen ›Hermann‹ los zu werden. Es gibt jetzt oft Ärger wegen ihm. Alle paar Monate fliegt er aus seiner Stellung – oder er bleibt schon von selber weg. Der säuft sich nochmal zu Tod.

Dann steht er auf einmal wieder vor unserer Tür, verdreckt und unrasiert und alles. Und der Fritz mosert. »Das nächste Mal kommt mir der nicht mehr rein. Ich mach das nicht mehr mit!« – Der Fritz, daß ich nicht lache! Markiert den starken Mann! Da hat er mal was gegen mich – meint er! –, aber ich laß den kalt abfahren. »Du spinnst wohl! Mein Bruder kommt hier rein, wanns mir paßt!« – Da geht er in Deckung, der Fritz. Sagt kein Wort, dreht sich um, geht aufs Klo – wie immer.

Dabei geht mir der selber auf die Nerven. Der sieht aus wie der Vadder, genau wie der Vadder. Unser Vadder hat auch immer diese Sprüche am Leib gehabt:

»Ei, was machste dann widder für e Gsicht? Hoste e Krott verschluckt?«

»Ach was, wege dem bißche Schnaps brauchste ned gleich die Feuerwehr zu hole!«

»Geld habbe mer kaans, aber sonst habbe mer alles.«

Immer diese Sprüche. Nur daß der Vadder nicht so oft blau war. Drei-, viermal im Jahr. Am Vatertag. Am Vatertag ist er mit ein paar Bekannten vom Schrebergartenverein in den Odenwald gefahren – in einem kleinen Leiterwagen mit einem Pferd davor. Spät abends sind die dann sternhagelvoll zurückgekommen – man hat die schon von weitem gehört – so laut haben die gegröhlt. Meistens schweinische Gesänge. »Wir lagen vor Madagaskar«. Oder »Jaja die Mädchen von Tahiti, die haben ellenlange Titi«. Oder etwas vom »Sanitätsgefreiten Neumann«. – Danach haben uns die Nachbarn immer tagelang geschnitten.

Wenn Fräulein Mauler zum Frühstück nicht wegrennt, um zu telefonieren, nimmt sie sich neuerdings ein Buch zur Hand, und liest darin, die ganzen 15 Minuten. – Das Buch hat sie von Frank. Frank ist Fräulein Maulers Freund. Er ist Student, er studiert Psychologie. Ihm wäre es am liebsten, wenn sie diesen Büro-Job aufgäbe.

»Das ist doch nichts für dich! Da gehst du doch vor die Hunde!«

»Jaja. Ich glaube, du hast recht. Aber was soll ich machen? Ich hab doch nichts anderes gelernt!«

»Dann lerne was anderes. Mach Abendabitur – oder irgendwas.«

Aber das ist nicht so einfach. Vor allem ist ihr Vater dagegen. Frank nennt ihn ›reaktionär‹. Der Vater erlaubt ihr noch nicht mal, Hosen anzuziehen. »Solange du in unserem Haus wohnst, hast du dich anständig zu kleiden.« – Natürlich weiß er nichts von Frank. Was er tut, wenn ers erfährt, kann sie sich nicht vorstellen – aber sie hat Angst davor. Sie muß dauernd lügen, um ihre Abwesenheit zu erklären. *So gehts nicht weiter –*

das nächste Mal erzähle ichs ihm. Frank sagt, wenn er
sie rausschmisse, könnte sie bei ihm unterkommen.

»Was lesen Sie denn da«, fragt die Klatt. »Ein Buch?«

Sie leckt sich noch etwas von dem Kuchen von den
Fingern ab. Auch nur aus Gewohnheit – er hat ihr gar
nicht geschmeckt.

»Also, ich könnt sowas nicht lesen.«

»Glauben Sie das, ich kann mich auf sowas nicht
konzentrieren.« – Sie sagt das beinahe mit einem gewissen Stolz. ›Augenpulver‹, ›Fliegendreck‹. – So hat es ihr
Vater genannt; das Gedruckte in Büchern. Wenn nicht
›Mückenschiß‹. – Er hatte es mit Papier zu tun, nicht
mit Büchern.

Fräulein Mauler sagt nichts. Wozu auch.

Kuhlwein denkt: konzentrieren! – Wie oft hat er das
gehört. Seine Mutter hatte ihm hypnotisch ins Auge geschaut: »Konzentrier dich! Du mußt dich jetzt konzentrieren! Fest! Du kannst es doch! Versuch es!« (Fast
genauso klang es, wenn ihm übel war, und er das raus-
brechen sollte.) – Mit 13, 14 Jahren wurde Kuhlwein
schwach in der Schule. Plötzlich kam er nicht mehr mit.
Er blieb sitzen. Deutsch sechs, Englisch fünf. Er
machte unbegreifliche Fehler – seine Mutter jedenfalls
begriff es nicht. Sie paukte ihm alles mögliche ein, gab
keine Ruhe. Komische Wörter – alles kam mir künst-
lich vor. »Mit der besternten Brust« – »Best-ernten«.
»Kreieren« wie »leiern«.

»Ja, verstehst du denn nicht, was du sagst?«

»Nein.«

»*Kreieren, Eruieren, Etablieren,* was bedeutet denn das?«

»Ja, was bedeutet denn das?«

Nichts zu machen. Ich hörte nur noch »ieren«, nur noch »ieren – ihren«. Alles sauste mir vor Ohren. – Als dann alles zu Ende war, fast ein Wohlgefühl. – *Wenn alles zu Ende ist, fast ein Wohlgefühl.*

Kuhlwein war 16 – ziemlich alt für eine Lehre. Die Mutter erledigte alles. Kaufmännisch – in einem Großhandel in Wiesbaden. Inzwischen kam der Krieg, alles wurde unberechenbar. 40 wurde er gemustert. Da kam heraus, daß er Tbc hatte. Tbc! – »Wie mein Vetter Oliver«, sagte Frau Kuhlwein, die immer alles auf ihre Familie bezog.

Da bin ich plötzlich im Schwarzwald, in einem Sanatorium, mitten im Krieg. Drei Jahre lang. Fettlebe, wie das hieß.

Ich hatte Zeit, habe einiges gelesen. Von Mutter. ›Vom Winde verweht‹. 44 mußten wir da raus, Verwundete kamen rein – alles voll verwundeter Soldaten, kaputte, halb Erfrorene. – Ich nach Frankfurt. Halbwegs geheilt. Mitten rein in die Luftangriffe. Mamma trieb was für uns auf, im Hintertaunus, ein kleines Zimmer. Ohne den Vater. »Pack doch mal an« – »Schon wieder die Sirenen –« »Schnell! Lauf! Der Bus fährt ab!« – Es war alles so wirr, ich krieg es kaum mehr zusammen. Mamma hat immer alles organisiert. Ich träumte so herum. Richtig schlimmen Krieg habe ich dann doch nicht erlebt.

Aber das Ergebnis: als sie später zurückkamen, Sack und Pack auf einem Holzgaslastwagen, war die Stadt in Trümmern. Trümmerdünen. Hügel und Täler. Bei Wind große Staubwolken.

Aber das Haus in Sachsenhausen war heilgeblieben! Ein Wunder. Man sagte immer wieder: ein Wunder. – Aber es war der Vater, dem sie es verdankten. Er hatte nicht fortgewollt, konnte sich nicht richtig bewegen (– vielleicht auch noch ein anderer Grund?). Aber irgendwie brachte er es fertig, löschte Brandbomben, hütete das Haus – sonst wäre es abgebrannt, oder ausgeplündert worden. Er war ein Held.

1945. Die Zeit des Durcheinander, die Zeit der Überraschungen. Zwei Jahre lang waren wir eine richtige Familie. Mamma hatte begriffen, wie er war. Eine schöne Zeit, in der vogelige, knochige Männchen mit zerbrechlichen Gliedern auf einmal Helden waren.

»Ich finde, du gehst reichlich oft ins Kino.«

Gestern abend schien Vater Mauler mißtrauisch geworden zu sein.

Ich sags ihm jetzt, ich sags ihm jetzt.

Sie sagte nichts.

Feiges Luder! Du hast wieder gekniffen! – Sie haßte sich.

Sie braucht jede Stunde mit Frank. Er ist sehr geduldig mit ihr.

»Vielleicht gefällts mir ja, so wie es ist?«

»Du mußt erst wissen, was es alles gibt – dann kannst du wissen, was dir gefällt.«

»Ich will aber glücklich sein.«

»Natürlich. Das will jeder.«

»Vielleicht braucht es gar nicht so viel, um glücklich zu sein?«

Er trällerte spöttisch. »Froh zu sein bedarf es wenig ...«

»Ja und? Stimmt doch, oder nicht?«

Da überschüttete er sie mit einem endlosen, fast betäubenden Wortschwall. Alles, was sie bisher gedacht hatte, war unzureichend. Man muß viel mehr fragen.

»Frau Klatt?«

Die Klatt sitzt vor ihrer Kartei, streicht sich über die Stirn. Minutenlang versucht sie den Sinn einer Eintragung zu erkennen, die sie selbst gemacht hat.

»Hmm?«

»Sagen Sie, Frau Klatt – tun Sie das eigentlich gern?«

»Was? Was mach ich gern?«

»Ich meine, ob Sie die Arbeit hier gerne machen, die Büroarbeit!«

Fragen stellen die, die jungen Dinger!

»Ich muß doch mein Geld verdiene, ned? Da fragt einen niemand, ob man das gern tut.«

»Aber – wenn Sie könnten! Wenn Sie sichs aussuchen könnten – würden Sie dann auch sowas machen?«

Es ist lange her, eigentlich kaum der Rede wert. Als Elfie 11 Jahre war, durfte sie mal mit dem Apparat der Tante ein paar Bilder aufnehmen. Zuerst zwei Familienfotos – im Schrebergarten. Dann sagte die Tante: »Den Rest kannst du verknipsen, wie du willst.«

Sie ging los und knipste. Nach einer Woche schickte die Tante die Bilder. Sie waren ganz anders – noch schöner, als sie gedacht hatte. Ein Frosch von ganz nah: nur Glupschaugen. Ein fahrender Eisenbahnzug – etwas verwischt: es sah aus, als ob er wirklich führe. Das war etwas! Diesmal ließ sie nicht locker, fing immer wieder damit an (es war Krieg, der Vater nur selten auf Urlaub – dann in Spenderlaune).

Und dann bekam sie zum Geburtstag eine Agfa Box, für 12 Mark. Damals viel Geld. Das erste Foto mit dem eigenen Apparat hat sie noch. Chamois, mit gezacktem Rand. Der Vater, in Uniform, mit dem großen Kürbis, den er sich vor die Brust hält – den Mund weit auf, im Schrebergarten. Da stand er, mit der dicken, schweren Kugel, nach hinten gebeugt, ließ den Kürbis auf und ab hüpfen, wie einen Riesenbusen: »Knips doch! Knips doch!« – Sie war damals oft mit ihrer Kamera unterwegs. Knipste alles mögliche. Ein laufendes Pferd mit Bauernwagen. Eine Vogelscheuche. Kahle Bäume gegen Sturmhimmel. Die kleinen, rundköpfigen Großeltern in Oberhessen.

Aber als Beruf?

Der Vater hat bloß gelacht. Sowas gäbe es gar nicht. Das ist doch Kinderkram, kein Beruf. – Schon gar nicht für Weiber. – Arbeit, da mußte sich was bewegen bei dem. *(Ich seh den immer in Bewegung, immer am graben und machen. Ich könnte das nicht mehr. Irgendwie interessierts mich nicht. Am liebsten Fernseh-Gucken. Essen natürlich.)*

»Naja, was solls«, sagt Frau Klatt. »Man ist zufrieden.«

»Mer iss zufridde.«

Kuhlwein registriert Frau Klatts Angewohnheit, dasselbe Wort zweimal hintereinander zu sagen – erst hochdeutsch, dann im Dialekt. Kuhlwein ist auch in dieser Gegend aufgewachsen, aber er spricht fast reines Hochdeutsch. Einer der wenigen Anlässe für seine Mutter, auf ihn stolz zu sein: »*Wenigstens sprichst du gutes Deutsch.*«

Dialekt konnte sie nicht ausstehen. Wenn er mit so einem Wort aus der Schule kam: »Heut hat der Lehrer widder gekrische: Wilhelm, was biste für en Dappes!« – hielt sie sofort eine Predigt. »Gewöhne dir sowas nicht an. Das wird man nie mehr los. Damit kannst du nie was werden!«

Sie wies auch darauf hin, wie häßlich es aussähe – wie diese Menschen den Mund verzerrten. Das ging auf den Vater. Vater Kuhlwein kam aus Freiburg, er hatte zeitlebens einen badischen Tonfall. – Auch Hitler sprach

Dialekt, und wurde von Frau Kuhlwein abgelehnt. Außerdem war Hitler von niederer Abkunft, nach Gerüchten sogar unehelich; Schickelgruber. Als man im April 45 aus dem Radio hörte (sie saßen, zwischen Koffern, in einem kleinen Zimmer im Taunus): »Hitler ist tot!«, sagte Frau Kuhlwein: »Na, endlich.«

Dreißig Jahre Geschichte, denkt er. Ein Zischen oder Pfeifen. So etwas mit Beschleunigung: *Uuueeeiiiiih!*

Kuhlwein schläft nicht gut. Er hat Migräne. Nachts liegt er wach, lauscht auf Geräusche. Bei Südwestwind hört man vom Flugplatz die Düsentriebwerke, die aufgewärmt werden. Durch die Dunkelheit, über Kilometer, das immer hellere Pfeifen. – Nazi-göring nahm gift-parcel … Nasigoreng eine Eßmode … Reistafel … Reichs-…reich wieder … Freß- und Edelfreß, Wohlstand für alle … und wieder Krieg. Eieiei Korea, der Krieg kommt immer näha … Atom…tombom… Kubara…keten … eine Woche Todesangst … Nahrung hamstern … Zeitung mit Bildern … Luftbilder … Sowjetschiffe immer näher … immer näher … *Sie drehen ab*. Das große Aufatmen. Noch einmal Frieden. – Am Ende unhörbar. Hohe Töne hört man nicht mehr im Alter. Noch 15 Jahre bis zum Ruhestand.

Mit 23 war er plötzlich wach geworden. Aus dem Jungen ein Mann. Seine Laufbahn war ziemlich gewunden. Schulabbruch, unfertige Lehrzeit, Sanatorium. Kuhlwein wurde umgetrieben, machte kleinere Fahrten, fand eine Anstellung. Friedrichsdorf im

Taunus. Eine alte Militärbaracke im Hinterhof eines Wirtshauses. Die mischten dort Backpulver – damals konnte man alles gebrauchen. Jeden Tag kamen Soldaten heim, die Frauen wollten Kuchen backen. Es herrschte eine Friedens-Hochstimmung im ersten Jahr. Noch war alles drin.

Das Backpulver wurde aus Natron und Weinstein gemischt, der Weinstein wurde aus der Pfalz geschmuggelt – von der ›französischen Zone‹ in die ›US-Zone‹. Der Chef hieß Arnoul – Ernest Arnoul – von hugenottischer Abkunft. Das war damals viel wert. Man kam leichter über die ›Grenze‹. – Im ›Labor‹ arbeitete ein ehemaliger Chemieprofessor, ein alter Nazi. Kuhlwein war Lagerführer, Vertriebsmann, Buchhalter. Frau Arnoul klebte Tüten und verpackte.

Arnoul hatte große Zukunftspläne. Er fing an, Brausepulver zu machen – nur ein bißchen ›Aroma‹, sonst dasselbe, wie Backpulver. Dann fing er an mit ›Fertigkuchenmischungen‹, – nur mit Wasser oder Milch anrühren und backen. – Es war zu früh. So bequem waren die Leute noch nicht. Arnoul machte Pleite, und Kuhlwein verlor seine Stellung.

Zur DRAMAG kam er durch eine Anzeige. Er war 28, hatte einige Erfahrung, ringsum ging es aufwärts, er hatte Selbstvertrauen. Anfangs sah es gut aus, bei der DRAMAG. Große Karrieren begannen damals.

Das Telefon klingelt. Frau Klatt nimmt ächzend ab, sagt ihren Namen, horcht. Sie antwortet nicht, sondern reicht den Hörer zu Fräulein Mauler hinüber; dabei sagt sie mit süffisanter Miene: »Eine ›Tussy‹ wird verlangt.«

Fräulein Mauler läuft rosa an.

»Frank? – Sag mal, bist du verrückt? – Nein. Achja. Ist schon egal. – Gut. Ja. Bis heut abend.«

Sie gibt Frau Klatt den Hörer zurück – mit gesenktem Kopf. Frau Klatt betrachtet sie mit plötzlichem Interesse.

»Hörn Sie mal. Was heißt denn das eigentlich: ›Tussy‹?«

Fräulein Mauler will sie nicht ansehen. Sie druckst herum.

»Mein Vater ist so etwas – fürs Germanische.«

»So. Fürs Germanische. – Und? Was heißt es dann? ›Tussy‹?«

Auf einmal geht ihr ein Licht auf. – *Richtig! Stimmt ja!* – Sie kichert. Den Namen hörte man damals öfter. Ihre Großeltern, im Oberhessischen, auf ihrem kleinen Bauernhof, die hatten ein Schwein, das so hieß!

»Thusnelda!«

Fräulein Mauler nickt beschämt. Frau Klatt schaut sie an, auf den heruntergelassenen Haarvorhang – aber sie sieht es schon nicht mehr. – *Richtig. So war das. Das Germanische.* – Man fuhr mit ›KdF‹ nach Norwegen.

Unter Hitler war Vater Fuchs ›Pg‹. Parteigenosse Fuchs. Da kam man leicht an sowas. Elfie Fuchs war sechs oder sieben, als sie diese Reise machten – auf einem großen weißen Dampfer. Eine schöne Erinnerung, irgendwie blaß – blaßblond. Viele weiße und blonde Zöpfe, Flattern im Wind, Kleider und Flaggen, Gesang und Blasmusik. Steile Küsten, eine sehr enge Einfahrt, schwarze Holzhäuser hoch oben auf einem glatten Felsen, Fischgeruch. Es war kühl, auf Deck machten alle Gemeinschaftsübungen. Ihre Mutter im Turnanzug – ein ungewohnter Anblick.

Bald darauf begann der Krieg. Vater Fuchs wurde sofort eingezogen, er war fast überall dabei, Polen, Frankreich, dann noch einmal in Norwegen. Danach in Rußland – bis zum Ende. Er hat es bis zum Stabsfeldwebel gebracht.

Es war die Zeit, in der sie fotografierte, sie hat mehrere Bilder vom Vater auf Urlaub. Stramm, prall in der graugrünen Uniform, braune Haut, extra hinfrisiertes Haar, mit ›Brillantine‹ – so kurvig. Er war da dauernd mit dem Kamm dran. Eine Frisur wie ein ›Stenz‹. Das Wort ›Stenz‹ gebrauchte er gern – wie es dort im Osten wohl schick war.

»Warmir vier Stenz un ham auf die Pauk gehaut.«

»Der Leutnant war prima und hat uns den ›Kübel‹ gelassen.«

»Marsch, ab, nach Kiew, ihr Stenz!«

In Kiew hatte er ein Ukrainermädchen, damit prahlte er herum. »Das ist dir vielleicht eine Maschine«, sagte er.

Unser Zimmer war neben dem Schlafzimmer, wir

haben alles durch die Wand gehört, der Hermann und ich. Mutters Stimme – ein schwaches Raunen. Dann seine Stimme.

»Gefickt han ich die.«

Dann wieder das Raunen. Dann wieder ganz laut:

»Was hast du denn gedenkt, was die Landser da drauße mache!«

Zum Frühstück gab es Bohnenkaffee. Die Mutter hatte extra welchen ›schwarz‹ besorgt. Kaffee und Kuchen. Wir saßen alle im Wohnzimmer, wo man sonst nie saß. Der Vater schmatzte behaglich. »Echter Kaffee. – Iss doch was anders, als der Muckefuck. Beim Barras tun die auch noch Soda rein – wegen der Geilheit.« – Die Mutter sagte: »Halt doch dein Maul. Halt doch endlich dein Maul!«

Es war das einzige Mal, daß ich die Mutter hab weinen sehn.

Fräulein Mauler steht auf, nimmt die Handtasche, geht zum Essen. »Mahlzeit.«

»Mahlzeit.«

»Mahlzeit.«

Als sie raus ist, sagt Frau Klatt:

»Thusnelda. – Meine Großeltern hatten ein Schwein – das hieß so.«

»Das Mädchen kann einem leid tun«, sagt Kuhlwein.

Er denkt: Das erste Mal seit langem, daß sie mir was von sich erzählt.

Seit über zwanzig Jahren teilten sie das Büro. Als sie

hier eintrat, hier ihren Platz einnahm, bedeutete das zunächst ein Ende seiner Hoffnungen.

Damals war die DRAMAG im Aufstieg. Anfang der fünfziger Jahre wuchs die Firma so schnell, daß man kaum nachkam. Kuhlwein blieb oft bis sieben, acht Uhr im Büro. Ganz allmählich begriff er, daß es zu nichts führte. Er werkelte ins Leere. Je mehr er strampelte, desto weniger waren die interessiert.

Was war denn nur los? Hatte er etwas falsch gemacht? War er bei Bunge angeeckt?

Bunge kam manchmal abends vorbei, um in seinem Büro etwas nachzusehen. Er bemerkte das Licht, machte die Tür auf: »Ach Sie sinds, Kuhlwein. Immer fleißig, was?« – und schon war er wieder fort.

Kuhlwein kam schließlich überhaupt nicht mehr nach. Er hatte Rechnungen zu prüfen, die Kundenkartei zu führen, Werkstattaufträge, Mahnbriefe ... Er ging zu Bunge und sagte es ihm.

»Soso, aha – Sie schaffens nicht mehr. – Man wird älter, was?«

Der tat so, als sei es immer noch die gleiche Arbeit, wie zwei Jahre vorher. – Kuhlwein war abgearbeitet, nervös, drehte fast durch. Sagte dem Bunge die Meinung.

Aber doch wohl nicht genug. Kam nicht an gegen den. Hatte schon halb aufgegeben. – Was war das nur? – Die große Schwäche. – Ich sah ganz deutlich: der Mann mochte mich nicht. Warum? Gefiel ihm

mein Anzug nicht? Hatte ich mal nicht gegrüßt? –
Oder: *zu* gut gearbeitet – das solls ja auch geben! – Ich
hätte kündigen müssen. Sofort. Aber ich blieb. *Ich
blieb da sitzen. Sitzenbleiber.*

Eines Morgens kam Bunge herein: »So, Herr Kuhlwein. Hier bringe ich Ihnen Ihre neue Kollegin, Fräulein Fuchs. Sie wird Sie nun etwas entlasten.«

»Entlasten!«

Ich ärgerte mich über die Betonung, ärgerte mich
wahnsinnig. Die letzte Gelegenheit: »Jetzt reichts,
Herr Bunge. Schluß. Ich gehe.«

Aber nein. Ich blieb. Irgendwie wars mir egal. – Das
Mädchen habe ich kaum angeschaut. Sie war 18 oder
19. Frisch von der Handelsschule. – Ich hab lange
meine Wut in mich reingefressen.

Dann, plötzlich, hat da was gezündet.

Ein Liebesroman. – Mamma hat sowas gerne gelesen.
Gwen Bristow ›Tiefer Süden‹. Taylor Caldwell ›Einst
wird kommen der Tag‹. So amerikanische Wälzer.
Darin las sie nach dem Essen, damenhaft auf der
Couch, eine Decke über den Beinen, Zigarette im
Mund. Das Buch lag meist auf dem kleinen runden
Messingtisch, mit einem Lesezeichen drin. Ich habe
heimlich drin geschmökert. Las was von ›bronzefarbe-
nen Herren‹, die ihr Hemd aufknöpften, von Damen in
Reithosen, die ihren Geliebten an den Haaren zu sich
herzogen: »Du süßes Scheusal!«

Es ist nicht dasselbe Büro – wir sind ja inzwischen

umgezogen, in das neue Gebäude, ins Hochhaus. Aber sonst, die Größe, die Einrichtung – alles gleich. Hinter mir die Schränke – genau wie jetzt. Ach – überhaupt, wie alles gleich ist. Neulich, das Mädchen, früher, die Loisl, und Elfie, damals. Sie hatte unter irgendeinem Vorwand in ihrem Spind gewühlt. Kam lautlos von hinten – sich nähernder Geruch. Erskine Taylor. Im Nakken plötzlich was Feuchtes, die Lippen. Ich drehe den Kopf, alles in Zeitlupe. Ich habe den Kopf zurückgelegt, unsere Augen sind gegenüber, ihr Gesicht über meinem – aber umgekehrt, die Münder oben. Fast unheimlich. Wie im Fiebertraum. Wie auf einem modernen Bild.

Eigentlich mag ich keine modernen Bilder. Verstehe nicht, warum man so etwas absichtlich falsch malt. Wenn was nicht paßt, habe ich schlechte Gefühle. Das ist unangenehm, das fühlt sich schlecht an, wenn zwei Dinge nicht zusammenpassen, wie Bild und Wirklichkeit. *Ein zu großer Hut. Eine klemmende Schranktür. Ein falsch geknöpftes Jackett.*

»Herr Kuhlwein«, sagt Frau Klatt. »Zeit zum Essen.«

»Ja«, sagt er. »Richtig.« Er fühlt sich zitterig beim Aufstehen. Ein bißchen schwindelig. Er muß sich eine Sekunde an der Schreibtischkante festhalten. Dann stakt er los.

»Mahlzeit.«

»Mahlzeit.«

Etwas später ist sie selbst an der Reihe.

»Hunger hab ich ja keinen. – Naja, gehn wir essen, in Gottes Namen«, sagt sie.

Fräulein Mauler sieht erstaunt auf, schaut zu Kuhlwein hinüber, ob er auch erstaunt ist. Er sieht nicht erstaunt aus.

Als Frau Klatts Schritte verklungen sind, steht Fräulein Mauler auf und öffnet die Tür.

»Furchtbar ist das immer mit der«, sagt sie. Sie meint den Geruch. Heute besonders unangenehm. Ein eigenartiger Geruch. An irgendwas erinnert er. Fräulein Mauler kommt nicht drauf. Sie wedelt mit der Tür, um ›Luft‹ zu schaffen. Anders gehts ja hier nicht.

Fräulein Fuchs, denkt Kuhlwein. Elfie. Was ist aus ihr geworden.

Sie hatten kaum ein Wort gesprochen. Aber jeder Blick bedeutete etwas. Alles, was sie machte, schien bedeutsam. Wenn sie arbeitete, wenn sie einen Apfel aß – wenn sie sich die Hände wusch.

Kuhlwein starrt auf das Waschbecken. Es war an derselben Stelle damals. Nur ein Halbdunkel war dort – damals hatte man kleinere Fenster. April, graues Wetter. Eine Art Nebel vor seinen Augen. Er sieht sie undeutlich, leicht vorgebeugt, weiche Umrisse. *Samtig.* Oder *dickflüssig, süß.* Man wandert durch eine Allee, im Frühsommer – Birken, oder Obstbäume –, und es fallen dicke, zähe Tropfen. Man spürt sie am Hals, man sieht einen auf den Unterarm fallen, man blickt durch die Äste zum Himmel – aber der ist wolkenlos.

Kein Übergang. Bin schon bei ihr, der Wunsch hat mich hinversetzt. Ich stehe hinter ihr, habe mich über sie gebeugt, so wie sie über das Waschbecken gebeugt ist, ich lege die Arme um sie – irgendwie ungeschickt – doch auch wieder nicht, vielleicht sage ich etwas, mache irgendeinen Laut.

Dann fühle ich sie. Wie sie mir entgegenkommt – nein, ist das nicht toll, ist das nicht phantastisch, ein Mädchen, eine Frau, die dir direkt ihre Wünsche zeigt, meine Hand nimmt und auf ihre Brust legt – ich war nicht ganz dreißig und fast völlig unerfahren.

Wir standen ganz still. Sie hatte den Kopf zurückgelegt, zur Seite hin, auf meinen Oberarm. Guckte mich so von unten an. »Ich komm dich heut abend besuchen.«

Eine schreckhafte Freude. Es hätte nicht viel gefehlt, und ich hätte mich ganz verwandelt. *Tun was man will – sagen was man will.* Einen Augenblick lang schwankte ich. Dann: »Ach, lieber nicht. Warte bis Samstag. Dann fahren wir in den Spessart.«

Kuhlwein wohnte noch immer bei der Mutter. Nach Vaters Tod hatten sie eine kleinere Wohnung genommen. Dort, mit einem Mädchen – das wäre undenkbar.

Er erklärte ihr das. Sie schien das zu verstehen, der Spessartausflug war vereinbart. Kuhlwein log seine

Mutter an, aber sie durchschaute ihn sofort, und sagte
lächelnd: »Stellst du sie mir mal vor?«

Aber Elfie war nicht am Treffpunkt. In der folgenden
Woche kam sie nicht ins Büro. Sie blieb eine Woche
lang weg – eine Qual für Kuhlwein. Dann erschien sie
wieder.

»Was war denn los?«

»Nix, nix.«

»Aber wir wollten doch … du wolltest doch …«

»Ach, laß mich in Ruh.«

Es war völlig klar, um was es sich hier handelte. Aber
Kuhlwein wollte nicht sehen. Sie trug ein Kleid, ein
neues rosa Wollkleid, das er noch nie gesehen hatte. Es
mußte neu sein, und war schon fleckig. Sie sah aus wie
nackt. Glänzende Augen – dick geschminkte Lippen.
Eine kleine Verletzung an der Unterlippe. Ringe unter
den Augen. Ihr Gähnen.

Er ließ nicht von ihr ab. Was ihr denn fehle. Er um-
schmeichelte sie, er würde so gerne etwas für sie tun.
Ekelhaft. Angst und Demütigung machen den Menschen zum Gallert.

Plötzlich redete sie: »Was denn, was denn? – Was
hast du mir denn zu bieten?« Sie hatte eine ganz andere
Stimme, heiser, höhnisch, hämisch. Jetzt habe sie endlich einen getroffen, auf den sei sie gleich geflogen. Sie
habe gleich gemerkt, daß der gut sei, im Bett. – Und
dann beschrieb sie es.

»Hör auf«, bettelte Kuhlwein. »Bitte, hör auf.«

Aber sie hörte nicht auf. Es mußte alles heraus. Sie ersparte ihm nichts. Es war eine Folter. Eine schlimmere konnte er sich nicht vorstellen.

In den folgenden Wochen fehlte sie wieder mehrmals. Schließlich kam sie wieder regelmäßig zur Arbeit. Nun war sie noch einmal verändert. Schweigsam, elend, niedergedrückt. Wies Kuhlwein bösartig ab. War danach noch einmal krank – diesmal wirklich.

Dann schien sie sich ganz allmählich zu erholen. Sie heiratete. Ob der das war, der große Könner – er wußte es nicht. Kinder kamen keine. Klatt hieß sie jetzt. Wenn überhaupt geredet wurde, dann siezten sie sich. Später setzte Bunge noch eine dritte Kraft in das Büro.

Sie haben hier immer ihre Arbeit gemacht, egal was war. Ein gutes Team reißt man nicht auseinander. Zwanzig Jahre. Witsch.

Frau Klatt ist wieder zurückgekommen. Sie wirkt erschöpft, wischt sich öfters den Schweiß ab.

Was ist? Was guckt Ihr denn so? Habt Ihr noch nie ne Frau gesehen? – Vielleicht haben sie von mir geredet. – Sie hat was munkeln gehört, hat ihn ausgefragt. – Hoffentlich hat ers auch richtig erzählt, der Schlappschwanz. – Bis vor kurzem hatte ich sogar noch das Foto! Wie er auf einer Parkbank sitzt, in einem hellen Mantel. – Der Fritz wollte immer wissen, wer das ist. – Neulich hab ichs mal weggeschmissen. – Die Sach is nie gewesen.

Die andere schon.

Bei dem war ich ja wie verhext. Ich hab mich selber kaum gekannt – ein zwei Monate. – Dann wars soweit. Ich sage: »Hörmal, du. Ich glaub, es ist was passiert!« – »Ach wo. Kann doch nicht sein. Glaub ich nicht.« – »Doch, es stimmt. Ich hab doch den Test machen lassen. Im 2. Monat.«

Dann das Gesicht von dem. Man konnte sehen, was er dachte. Als ob ich eine Krankheit hätte. – Eine Woche später war der weg. Dann das Briefkuvert mit dem Geld: dreihundert Mark – da kam der sich womöglich noch großartig vor.

Von dem hab ich noch nicht mal ein Foto. – Was sollt ich denn machen? – Wen hätte ich denn sonst fragen sollen? – Der Hermann hat mir die Adresse gegeben. Der Hermann. Der Hermann. – Doktor Wiemann oder Schiemann – wenns überhaupt ein Doktor war. Der hat da was kaputtgemacht. Es hat noch Monate wehgetan.

Ich hab das selbst erst nicht begriffen. Wie das mit dem Fritz anfing: »Mensch, paß doch auf!« – sogar dazu ist der zu blöd. – Aber so hab ich gemerkt, daß bei mir der Ofen aus war. – Ich hab ihm das nie erzählt. Er hat noch immer ein schlechtes Gewissen. »Da kannst du nichts dafür«, sage ich zu ihm, was ja auch stimmt – aber er denkt, ich bin nur anständig, und will ihm keine Vorwürfe machen. Egal. Wir sind ja beide nicht scharf auf Kinder. Jetzt wärs sowieso vorbei. Wie heißt das? Klimakt Klimakt... vielleicht ist es das? Vielleicht ist mir deshalb so mies?

»Fehlt Ihnen was, Frau Klatt?« - Sie schüttelt den Kopf.

Fräulein Mauler schaut zu Kuhlwein, ob er auch etwas an Frau Klatt bemerkt, aber sie erschrickt: sie begegnet seinen Augen. Er hat sie angestarrt.

Alt – wie ist das wohl? Der Körper wird eklig. Ekelt man sich vor sich selbst?

Einmal, letzten Herbst, war sie mit Frank im Strandbad. Er ist hübsch. Glatt trocken flach. Strubbelige, durchwühlte Haare. Das Gefühl der trocknenden Haut, die so strammt. Sonst nichts. *Nur da sein.*

Hier ist es heute kaum erträglich. Wenn man wenigstens reden könnte! Fräulein Mauler macht noch einmal einen Versuch:

»Wollten Sie nicht bald in Urlaub fahren, Herr Kuhlwein? – Um diese Zeit fahren Sie doch immer.«

»Ja«, sagt er. »Um diese Zeit fahre ich immer. – Nach Bayern«, setzt er hinzu, ihre Frage vorweg beantwortend.

Dann fällt ihm ein, warum er davon nicht reden will. Während der letzten Fahrt in den Urlaub überfiel sie ihn wieder – die plötzliche Panik. Er war allein im Abteil. Immer die gleiche Strecke. Von Offenburg östlich zum Schwarzwald, immer steiler, Höllental. Der Zug wird langsamer, angestrengter. Da spürte er – nein: er *sah* es vor sich, wie die Erde sich aufstülpte, d. h. sie war schon aufgerissen, ein schnell sich verbreiternder Spalt, biegt sich an den Rändern auf, stülpt sich hoch, wie Metall um ein Ausschußloch – Gleich werde ich, oben am Rand angelangt, in die gähnende Leere, in den *Weltabgrund* blicken, in den wir dann alle in den folgenden Augenblicken, Waggon für Waggon, hineinkippen werden, und stürzen, fallen, fallen ...

Er denkt oft darüber nach: *Was würdest du tun, wenn das Ende bevorstände?*

Die Wissenschaftler, die Astronomen haben es lange für sich behalten – aber nun läßt es sich nicht länger verheimlichen. Den ganzen Tag über, in regelmäßigen Abständen, wird es durchs Fernsehen und durch alle Radiosender verkündet: heute Nacht wird die Katastrophe eintreten. Heute Nacht um Null Uhr zehn. Ein kosmischer Zusammenstoß – Nova-Explosion der Sonne – dazwischen klassische Musik. – Wohin würdest du dann gehen? Mit wem die letzten Stunden verbringen, wenn alle Türen sich öffnen, alle Menschen brüderlich sind, zur Liebe bereit ...?

Natürlich zu ihr. – Davon träume ich. Ich träume in der Endzeit, daß ich bedenkenlos zu ihr gehe, und sie mich – alle Hindernisse, Vergangenheit, Enttäuschungen beiseite wischend – mädchenhaft aufnimmt, lächelnd, schlank und blaß. Es ist mein schöner Schreckenstraum – ihn sehne ich herbei ...

»Freuen Sie sich drauf?« fragt Fräulein Mauler.

»Jaja«, sagt er. »Jaja.«

Etwas zusammenschieben, bündeln, befriedigt verstauen.

»Fertig mit der Arbeit. Das hätten wir.« – Man weiß

kaum, wie mans macht. Die ganze Zeit mit dem Kopf woanders, die ganze Zeit gemacht, geschrieben, gerechnet. Geht automatisch. Ohne Hingucken. Wenn alles richtig ist, hat man ein glattes Gefühl. Wenn ein Fehler drin ist, entsteht ein ungutes Gefühl. Man sieht mal hin, man schaut mal an, was man geschrieben hat: und tatsächlich: da ist er, der Fehler. So was Lockeres. Irgendwie aus dem Takt. – Kassiere verzählen sich nie – und wenn, dann wissen sie es, ohne nachzuzählen: *vorhin, das dickere, waren zwei Scheine.*

Etwas später spricht Frau Klatt eine Bitte aus. Ziemlich ungewöhnlich: »Fräulein Mauler, Sie könnten mir nicht einmal was zu trinken holen? Eine Cola?« – Fräulein Mauler ist dazu nur zu gern bereit. Frau Klatt gibt ihr das Geld. – »Ich kann nämlich hier grad nicht weg.« (Wie? Komisch! – Na gut.)

Fräulein Mauler schlendert weg. Sie bringt gleich jedem was mit. Kuhlwein dankt, er möchte nicht. »Na, dann nehm ich die auch«, sagt die Klatt. »Ich könnt das Meer aussaufen.«

Sie lächelt Fräulein Mauler krampfhaft an. »Ist er nett, Ihr Freund?« – Dann trinkt sie, ohne die Antwort abzuwarten.

Das Gluckergeräusch. »Gluckgluckgluck«. Der Hermann, wenn er wieder mal auftaucht: »Ja, Hermann. Was ist denn schon wieder. Schon wieder was ausgefressen!« – Und er grinst, und macht: »Gluckgluckgluck.« – *Der hat mir schon was eingebrockt!*

Dabei war es wirklich ganz harmlos. Hin und wieder hat sie schon mal mit einem Nachbarjungen herumgefummelt. Aber mit dem Hermann war wirklich nichts.

In dieser Wohnung ging es ja nicht anders, die Geschwister schliefen in einem Zimmer. Hermann ist zwei Jahre älter. Er war neugierig. Elfie auch. Er hat es ihr gezeigt, wie es aussieht, und wollte es auch von ihr sehen. Weiter war da nichts. Es war ein dummer Zufall, daß die Mutter hereinkam.

Es war wie bei einem Schnappschuß.

Die Leute sehen manchmal komisch aus, auf Schnappschüssen: wenn jemand *ein Bein hochgeknickt* hat, oder ein *schiefes Maul* hat, oder eine Stellung hat, als wollte er sich grade aufs Klo setzen – so war das bei uns auch. Trotzdem, für die Mutter gab es keinen Zweifel – so, wie wir da standen. Sie rannte raus, holte den Vater. Als der erschien, standen wir immer noch so da – wie die Blöden.

Er hat gebrüllt wie ein Stier. Es war kurz nach dem Krieg, die schlechte Zeit, er hatte Ärger als ›Pg‹ und war sowieso schlechter Laune. Den Hermann hat er viel weniger angebrüllt als mich. Man muß es bis auf die Straße hinaus gehört haben: »Hure – Dreckstück – Blutschänderin.« – Er drehte sich etwas, und sah den Fotoapparat auf meinem Bett liegen. Er sprang da hin, fegte ihn auf den Boden, und trat mit dem Absatz drauf: es krachte und knirschte, wie wenn man auf einen Pingpongball tritt.

Frau Klatt ächzt. *Ächzt.*

Warum machte er sowas?

Was weiß ich, zur Strafe eben.

Vater Fuchs machte manchmal Unbegreifliches. Nach einem Streit mit der Hausbesitzerin, die im Erdgeschoß wohnte, hat er ihr nachts mit dem Glasschneider ein rundes Loch ins Fenster geschnitten. Vor Wut konnte er eine Viertelstunde lang mit der bloßen Faust an die Wand ballern – immer an dieselbe Stelle in der Küche, über dem Spülstein. *Es muß ihm doch weh getan haben!* – Oft war da Blut an der Wand.

Frau Klatt rutscht auf dem Rollstuhl hin und her, rackelt auf ihm herum, er quietscht ein bißchen.

»Ja, dieses Sitzen«, sagt Fräulein Mauler. »Immer dieses Sitzen. Es ist sicher nicht gesund, immer dieses Sitzen – nicht?«

Frau Klatt sagt nichts.

»Es müßte möglich sein, daß man mal etwas anderes tut. Auch mal in eine andere Abteilung vielleicht«, sagt Fräulein Mauler. »So wie Lehrlinge. Oder wie angehende Manager.«

»So, meinen Sie«, sagt Kuhlwein. »Ich glaube nicht, daß das geht.«

Er könnte gar nichts anderes mehr tun, er weiß es. Zu etwas anderem wäre er gar nicht mehr fähig.

Vor zwei oder drei Jahren hatte er eine Bekanntschaft gemacht, im Restaurant ›Zur Tonne‹, wo er sonntags mittags immer ißt. – Wie hieß der noch? Kreuzworträtsel: Name eines Körperteils. Hals? Bauch? Fuß?

Ja, Fuß.

Ein Vertreter, ein Reisender. Nicht besonders sympathisch. So ein Sportmops, kräftig, sonnenbraun, mit so einer Sängerstimme. Der erzählte aus Spanien. War jeden Urlaub in Spanien, ein Spanienkenner – das Innere Spaniens, das Fremde kaum kennen. Komfort gibts da nicht, man ist auf Fremde nicht eingerichtet, aber sehr gastfreundlich. Sie geben das beste Zimmer her. Nehmen kein Geld – man kann sie leicht kränken. – Herr Fuß suchte Worte, wie es dort, bei diesen spanischen Bauern ist. »Eine Menschlichkeit, etwas Spontanes, eine hier unbekannte Wärme.« – »Verstehen Sie«, sagte Herr Fuß sehr eindringlich, »ich kann es Ihnen nicht gut erklären, obgleich es sehr wichtig wäre. Sie können das nur selbst erfahren. Reisen Sie hin! Sie werden mir dankbar sein. Hier, bei uns, gibt es keine Worte dafür.« – »Natürlich sollte man die Sprache sprechen können.« – Es ging etwas sehr Nachdrückliches von ihm aus.

Kuhlwein hat sich dann in einer Sprachenschule eingeschrieben, nicht weit von seiner Wohnung. In der ersten Etage, eine frühere Wohnung – ein Büro, drei Zimmer als Klassenräume – sehr familiär. Er hätte gern dazugehört.

Mit dem einzigen ihm bekannten spanischen Wort trat er in den Kurs ein, der schon begonnen hatte: »El techo, das Dach«. – Am Ende der vierten Unterrichtsstunde kam er mit demselben Wort wieder heraus. »El techo – das Dach«. Der Lehrer redete nur spanisch, die anderen Kursteilnehmer konnten ihn schon spanisch fragen, es ist alles an ihm vorbeigerattert, ein lebhaftes, ununterbrochenes Geräusch, mit einer gewissen Melodie, mit verteilten Stimmen, kaskadenhaft »nontengonuntschieafermalapersonniatermalità« – sonderbar federnd, dann wieder abrupt – er blieb draußen, kein Platz für ihn. Er nahm nichts mehr auf.

Außerdem mußte er das Restaurant für Sonntags wechseln.

»Trotzdem lassen sie einen nicht in Ruhe«, denkt Kuhlwein (oder sagt er es laut? Er weiß das oft nicht).

Heute morgen, da dachte ich schon, ich hätte Glück gehabt: einen sicheren Standplatz hinter einer Tür, wo niemand vorbei mußte, und ich mich anlehnen konnte. Dann sagte der Lautsprecher: »Hallo, Sie da hinten, der Herr mit dem braunen Hut! Sie müssen da weg, sie verdecken die Sicht! – Weitergehen, nicht stehenbleiben.« Eine Frau sagte zu mir: »Sie sind gemeint.«

»Nein«, sagt Kuhlwein. »Ich will nicht mehr.«

Vater Kuhlwein war über Nacht gestorben. Kuhlweins Mutter hatte das erst am späten Morgen bemerkt; abends, als Kuhlwein heimkam, lag er schon im Sarg. Sie hat ihn nicht im Büro angerufen. Man mußte damit rechnen, er war schon lange bettlägerig. Bis zum

Schluß war er freundlich, und er schien keine Schmerzen zu haben; oder war es Tapferkeit?

Vier Jahre später war auch die Mutter gestorben – und wieder war er nicht dabei. Das erste und einzige Mal nahm er Urlaub im Sommer. Als er losfuhr, war sie gesund und munter. Aber die Nachbarin hat sie nicht ausgehen sehen, wie gewöhnlich, zwischen zehn und elf. Sie klingelte – es rührte sich nichts – sie holte den Notschlüssel – da lag sie auf dem Boden, im Koma.

Kuhlwein wurde vom Krankenhaus verständigt, sie brauchten zwei Tage, bis sie seine Adresse hatten. Er fand das Telegramm abends vor, nach einer Wanderung, und nahm den Nachtzug zurück.

Feuchtheißer August. Mittags im Heiliggeist-Spital – Kuhlwein irrte herum, fand den richtigen Gang. Eine Schwester: »Sie operieren noch immer. Niere, Harnleiter – alles durchsetzt. Eigentlich sinnlos.«

Abends und die halbe Nacht im Warteraum. »Nein, noch nicht – gehen Sie nach Hause.«

Schließlich hielt er die Nacht-Oberin am Ärmel fest – sie war rosig und kräftig.

»Ach, Sie sind es. Der Sohn, wie? Kommen Sie mal mit in mein Büro.« – Sie sagte, er sollte es sich bequem machen, in dem Korbsessel.

»Tja, die Frau Mamma« – sie sei schon ein Phänomen – medizinisch unerklärlich. »Sagen Sie mal: Ihr Hausarzt – der ist wohl nicht besonders? So ein Carzinom nicht zu bemerken!«

»Wie geht es ihr? Hat sie Schmerzen?«

Die Schwester legte ihm ihre große, muskulöse Hand auf den Schenkel: »Wenn ich Ihnen einen Rat geben kann, junger Mann – gehen Sie nicht hin. Sie ist ziemlich entstellt.«

So erfuhr Kuhlwein, daß seine Mutter tot war. Die Oberschwester hatte es gut gemeint. Sie meinte, so behielte er ein besseres Bild im Gedächtnis. Aus besseren Tagen. – Aber beim Begräbnis, und dann noch lange, kamen ganz andere Vorstellungen. Ansichten eines zerfetzten Körpers. Irgendwas Formloses. Verkästes. Und weiter oben – ein völlig fremdes, qualvoll verzerrtes Gesicht. Diese Unbekannte unter dem Sargdeckel – ein Grauen, das nun nicht mehr aufzuheben war. – *Er hatte nie einen Toten gesehen.*

Was macht sie nur mit sich, Frau Klatt! Ihr Kratzen und ihr Schubbern hört nicht mehr auf.

»Lassen Sie das doch, Frau Klatt! Sie reiben sich noch wund!«

»Was? Was gehtn Sie des an?«

Die Krätz und die Wut.

Was is da los. S juckt mich un juckt mich dauernd.

Muß mich kratzen, muß misch kratze, muß misch immee immee kratze. An de Schenkel, Bauch un Brust. Is was mit meim Kerper. Alles ganz zerrauft, un auch die Haarn. Das giftig bös Gerede – alles in Grund un Boden – Klatsch un Tratsch – Lauter Frauen – un Männergeschichten. *Kaputt, kaputt, neues Auto im Eimer,*

davongelaufener Mann, abgenommene Brust. Flittchen
und Nüttchen. Die is rumstolziert wie die Bardot – un
jetz is die schwanger. Die säuft heimlich. Der is schon
abserviert un weiß es ned. Ein Schwuler is des. Die
Krätz un die Wut. Allen die Augen auskratze.

»Hören Sie auf!«

Frau Klatt blickt glasig um sich. »Was ist denn los?«

»Ich glaube, es hat geklopft.«

»Geklopft? Wer soll denn hier klopfen? – Hier klopft
doch nie jemand!«

»Ich seh mal nach.«

Tatsächlich.

Fräulein Mauler öffnet die Tür, und davor steht ein
Mann im blauen Overall: »Bitte schön – der Klempner.
Ich soll hier einen Siphon reparieren.« Fräulein Mauler
ist erleichtert.

»Ach ja, natürlich. Kommen Sie doch rein!«

»Guten Tag, allerseits.«

Der Klempner sieht sich um: »Ach, da ist ja auch
der Kuhlwein, der Wilhelm. Na, wie gehts denn
immer?«

Kuhlwein erkennt ihn erst nicht – dann erkennt er
ihn. Es ist ein Mann namens Stroh. Er hat am selben
Tag wie Kuhlwein in der Firma angefangen.

Herr Stroh liegt schon unter dem Waschbecken.
Während er arbeitet, vom Boden her, richtet er einige
Worte an Kuhlwein.

Der Siphon ist schnell fertig.

»Wie alt bist du auch noch, Wilhelm?« – er windet sich ächzend hoch, mit rotem Kopf.

»Jaja, Wilhelm, die Jahre, die Jahre.«

Was soll man darauf antworten, denkt Kuhlwein. Etwas von Bewegung, vom Sport. »Ihr Handwerker seid doch fit?«

Aber es ist nicht nötig. Herr Stroh spricht ruhig weiter. Über das Alter, über die Zeit, über den Ablauf der Zeit. Man staunt immer wieder, wie lange man über solche Gegenstände reden kann, in immer neuen Wendungen – und alles stimmt. Jawohl: ist alles richtig. Wie die Zeit vergeht, Weihnachten, Ostern, die anderen Feiertage – im Jahr, dazwischen 200 Arbeitstage – ›die gehen nie herum‹ denkst du, und auf einmal sind sie vorbei. Von hinten her ging alles schnell. Jaja, die Zeit die Zeit – und jünger wird man nicht.

»So, nun kann er aber wirklich nichts mehr darüber sagen«, denkt Kuhlwein, aber doch, der fand immer noch einen Dreh, immer noch einen anderen Blickwinkel – bis man plötzlich feststellte, daß das Gespräch die ganze Zeit, kaum merklich fortgeschritten war, daß es auf ein ganz bestimmtes Ziel zusteuert. Und nun also schert Herr Stroh seinen Werkzeugkasten zusammen, nimmt ihn am Henkel hoch, steht da, klein und breitbeinig, und sagt:

»Ja, Wilhelm, so ist das. *Du hasts jetzt auch bald überstanden.*«

Sie sind wieder allein.

Fräulein Mauler sieht auf die Uhr: noch eine Stunde – dann! Sie hat Herzklopfen. *Es hat sich entschieden.*

»Du gehst heute nicht mehr nach Hause«, hat Frank gesagt. »Ich habe sogar eine Bude für dich. Von einem Freund. Er ist drei Monate fort.« – Sie hatte gesagt, ein eigenes Zimmer müsse sie schon haben. – So, jetzt hat sies. Also jetzt Mut! –

»Du kannst die Freiheit haben – also los, nimm sie dir!« Freiheit. Was heißt denn das? Wände bemalen? Laute Musik hören? Sich tagelang im Bett lümmeln, schmökern, einen komplizierten Satz verstehen, Joints rauchen, jemanden auf der Straße beleidigen: »Du Puddingkopf – du Bild-Leser«? Mutproben ablegen? Im Supermarkt klauen?

»Ihr werdet euch die Hörner schon abstoßen.« – Vielleicht war es alles nur ›Hörner-Abstoßen‹? – Und jemand schaut zu, kichert sich eins: Warte nur, in zehn Jahren sind dir auch die Flausen ausgetrieben!

»Vielleicht, Tussy, vielleicht.« ›Vielleicht‹ ist auch so ein Wort. Man wird müde davon.

Eine Art Fusel.

Fräulein Mauler schnuppert in der Luft herum. – Plötzlich weiß sie, was da für ein Geruch ist.

»Frau Klatt!«

»Was denn – was denn – mir fehlt gar nix!«

Fällt mir gar nicht ein. Ich zum Arzt! *War nie krank. In meim ganze Lewe ned!* – Nur das Gedächtnis. Das Gedächtnis setzt aus. Ganz früher, ja früher, bei den

Großeltern, war ich gern. Liebesperlen. Ham die mir
geschenkt. »Elfie du Schleckmaul, du Süßmaul.« Allerhand Witze mit ›süß‹. »Die is Zucker, Zucker!« –
und dann son Schmatzgeräusch, mit gespitzten Lippen.
Die Fotobox, das weiß ich auch noch, die Filme auf
Holzrollen, das rote Papier, die Zahlen in dem roten
Fensterchen. – Aber dann setzt es aus. – Sie seufzt tief
auf.

Letztes Jahr im Urlaub – wo warn mir da? – Kann
nicht drauf kommen. Weiß nichtmal was am Sonntag
war. Letzten Sonntag? – Na, was wird schon gewesen
sein, dreimal darfste raten. – Wo ich noch nicht mal
weiß, wo ich gestern war, oder was. Im Fernsehen. Was
war im Fernsehen? Hab ich genäht? Dem Fritz seine
Socken? Bier oder Salzstangen? War der da, oder war
der in seinem Ruderverein? Was war denn für ein Wo-
chentag. – Nix wissen. – Ja, Fernsehen, ham wir ge-
guckt, das weiß ich schon, das machen wir immer, aber
was? Wars zum Lachen? Was mit Liebe? Keinen
Dunst, nix zu machen, is fort – mach was du willst,
kannst mich prügeln – ich komm nicht drauf. – Irgendwann vielleicht, plötzlich, vielleicht im Supermarkt,
wenn ich den Wagen schieb, auf einmal – da fällts mir
ein – ja jetzt! Wo ich das gar nicht brauche! Jetzt will ich
das nicht mehr wissen ... Und wenn mich einer fragt?
Vielleicht fragt mich einer, Frau ... Frau ... Sie gucken
doch viel Fernsehen – wie hat Ihnen denn das gefallen,
gestern – sag ich, ach hörn Se uff, gehn Se mer weg, was

die jetzt im Fernsehe bringe – is doch nix mehr. Wovon ich rede, weiß ich nicht – nicht mal mehr das Essen. Wo ich doch so gern gegessen habe! Wo ich doch immer so einen Hunger gehabt hab! Wo ichs doch oft nicht mehr ausgehalten hab! Wo ich doch inwendig ganz hohl war, vor Hunger – trotzdem! Weiß nicht mehr, was heute war. Was wars denn? – Nix, weg. Weiß nix mehr. Interessiert mich nicht mehr. Indressiert misch ned. Aus. Alles. Fort.

»Frau Klatt! Jetzt weiß ich, was das für ein Geruch ist! Das riecht *nach Nagellack*. Nach *Aceton!*«

7.1 Happy-End

Die große KUSSMAULSCHE ATMUNG, ein charakteristisches Symptom des COMA DIABETICUM, ist eine besonders tiefe, meist schnarchende, aber regelmäßige Atmung, die anfangs weit ausholend und langsam, später immer noch tief, aber stärker beschleunigt ist. Zunächst kann sie geradezu den Anschein geben, als sei der Kranke einfach in einen tiefen, gesunden Schlaf gesunken. Dem aufmerksamen Zuhörer wird jedoch das langgezogene, ziehende Einatmungsgeräusch (STRIDOR) imponieren, das eine inspiratorische DYSPNOE anzeigt. Zugleich beobachtet man die Anspannung der Atemhilfsmuskulatur (Kopfnicker,

Rippenheber, Brust-und-Schulterblatthebemuskula-
tur). Der Kranke sitzt schließlich mit aufgestützten
Armen und fixiertem Schultergürtel aufrecht
(ORTHOPNOE) und ringt nach Luft.

Ruft man sich dieses Erscheinungsbild vor Augen, so
verwundert es nicht, daß die Aufführung von Frau
Klatt von ihren Kollegen zunächst leicht genommen
wurde – eher von der heiteren Seite – als ein wahrge-
wordener Büro-Witz.

Nicht lange danach aber, zumal auch die blasse
Hautfarbe und der immer stärkere Acetongeruch auf
einen unnatürlichen Zustand hindeuteten, entstand
eine leichte Beunruhigung. Fräulein Mauler, die zuvor
noch dem älteren Kollegen, indem sie die Finger vor
die Lippen hielt, verschwörerisch zugezwinkert hatte,
erklärte plötzlich:

»Da stimmt doch etwas nicht! Schauen Sie sie doch
mal an, Herr Kuhlwein!«

Als dieser nicht reagierte, sprang sie auf, beugte sich
über die Schlafende und rüttelte an ihr:

»Hallo! Frau Klatt! Aufwachen! Das geht doch wirklich nicht!« – aber sie fühlte schon bei der Berührung
der Frau die kalte, feuchte Beschaffenheit ihrer Haut.

»Die ist doch krank! Um Gottes willen, Herr Kuhlwein! Wir müssen sofort ...«

Der ältere Kollege schien es noch immer nicht ernst
zu nehmen. Sei es, daß er ähnliche Zustände, und ihre
harmlose Aufklärung schon des öfteren erlebt hatte,

sei es, daß er nach so vielen Dienstjahren jeden Übereifer grundsätzlich für schädlich hielt – er lächelte unverändert vor sich hin und blieb ruhig sitzen.

Fräulein Mauler eilte nun hinaus, um Hilfe aus dem Nachbarbüro zu holen. Von nebenan kam Herr Maier – zunächst mit einem Witz (»Feurio, der Maa brennt«), hinter ihm Frau Klepzig, die nicht gleich sah, da er ihr die Sicht verdeckte. – »Los los, gehn Sie doch schneller!«

Sie beide machten nun noch einmal den Versuch des Rüttelns und Anrufens – überzeugten sich aber schnell von dem Ernst dieses Zustands.

»Die muß zur Sanitätsstation! Die braucht sofort den Arzt!«

Zuerst bemühten sie sich, mit vier, mit sechs tief ins Fleisch einsinkenden Handgriffen, die Kranke aufzurichten – aufzustellen: »Hoch jetzt, Frau Klatt! – Nehmen Sie sich zusammen! Sie müssen jetzt aufstehen!« – Aber sie schien davon nichts wahrzunehmen, lieferte keinen eigenen Beitrag –; sie konnten die schwere, nun wohl bewußtlose Frau nicht einmal eine Handbreit von ihrem Sitz abheben.

»Wir müssen sie im Stuhl rollen; Frau Klepzig, machen Sie bitte mal die Türe auf. – Hier – nehmen Sie ihre Tasche mit!«

Auf so kleinen, abgenutzten Rollen eine solche Last zu bewegen – wie ein Mastschwein auf einem Puppenkinderwagen –, das ist nicht die günstigste Art des

Transportes. Es gibt selbst auf dem aalglatten, glänzend gebohnerten Kunststoffboden unseres Ganges noch immer geringfügige Unebenheiten oder rauhe Stellen, an denen die Hartgummirollen gebremst oder abgelenkt wurden, in ihren schwenkbaren Metallkapseln ausscherten und sich querstellten, sodaß die Fuhre immer wieder gewaltsam, mit kreischenden, leiernden Geräuschen, über diese toten Punkte hinweggestoßen werden mußte.

Fräulein Mauler und Herr Maier allein – Frau Klepzig, die so zierlich war, und die Tasche trug, konnte man kaum rechnen – hätten die lange Reise bis zum Fahrstuhl, gut fünfzig Meter, wohl kaum bewältigen können. Zum Glück erhielten sie immer mehr Hilfe aus den beiderseits des Weges angrenzenden Büroräumen. Bis auf das gelegentliche Aufquietschen ging zwar die Fahrt mit wenig Lärm vor sich (unter flüsternden Anweisungen, als handele es sich jetzt doch um eine Schlafende – und dieser Schlaf sei heilig); aber das Leben in so einem Bürogebäude schärft das Gehör, macht es empfindlich auch für feine Geräusche – wenn sie ungewöhnlich sind.

Anfangs hatte Herr Maier – rückwärtsgehend – mit beiden Händen an der Stuhllehne gezogen, und Fräulein Mauler, über Frau Klatts Schenkel gebeugt, an den Armlehnen geschoben – es wurde rücklings gefahren. Dann griffen mehr und mehr Hände ein, schoben oder zogen mit, solange noch Platz war –, am Rollstuhl oder an der kranken Frau –; schließlich war kein Platz mehr da, und sie schoben indirekt. Als sie sich der Fahrstuhltür näherten, war die rollende Kranke von der Menschentraube schon ganz eingehüllt. Es war nicht zu erkennen, auf welche Weise (»Hau-Ruck« – nochmal »Hau-Ruck«) man sie schließlich in die Fahrstuhlkabine bugsierte, die nur sechs (stehende) Personen faßt, und wer den Abwärtstransport begleitete. Die Lifttür schloß sich nach einigen Schwierigkeiten. (»Kommen Sie doch heraus – es hat doch keinen Sinn«.)

Die Zurückgebliebenen trappelten zur Treppe, eilig, um möglichst gleichzeitig mit dem Fahrstuhl unten zu sein.

So eine Eile, ganz gleich aus welchem Grund, scheint immer anzuregen. Plötzlich wurde laut durcheinander geredet, und es hallte im Treppenhaus.

Kuhlwein ist ganz allein an seinem Platz zurückgeblieben. Vielleicht sogar als Einziger im ganzen Flur. Er hat sich kaum bewegt – was vielleicht durch die anspruchsvollen Arbeitspapiere, die vor ihm liegen – mehrere große Kontenblätter mit engen Zahlenkolonnen, an denen das Auge lange zu tun hat –, zu erklären ist. Obgleich die Tür zum Gang offen steht, ist es vollkommen still.

Sie kamen in eine Gegend Perus, wo noch kein Weißer gewesen war. Hinter einer sehr steilen, zerklüfteten Kette – eine Hochebene, staubig, dürr, über die der

Wind ging. Eine Art Weg, von Spuren ausgekerbt. Zu-
erst glaubten sie, es sei ein Erdhügel, oder ein Stein in
der Ferne. Dann erkannten sie: es war ein Mensch, vom
Staub bedeckt. Eine Indianerin – als sie das Gesicht frei-
legten – lächelte sie an. Sie war völlig unversehrt. Seit
fünfhundert Jahren am Wege hockend. Viertausend
Meter. Die dünne, trockene Luft. Da verfault nichts.
Sie lächelte seit fünfhundert Jahren.

Eine ganze Weile lang rührt sich nichts.

Aber jetzt kommt jemand. Irgendjemand, ein junger
Krauskopf, aus einem anderen Stockwerk – er weiß
wohl nichts von dem Vorfall. Wandert suchend von
Tür zu Tür, erscheint auch in der Türöffnung von 1028,
blickt einmal in die Runde. Er murmelt »Niemand
da« – wie auch schon an anderen Türen – und macht
auch hier die Tür zu.

Wiederum etwas später kommen viele Schritte. Die
Abteilung kehrt zurück – gruppenweise, mit lebhafter
Unterhaltung – sogar Gelächter –, verteilt sich in den
Nachbarräumen – Türenöffnen, Türenschließen.

Nach einer weiteren, kurzen Zeit der Stille, tritt, mit
raschem Atem, Fräulein Mauler ein. Sie streift Kuhlwein mit einem Blick, sieht ihn lächeln, verzieht den
Mund, holt wortlos ihren Mantel, ihre Tasche, in aller
Eile, und auch die restlichen Sachen von Frau Klatt, aus
den jeweiligen Spinden, klappt achtlos die offene
Schreibmaschine samt einem eingespannten Schreiben

in das Schreibtischfach, und verschwindet – heftig die Türe schlagend. – Gleich darauf schellt irgendwo ein Wecker, mit dem wie üblich anschließenden Lärm des Arbeitsschlusses.

Kuhlwein nimmt auch davon keine Notiz. Er lächelt noch immer, wenn auch das Lächeln nun eigentümlich schief aussieht, mit einem halb geschlossenen Auge, den Kopf leicht schräg gestellt – mit der Mimik eines ausgepichten Lebemannes, die man von Kuhlwein nicht erwartet hätte.

Gegen sechs wird die Bürotür, wie gewöhnlich, mit dem Ellenbogen aufgeklinkt. Die türkische Reinemachefrau – an sich noch draußen beschäftigt – wirft einen ersten Routineblick ins Büro, erstarrt, als sie Kuhlwein sieht – und macht die Tür leise wieder zu. Draußen wechselt sie ein paar Worte mit ihrer Kollegin, und erledigt ihre Arbeit in den Nachbarbüros.

Später öffnet sie die Türe noch einmal, kommt auf Zehenspitzen herein, leert Aschenbecher und Papierkörbe in den draußen stehenden Müllwagen, und sagt zu Kuhlwein: »Ville Arrbait.«

Plötzlich stutzt sie etwas, geht zur Tür, und ruft die andere herbei. Die beiden Frauen – in weiten Hosen und Pullovern und Kopftüchern –, mit fast dem gleichen ahnungsvollen Gesichtsausdruck, haben sich bei den Händen gefaßt und nähern sich dem alten, weißschimmernden Mann im Rollstuhl. Zwischen ihren

Beinen trippelt das Hündchen vorwärts – läuft voran. Es erhebt sich an Kuhlweins Stuhl auf die Hinterbeine, bohrt seine Schnauze zwischen Armlehne und Schenkel durch. Die ältere Frau tritt nun etwas beherzter von der anderen Seite an Kuhlwein heran, zupft ihn am Ärmel. Sie redet auf ihn ein, in ihrer Sprache, legt schließlich den Kopf mit dem Kopftuch an seinen Oberkörper, bewegt ihn dort etwas hin und her. – Aus dieser Stellung schreit sie.

Die beiden Frauen rennen hinaus, das Hündchen voran – alle zusammen die ganzen zehn Stockwerke die Treppe hinunter, da sie nach diesem Fund, der überall in der Welt gleich schlimm ist, jede Technik und Bequemlichkeit vergessen haben. Sie laufen zum Nachtportier in seine Glaskabine, reden schrill, mit Tränen in den Augen, deuten mit den Fingern nach oben – ziehen ihn am Ärmel seiner grauen Uniform. Der Portier sieht sie kopfschüttelnd an: »Was is? was is?« – und sie, immer wieder, schrill, in ihrer Sprache – mit Armbewegungen zum Bürogebäude hin.

Der Portier nimmt eine kleine Pistole aus der Schublade. Er pfeift draußen nach dem Schäferhund, nimmt ihn an die Leine, und läßt sich nach oben führen. – Das Hündchen folgt in respektvollem Abstand.

8.0 Weitergehen, nicht stehenbleiben

Neuerdings gibts noch andere Arten von Leben. Ein Grund mehr für anhaltende Neugier. Büro tarnt sich. *Unscheinbar* ist nicht *unwichtig*.

Büro ist wie Chemie. Durchdringt uns, umgibt uns, ist uns keinen Gedanken wert.

Und doch hat das Büro Zukunft, in welcher Gestalt auch immer.

Seit Jahrzehnten verschiebt sich das Verhältnis der Güterproduktion zur Verwaltung zugunsten der letzteren. Die Fabrikhallen leeren sich, die Büros füllen sich – so geht das schon lange. Sie wissen das, Sie kennen die Ursachen. Und das geht weiter. Das System der Tätigkeiten verändert sich weiter, wie alles sich verändert. Wo werden wir morgen sitzen? Mit welchem Zeitvertreib werden wir uns dann den Unterhalt verdienen?

Man muß sich auf manches gefaßt machen.

Das Neue ist immer das Unerwartete.

Wenn Sie nun aber die Tür öffnen, um noch einmal in das angestammte Büro zu treten, so werden Sie doch verblüfft sein.

Sind wir hier richtig?

Wäre nicht die Nummer neben der Tür – man würde es nicht wiedererkennen.

Die Schreibtische sind verschwunden, ebenso die Rollstühle. Von den früheren Möbeln sind nur noch die Spinde und Aktenschränke da. Sie sind in einer Ecke zusammengeschoben – voller Kratzer und brutaler Schürfungen – und erwarten wohl den Abtransport.

Abgeräumt sind sie schon. Der Inhalt ist an einer Wand hochgestapelt. Die Aktenordner zu Säulen – Rücken vor, Rücken zurück, um die Keilform auszugleichen, daneben kleinere Säulen von Karteikarten, Stapel von Papieren, Schichten, Stöße von allen möglichen Kladden, verschmutzte Bündel, verschnürt oder sonstwie, Haufen, wüst und schief, an den Rändern vergilbt, aus irgendwelchen Winkeln, wer weiß wie alt, teils zackig abgefetzt, Schrift verblaßt, unlesbar ... Anderes ist noch in zerkratzten Klarsichthüllen, in Aktendeckeln mit mehrfach durchstrichenen Aufschriften dazwischen, aufgeplustert, kaum stapelbar, verschiedene eselsohrige Heftchen, Kalendarien, Notizbüchelchen – jedesmal angefangen – gute Vorsätze – zwei Seiten säuberlich – der Rest leer; dazwischen viele verschiedene Ringblocks, verschiedenste Ausführungen, Büromoden, wenig benutzt, geknickt, mißhandelt, außen voller Telefonzeichnungen, voller zwiebeliger Ornamente, dazwischen einzelne Briefe, einzelne Briefseiten, nicht einzuordnen, nie einzuordnen gewesen, keine Rubrik dafür, immer ein Ärgernis, endlos aufgehoben, hin und her geschoben, gelocht, dünnes Papier ausgerissen, nochmal gelocht, ebenso einzelne Briefumschläge, benutzt, gefaltet, Marke rausgeschnitten, alles kreuz und schief, die oberen Schichten lösen sich schon auf, fliegen schon herum, ein Stück Plastikfolie, zunächst mit Metall-Locher beschwert, ist schon weggeschoben, von Vorübergehenden mitgezerrt, das Plastik, am Bein klettenhaft, lästig, in die Ecke geschlenzt, der Locher kopfüber am Boden, wartet auf Fußtritt ...

Das ist das alte Telefon, es hockt am Boden neben dem Heizkörper und sieht mies aus. Grau. Großer Sprung drin, Dreieck rausgebrochen. Schnur verfitzt.

Fallen Sie nicht. In zwei Pappkartons hat man – wohl in guter Absicht – die Kalender und die Ansichtskarten eingefüllt – zum Teil noch zusammenhängend, durch trockene, braune Tesafilm-Gelenke – aber danach kam eben doch noch allerhand zutage, aus den Ecken, von hinten in den Schubladen, was noch dazumußte, verjährte Tabellen, Preislisten, Bleistifte, Behälter mit Klammern, noch versiegelt, ein Bakelitkästchen, deckeloffen, Notizzettel ausgelaufen, und über den ganzen Auflauf dann noch, zum guten Schluß, wie geröstete Semmelbrösel, eine Portion Staubgrus, Staubknäuel, weil dann doch mal jemand den Besen nahm, und die volle Kehrschaufel darüber ausgeleert – scheiß drauf – über das ganze Gemüse, und über das zerbrochene Glas und den Rahmen mit dem bleichen Farbfoto von dem dicken Ehepaar vor dem Audi 80 – drüber gekippt, den Schamott. – Auf dem Fensterbrett ein Murano-Aschenbecher, voller Kippen.

Warum weise ich Sie auf dies alles hin?

Wozu die ausgiebige Betrachtung solcher Belanglosigkeiten?

Weil ich Sie dadurch – durch den Kontrast – auf den Fortschritt anspitzen will.

Der alte Krempel interessiert niemanden mehr. Das meiste ist schon weg, der Rest in der Ecke wird auch verschwinden. Er muß Platz machen.

Platz machen – wofür?

Platz für das Neue, für das Junge, für das neue Büro.

Die Verwandlung dieses Büros soll Ihnen ein Beispiel geben: Beispiel und Zeichnung für die unbezähmbare Dynamik dieser Firma! – Ja, der westlichen Wirtschaft überhaupt!

Eine neue Generation von Büro-Bewohnern ist im Begriff hier einzuziehen: die Büro-Automaten. Der Vorgang ist unaufhaltsam. Wo heute noch Menschen sitzen, werden morgen Automaten stehen.

Einige der neuen Geräte können Sie bei uns schon besichtigen. In einigen Fällen haben Sie sie schon gesehen, ohne es selbst zu bemerken. Mit ihren ansprechenden Farben und funktionalem Design heben sie sich kaum vom Hintergrund ab.

Ein weiteres Gerät haben Sie vor sich.

An die Stelle der früheren Schreibtische – und ihrer Benutzer – ist in diesem Raum ein moderner TEXT-VERARBEITER installiert worden, das Gerät TXM

2000 (›Zweitausend‹ – die Zahl hat doch stets diesen Oberton von ›Zukunft‹). Dieses Gerät sieht aus wie ein herkömmlicher Büro-Arbeitsplatz – aus Emailblech, Chrom und Plastik. Eine Art Schreibtisch mit Elektroschreibmaschine, mit Regalen und Ablagen, dazu ein Steuerpult mit Schaltern, Drucktasten, Zählwerken – alles in einem Stück, jedoch ohne menschliche Bedienung.

So weit, so gut. Der Anblick imponiert.

Was kann dieser menschenlose TEXTVERARBEITER leisten?

Ganz einfach: dieses Gerät verrichtet die Arbeit von drei herkömmlichen menschlichen Schreibkräften. Es ist besonders auf den Schriftverkehr mit der Kundschaft eingerichtet: Angebote, Auftragsbestätigungen, Mahnungen, Vertröstungen. Auch Kontaktpflege, Freundlichkeiten, jahreszeitliche Glückwünsche – ganz individuell. An einem Arbeitstag (aber wie lang ist der Arbeitstag einer Maschine?) kann das Gerät Hunderte von individuellen Anschreiben verfassen.

Aber bitte, bitte! Keinen Zukunftsroman!

Nein, Sie haben richtig gehört. Hier werden tatsächlich individuelle Briefe automatisch geschrieben.

Das Gerät tippt, jeweils auf Abruf, über Hundert verschiedene Standardsätze, deren Abfolge individuell programmiert werden kann.

Standardsatz 005: »Die Zufriedenheit unserer Kunden liegt uns stets am Herzen – aber mit dem folgenden

Angebot glauben wir Ihnen etwas Besonderes bieten zu können.«

Standardsatz 012: »Der umgehende Ausgleich Ihres Negativ-Saldos wird Ihnen und uns viele Unannehmlichkeiten ersparen.«

Standardsatz 009: »Sie sind uns seit Jahren als Hersteller qualitätvoller Produkte bekannt.«

Standardsatz 055: »Eine weitere Belieferung erfolgt erst nach umgehender Begleichung des offenen Rechnungsbetrages.«

Standardsatz 016: »Somit verbleiben wir mit der Hoffnung auf weitere gedeihliche Zusammenarbeit.«

Über die vorprogrammierte Auswahl hinaus können weitere Standardsätze von der Benutzerfirma nach ihren Bedürfnissen formuliert und gleichfalls eingespeichert werden. Das Gerät hat eine Kapazität von insgesamt 499 Standardsätzen inklusive Anreden und Höflichkeitsformeln. Sie werden in der gewünschten Kombination durch Steuerkarten vom Speicher abgerufen. Schon eine kleine Überlegung (allein die Zahl der Zweier-Kombination von nur zehn Auswahlmöglichkeiten beträgt 3 628 800 zeigt, daß die Zahl der verschiedenen Brieftexte, die der TXM 2000 verfassen kann, astronomisch ist.

Für einen postfertigen Brief benötigt der TXM 2000 dann nur noch den Nummern-Code des Adressaten (wendet sich an die gleichfalls auf Magnetband gespeicherte Kundenkartei) – sowie einen ausreichenden Vorrat an Briefpapier (in vorgefalteten Endlos-Bahnen) und Kuverts.

Zur Betreuung der Maschine muß ein Mitarbeiter nur ab und zu – etwa einmal täglich – einen neuen Vorrat an Steuerkarten eingeben und Papier nachfüllen. Bei durchschnittlicher Intelligenz ist dies in wenigen Tagen erlernbar. Spezialkenntnisse sind nicht erforderlich.

Die Vorteile des TEXTVERARBEITERS sollten eigentlich jedem einleuchten. Er ist von menschlichen Schwächen nahezu unabhängig.

Nun scheint das Gerät, mit seinen Künsten, die Arbeit einer Stenotypistin übernehmen zu können. In diesem Büro wurde aber vornehmlich gerechnet. Gibt es auch eine Modernisierung dieser Arbeit?

Gewiß, auf dieses Thema kommen wir noch.

Warum nicht gleich? Ist das nicht die Domäne der elektronischen ...

Nicht so eilig. Darf ich zunächst Ihre Aufmerksamkeit nach links hin lenken. Dort an der Wand (mit den vielen kleinen Löchlein immer älterer Postkartensammlungen) sehen Sie ein weiteres neues Gerät: den WONDER-SHREDDER BL 300 R.

BL steht für ›Blitz‹, 300 steht für die Kiloleistung in der Stunde.

Der WONDER-SHREDDER ist ein Aktenvernichter.

Seit vielen Jahren nun wartet die Abteilung auf die Möglichkeit, einen großen zentralen SHREDDER aufzustellen. Immer fehlte es an Raum. Kleinere Geräte dieser Art, die auf einem herkömmlichen Schreibtisch Platz finden, sind in ihrer Kapazität nicht ausreichend.

Wozu werden diese Sachen nun wieder benötigt: SHREDDER, Aktenvernichter – immer größere SHREDDER!

Sie brauchen sich doch nur in diesem Raum umzusehen. Allein die Überreste des früheren Büros sprechen eine deutliche Sprache! – Depots sind nicht die Antwort. Die Depots sind schon zum Platzen voll. Die benachbarten Büros sind auch nicht die Lösung: sie würden sich bedanken! Für die Zumutung, noch weiteres Schriftgut aufzunehmen! (Sofern sie nicht ohnehin schon drastisch modernisiert sind.)

Aber mehr, mehr. Es gibt hier, wie in jeder bedeutenden Firma, vertrauliche Schriftstücke, die schnellstens vernichtet werden müssen. Die Konkurrenz schläft nicht! Allein der tägliche Posteingang könnte der Konkurrenz schon manchen Aufschluß geben! Überall im Hause häufen sich geschäftliche Informationen, Protokolle, Notizen und Gegennotizen und nicht zuletzt Abrechnungen und Statistiken mit hochinteressantem Zahlenmaterial.

Eine Zeitlang findet das alles noch Platz in der Nähe der damit Befaßten. Es kann von ihnen überblickt und eingeschlossen werden. Aber es vermehrt sich. Es muß an immer weniger sicheren Plätzen aufbewahrt werden –

ein dauernder Anlaß zur Unruhe! Wie leicht könnte etwas in falsche Hände geraten!

Die Akten vermehren sich weiter. Die damit verbundene Unruhe wächst ebenfalls. Das Aktenvermehrungstempo wird immer größer. Mancherorts werden schon Aktenschränke im Gang aufgestellt. Die Verantwortlichen können keine Verantwortung dafür übernehmen. Die Unruhe übersteigt jedes Maß.

Gerade rechtzeitig also erscheint als Retter der neue WONDER-SHREDDER!

Er wird es mit dem Akten-Überschuß aufnehmen. Als erstes wird er den überflüssigen Inhalt dieses Büros erledigen. Dann wird Schritt für Schritt weiter entsorgt.

An den Papierstreifen, die unten aus dem SHREDDER, der auf vier Beinen steht, büschelweise heraushängen, erkennen Sie, daß er schon fleißig war. In einem Arbeitsgang schneidet der SHREDDER Bündel von 20 bis 30 Blatt Aktenpapier in 4 bis 7 Millimeter breite Streifen – Breite nach Wunsch einstellbar. In einer Stunde bewältigt der SHREDDER – die Typenbezeichnung sagt es schon – 300 kg Papier oder Pappe. Selbst mit Aktendeckeln wird er fertig. Holz wird gespalten. Büroklammern oder kleinere Metallteile, wie Kantenschützer oder Fingerloch-Ringe, werden ohne Schaden für das Gerät mit-zerkleinert.

Ein nützliches Gerät, dieser SHREDDER. Ein unentbehrliches Gerät. – Bald wird es die letzten Spuren der Vergangenheit beseitigt haben.

Wenn Sie wollen, können Sie das symbolisch verstehen. Bahnbrecher, Aus-dem-Weg-Räumer.

Zum Glück nimmt das Schicksal uns manches ab.

Sie wissen, wodurch diese Veränderungen hier ausgelöst, wodurch die ermöglicht worden sind. Sie waren Zeuge. Kurz hintereinander hat unser Haus eine langjährige treue Mitarbeiterin und einen langjährigen treuen Mitarbeiter eingebüßt – sei es durch schwere Krankheit, sei es durch plötzlichen Tod.

So etwas ist immer schmerzlich.

Ein schmerzlicher Verlust für uns alle unfaßbar von allen die sie kannten den Vorgesetzten den Kollegen und darüber hinaus mit ganzer Kraft und unermüdlicher Einsatzbereitschaft ihr Andenken stets in Ehren halten. Sie werden uns fehlen.

Die Tragik dieses Geschehens ist vielfach empfunden worden.

Wie konnte es dahin kommen? Ein trauriger Zufall? Schicksal? – Eine Irritation bleibt zurück.

Ist es nicht beunruhigend, wenn zwei Mitarbeiter, zwei durch ihren Arbeitsplatz lange verbundene Menschen so kurz hintereinander ...? (Eine jüngere Kraft, übrigens, aus dem selben Arbeitsbereich, verließ die Firma auf eigenen Wunsch. Sie war fleißig, willig und angenehm im Umgang. Für ihren zukünftigen Lebensweg wünschen wir ihr alles Gute.)

Eine tragische Verkettung, ganz recht.

Dieser Fall veranschaulicht folgendes:

Das gemeinsame Büro stiftet Bürofamilien.

Wie langjährige Ehepartner, so teilen auch die Bewohner des Büros mehr als Luft und Raum miteinander. Sie teilen Gefühle, Marotten, Wehmut, Glück und Langeweile. Sie kennen sich durch und durch – oder glauben es –, wie Eheleute, wie Eltern und Kinder. Es wird Lust und Unlust empfunden, der Partner wird belohnt und bestraft. Es entstehen Spannungen, Allergien, Haßlieben, die die Bewohner aneinanderketten. – Und es gibt Übertragungen, Ansteckungen von besonderer Art.

Der Personalführung ist dies bekannt. Hier liegt die Quelle vieler Schwierigkeiten, mit denen sie fertig werden muß. Versetzungen, Bindungen, Verstärkungen – hysterische Aufbäumungen – Familiendramen!

Aber – es ergeben sich auch Vorteile.

So schmerzlich, ja erschütternd das Schicksal dieser beiden Mitarbeiter wirken mußte: für die Firma bedeutete es zugleich die Lösung zweier Personalprobleme. Es bedeutete eine Erleichterung.

Hier machen wir Ihnen eine vertrauliche Mitteilung:

Die Tätigkeit unserer beiden langjährigen Mitarbeiter, der Angestellten E. K. und des Angestellten W. K., war für unsere Firma seit mehr als zwei Jahren völlig wertlos.

Seit mehr als zwei Jahren nämlich werden sämtliche

Buchhaltungs- und Verrechnungsarbeiten, und die Statistik bei der DRAMAG durch Elektronische Datenverarbeitung (EDV) abgewickelt. Bei der enormen Rechengeschwindigkeit der modernen Computer werden alle diese Arbeiten natürlich viel rascher, und zugleich absolut fehlerfrei erledigt. Damit wurden mehrere der in dieser Abteilung tätigen Mitarbeiter überflüssig.

Überflüssig.

Ja, überflüssig.

In einer früheren ökonomischen Epoche hätte man solche Arbeitskräfte natürlich entlassen.

Eine harte Lösung; die seinerzeit allerdings den ökonomischen Fortschritt sehr erleichterte.

Nur die Besten überlebten den Arbeitskampf.

Aber in der heutigen Zeit muß man anders damit fertig werden. Es existiert hierzulande, wie bekannt, eine starke Betriebs- und Sozialgesetzgebung. Auch unsere Firma ist dadurch in ihrer Verfügungsfreiheit über ihre Mitarbeiter stark beschränkt. Entlassungen von Mitarbeitern, insbesondere von altgedienten, sind – wenn überhaupt – nur gegen große Widerstände – Betriebsrat, Gewerkschaft, Arbeitsgerichte, öffentliche Meinung – durchzusetzen.

Sie werden das nicht mißverstehen: natürlich werden diese sozialen Errungenschaften, auch wenn sie zuweilen unbequem sind, von der Firmenleitung durchaus begrüßt! Dies umso mehr, als die DRAMAG selbst auf eine alte soziale Tradition zurückblickt!

Wie aber wird das Dilemma behoben?

Wie können solche, durch den technischen Fortschritt überholte, überflüssige Mitarbeiter weiter verwendet werden?

Eine Beschäftigung in einem anderen Firmenbereich ist meist nicht mehr möglich. Nach jahrzehntelanger, zuverlässiger Betätigung auf einem Spezialgebiet kommt eine Umschulung oder Umsetzung kaum noch in Frage. Dies ist ganz natürlich: es fehlt die Aufnahmefähigkeit, die Änderungsbereitschaft – die Menschen sind dem Gewohnten verhaftet.

Oft weigert sich auch die für eventuelle Umsetzung ins Auge gefaßte Abteilung, »sich so einen Klotz ans Bein zu binden«.

Zudem wird eine Versetzung von den betroffenen Mitarbeitern – gerade im höheren Dienstalter – als Herabstufung, ja, als Bestrafung empfunden. Daraus ergeben sich weitere negative Folgen: die Leistungsfähigkeit wird noch weiter vermindert, es wird Unruhe in der neuen Umgebung erzeugt, das Betriebsklima verschlechtert sich allgemein; schließlich kommt es auch dort zu Leistungsminderungen, wo dies für die Firma spürbar ist.

Die Folgerung liegt auf der Hand. Es ist für alle Beteiligten das Beste, wenn derartige Mitarbeiter ihr bisheriges Tätigkeitsfeld weiter beackern.

Sie sind möglichst lange im Glauben zu lassen, daß ihre Arbeit für die Firma unentbehrlich ist.

Großer Täuschungsmanöver bedarf es dabei nicht. Jeder glaubt gerne, solange wie möglich, daß er wichtig ist. Vielleicht gibt ers auch nur vor. Vielleicht glaubt ers selbst nicht. Vielleicht weiß er mehr, als wir ahnen. Es kann sein, daß daraus Auswirkungen auf seine Lebenskraft entstehen. Diese Auswirkungen könnten sich zugunsten der Firma entwickeln. Es handelt sich hier um Feinpsychologie, die sich der Verantwortung entzieht. Alles Hypothesen, Hypothesen. Der Mensch verändert sich langsam, oder gar nicht. Die technische Umwelt verändert sich immer schneller. Wir halten uns an die Umwelt. So entsteht das Dilemma.

Aber was rede ich.

Was vergaloppiere ich mich.

Sie sehen ja selbst, was uns blüht.

Anhang: Inventur

Die Literatur soll sich mit dem Leben befassen. Der Leser der Literatur liest am liebsten von lebendigen Wesen. Dies wünscht er unverdünnt.

Die Wirklichkeit erspart uns den Umgang mit Sachen nicht. Für die an der ganzen Büro-Wirklichkeit interessierten Leser liefert dieser Anhang eine ausführliche Inventur: alle Beigaben der Helden dieser Geschichte.

Schreibtische

Das Wichtigste im Büro ist der Schreibtisch. Zimmer zehnachtundzwanzig enthält einen Block von drei aneinandergerückten Schreibtischen. Sie bedecken ein Viertel der Grundfläche. Zwei stehen Rücken an Rücken, der dritte steht quer davor. Die Knielöcher der zwei bilden einen durchgehenden Tunnel. Das Knieloch des dritten ist hinten zu. Das Alter der Schreibtische ist unbestimmbar. Sie sind mit hellem Holz furniert, naturlackiert, obenauf eine grünlichgraue Resopalplatte. Die Plattenkanten sind ursprünglich angeklebte Plattenkanten, die das Preßspan-Innere verkleiden sollten. Die Plattenkanten, schwarz, sind zum Teil aus dem Leim und kurvig abgespretzt. Das Preßspan-Innere wird dort sichtbar. Auf jeder Schreibtischplatte liegt eine braune Schreibunterlage aus SKAI.

Schreibtischgarnitur

Zu jedem Schreibtisch gehört die dreiteilige Schreibtischgarnitur aus Bakelit, bestehend aus Schale, Löschblattwiege und Notizzettelkästchen:

Die Schale

Hierbei handelt es sich um die bekannten unzerstörbaren Bakelitschalen, teils mit Sprüngen oder Scharten, immer staubig, da elektrisch geladen und somit staubanziehend, oder unentbehrlich und zum Leben gehörig wie Brot, Salz und Stumpfsinn. In Deutschland (BRD) existieren noch immer mehrere Hunderttausend solcher Bakelitschalen, zu denen jeweils ein Inhalt gehört.

Ein Inhalt, beispielhaft. Zwei verschieden lange Bleistifte, FABER KASTELL HB und FABER KASTELL H (Für Denksportfreunde: welcher von diesen ist der kürzere?). Ein PELIKAN-Füllfederhalter ohne Kappe, alt, verhornt, trocken. Zwei gelbe Kugelschreiber mit Werbeaufdruck DRAMAG, ebenfalls ohne Schutzkappe (Erklären Sie kurz den Entmischungsvorgang, durch den sich in einigen Schalen kappenlose Kugelschreiber, in anderen Schalen kugelschreiberlose Kappen anreichern!). Ferner ein Klammerauszieher. Zwei Stempel: EILT und ERLEDIGT. Ein kurzer dicker Filzschreiber EDDY 3000, ZEICHNEN SIGNIEREN BESCHRIFTEN. Ein Klebestift HENKEL PRITT.

Die bisher benannten Dinge liegen in der vorderen Langrinne der Bakelitschale, früher *Federhalterrinne* genannt. Gibts aber nicht mehr, Federhalter. Wie heißt sie denn jetzt, die Rinne? Vielzwecklangkehle? Kingsizehohlliege? Lehlelale?

Ist auch egal. Worte, was sind Worte.

Der Behälter hat ja noch drei andere Fächer.

In den kleineren Fächern haben wir – außer dem Staub und Grus natürlich – die folgenden Sachen: Einen Bleistiftanspitzer aus Alu, grau-un-stumpf. Und noch n Anspitzer aus Plastik, durchscheinend, rot, auch nicht mehr so ganz jung, aber mit wenig Schälicht im Reservoir. Daraus folgt, der Besitzer – oder vielmehr: der Dauerentleiher, denn alle diese Gegenstände sind natürlich Eigentum der Firma und den Mitarbeitern nur leihweise überlassen –, der hat also entweder einen Widerwillen gegen das dunkelrot im Reservoir sichtbare Schälicht, oder er benutzt eben nur selten einen Bleistift.

Noch nicht zu Ende. Da ist noch mehr drin.

Unter anderm ein weißer Hemdknopf mit Fadenresten, verschieden große Büroklammern jeglicher Ausführung, einige aus Metall, andere schon moderner, aus farbig-glasigem Kunststoff (wodurch sie schon bei der geringsten Spreizung knacksen und brechen, wies bei Büroklammern ja auch sein muß). Dann noch zwei Kunststoffgummis, blaugrau un braungrau, rund und rissig – sin wohl die Hälfte von eim ehemals ganzn Gummi (probiern Sie lieber erst gar nicht, wies um die Radierkraft steht, es wäre zu deprimierend). Ei, und was haben wir denn da noch? Da is noch die blaurote TESAFILM-Kapsel, nicht ganz viereckig und nicht ganz rhombisch, eben so die moderne Form, sodaß sie nirgends richtig reinpaßt, nur so halb, so eben halb oben quer drüber. So ist das nun mal mit den modernen Formen, Ausführungen, die in die Fächer nicht richtig reinpassen, Schreibmaschinenbandverpackungen, oder die seltsam geformten Stempelkissenfarbflaschen, Sachen, die teilweise zu groß sind, eckenweise abgerundet, oben schwerer als unten, sodaß sie leicht umkippen und wegrutschen. Oder jetzt, zwischenrein, mal was anderes, eine kleine Überraschung: Finden Sie mal zwischen den morschen alten Gummiringen, dem Knopf, bröckligen Radiergummen, dem alten Kupferpfennig, zwischen nem halben Riehmen Stanzklammern, Büroklammern un dem ganzn Grus, kramen Sie da mal mit ein oder zwei Fingern nach der alten Messingniete, die da sein müßte, die da neulich noch war, die jetzt zum

Verschluß eines Hauspostkuverts gebraucht würde – und stechen Sie sich dabei mal ordentlich in die Fingerkuppe mit dem im Schutt und Geröll hundsgemein verborgenen Reißnagel, sodaß ein staubiges Bluttröpfchen rausquillt …

Manches wäre noch zu erwähnen. Die volle oder leere Kugelschreibermine, der BKS-Schlüssel, der nicht weiß, wo er hingehört, der unbegreifliche Nickelwinkel, der rätselhafte Blaustahl-Achtkant, Dinge, die weder schräg noch grade reinpassen, die sich im Fach verklemmt haben, oder ein Gegenstand wie die UHU-Klebstofftube mit ihrem immer moderner und dicker werdenden Schraubverschluß, der sich schon an die modernsten klobigsten Finger wendet, die was Kleineres als ne Pflaume schon gar nicht mehr fassen, und einen kleineren Schraubdeckel von dem, vor lauter nebenraus gequetschtem Hart-UHU überwulsteten Gewinde schon gar nicht mehr abkriegen könnten.

All dies auf kleinstem Raum!

Die Löschblattwiege

Die Löschblattwiege ist überflüssig. Sie ist seit Jahrzehnten überflüssig. Kein Mensch hat im Büro noch Tinte zu löschen. Dennoch wird die Wiege vom Besitzer (Entleiher) nicht weggeworfen (bzw. zurückerstattet).

Wieso nicht? Weil er vielleicht an die Rückkehr der Tinte glaubt? Oder weil sie noch für etwas anderes, als zum Löschen dienlich sein könnte? – Vielleicht auch aus seelischen Gründen. Im Besitzer (...) schwimmen vielleicht die folgenden Gedanken: *Altes Eisen – alter Esel – Bremer Stadtmusikanten.* Vielleicht würden ihm, bei einem Anlauf, die Wiege abzuschaffen, unwiderstehlich *heiße Tränen* kommen!

Außerdem ist sie aus Bakelit.

Das Notizzettelkästchen

Es enthält Notizzettel. Diese können in Bündeln à 250 Stück von der Altpapierstelle bezogen werden – DIN A7, aus Makulatur geschnitten – daher meist nur einseitig benutzbar. Auf der Rückseite befinden sich in der Regel Aufdrucke wie RMAG 6 FRANKF FÜHR DR ALTENB CHEN ATU CHTSSTAND. Es handelt sich um veraltete Formulare, Listen, Briefbögen.

Auf der leeren Seite der Notizzettel kann man zum Beispiel kleinere Rechnungen ausführen, einen widerspenstigen Kugelschreiber in Gang kritzeln, sie dienen als Lesezeichen, Merkzeichen oder zur Aufnahme von Kurzmitteilungen.

Das Notizzettelkästchen ist mit einem sinnreichen Mechanismus versehen. Mit seiner Hilfe soll – durch einfaches Heben und Senken des Bakelitdeckels –

jeweils nur ein Notizzettel griffbereit vorgeschoben werden. Es ist ein Bakelit-Patent. Es funktioniert seit Jahren nicht mehr. Ein kleiner Gummischwamm am Ende der Bakelit-Schubstange sollte die Zettel vorschieben. Der Gummischwamm ist seit Jahren abgewetzt. Nur noch das kahle Ende der Schubstange kratzt über das Papier. Es kratzt, ohne zu schieben. Auch der Versuch eines Mitarbeiters, mit einem Gummiring, stramm um das Stangen-Ende gewickelt, den Vorschub zu bewirken, blieb erfolglos. Man muß daher, falls man einen Notizzettel benötigt, den Deckel ganz aufklappen und mit dem Zeigefinger das tun, was eigentlich die Bakelit-Schubstange tun sollte.

Weiterer Schreibtischbelag

Der Papierlocher, Marke LEITZ, aus dunkelgrün lackiertem Blech. Beim Schütteln raschelt es von den vielen im Hohlboden unsichtbar angesammelten Stanzpapierscheibchen.

Der Papierklammerer. Ebenfalls LEITZ (kein Büro ohne Artikel von LEITZ). Ebenfalls dunkelgrünes Blech. Der ihn ergänzende Ent-Klammerer befindet sich, wie erwähnt, in der Bakelitschale. Falls gewünscht, kann man also eine Anzahl Papiere zusammenklammern und darauf wieder entklammern. Mehr als 20 Blatt werden nur unbefriedigend geklammert, da dann eine Biegung der Klammerenden kaum mehr möglich.

Die Lineale. In diesem Büro existieren zweierlei Lineale. Gelb-transparente Plastiklineale – nicht zweckdienlich, da am Papier anliegend und etwa gezogene Kugelschreiberlinien beim Wegziehen verschmierend; und Holzlineale alter Bauart, mit eingelassener Blechschiene – sehr zweckdienlich, da die Schiene nicht am Papier anliegt. Die letztere Ausführung wird aus Rationalisierungsgründen nicht mehr hergestellt.

Privatgegenstände

Die Firmenleitung weiß um den Gemütswert privater Gegenstände im Arbeitsleben. Jeder Mitarbeiter kann – solange es nicht überhand nimmt – seinen Arbeitsplatz nach seinen Wünschen gestalten und schmücken. Von den drei hier betrachteten Schreibtischen sind zwei in dieser Weise zusätzlich mit einer persönlichen Note versehen. Im einen Fall mit einem Reisewecker, in grünem Kunstlederfutteral, einem Aschenbecher aus blasigem, grünem Muranoglas und einem goldglänzenden Stellrahmen, darin ein Farbfoto eines korpulenten Ehepaars in moderner Freizeitkleidung vor einem tomatenroten Audi 80; im anderen Fall mit einem Messingmörser mit Pistill, zwei Plastikmainzelmännchen mit ihren Plastikzipfelmützchen und ihrem breiten Grinsen, einem Seehund mit echtem Seehundsfell, einem gefleckten Rehkitz aus Stoff und einem grünen Blechfrosch zum Aufziehen, Lack stark abgestoßen.

Schreibtischlampen

Zu jedem Schreibtisch gehört eine extra Schreibtischlampe. Sie besteht aus dem Sockel aus schwarzlakkiertem Blech, auf diesem: dem biegsamen Metall-Stengel, und an dessen Ende Glühbirnenfassung, Birne und käppi-artigem Blechschirm. Auf dem Schirm der weiße Druckknopf (Plastik) zum Anstellen der Lampe. War die Lampe mehr als 15 Minuten lang angestellt, so haben sich Schirm und Druckknopf stark erhitzt. Der Druckknopf kann dann nur noch unter Schwierigkeiten – mittels Lineal, taschentuchumwickeltem Finger, Locher, Bleistiftspitzer oder dergleichen – gedrückt werden. Diese Konstruktion bewirkt eine geringe Lebensdauer des Schalters. Am Ende des Winters ist er gewöhnlich verschmort, und die Lampe kann entweder nicht mehr aus-, oder nicht mehr angestellt werden. Die Schreibtischlampen in diesem Büro, und alle anderen, werden rasch unbenutzbar, und müssen zur Reparatur in die betriebseigene Werkstatt. Die Reparatur dauert drei bis sechs Monate. Sie ist meist pünktlich zum Winteranfang fertig.

In dieser Sache sind ab und zu Verbesserungsvorschläge eingereicht worden. Verbesserungsvorschläge, die wirtschaftliche Vorteile erbringen, werden von der Firma mit Prämien belohnt. Betreffend Schreibtischlampe wurde vorgeschlagen, den Druckschalter an eine andere, kühlere Stelle des Gerätes zu verlegen. Ein Kostenvoranschlag ergab jedoch, daß Material und Arbeitsaufwand in eigener Werkstatt teurer kämen als die Anschaffung neuer Lampen.

Es wird scharf gerechnet in der DRAMAG, und das Ergebnis ist oft überraschend. Es gibt Artikel, deren Herstellung zehn Pfennige kostet, die dann zu fünf Mark verkauft werden könnten, die aber dennoch nur Verlust einbringen würden; sie werden daher nicht produziert, obgleich bei der Kundschaft großes Interesse an dem Artikel besteht. Eine andere Rechnung ergab, daß ein Schreiben, in dem einem Kunden für einen kleineren Auftrag (etwa weniger als DM 1000,– brutto) gedankt wird, mehr kostet, als dieser Auftrag an Gewinn bringt. Hätte die Firma viele solcher Kunden, so wäre sie bald bankrott.

Das Telefon

Das Telefon ermöglicht die Verbindung zur Welt. In diesem Büro gibt es ein gemeinsames Telefon, etwa auf dem Schnittpunkt der drei Schreibtischplatten. Es ist noch ein Apparat der alten Sorte, aus schwerem, schwarzem Hartgummi, standfest beim Wählen. Auf dem eingeschobenen Nummernschild am Sockel steht DETEWE 428. An der Seite ein Kunststoff-Aufkleber, rotweiß geprägt, mit den Notrufnummern: Unfall, Feuerwehr, Überfall. Jeder der hier ansässigen Mitarbeiter dürfte den Apparat mit ausgestrecktem Arm erreichen. Er steht am Rand des Wirkungskreises eines jeden Mitarbeiters.

Die Drehstühle

Die Mitte des Wirkungskreises bildet der Drehstuhl. Die in dieser Firma üblichen Drehstühle Marke GEBRÜ (Sachbearbeiter-Drehstuhl, Modell E 882/8 C 5) sind von neuerer Bauart, mit Profilsitzschale aus Kunststoff, kippsicherem 5-Fuß-Gestell mit Universalrollen und drehbarer Kunststoff-Rückenlehne an dem federnden Rückensteg. Die Rückenlehne ist am Rückensteg mit einer Achse befestigt, und läßt sich dort, ca. 25 cm über der Sitzfläche, notfalls auch waagrecht kippen.

Die Bedeutung des Dreh- oder auch Rollstuhls im Büroleben ist groß.

Büroarbeit wird bekanntlich im Sitzen verrichtet, der rollende Drehstuhl und das Telefon sind hierfür Voraussetzung.

Dieses Bürohaus hat zwölf Stockwerke. Im obersten Stockwerk residiert die Geschäftsleitung. In den übrigen elf Stockwerken gibt es jeweils zwischen dreißig und sechsunddreißig Büroräume, in jedem davon einen bis drei Mitarbeiter. Im ganzen Gebäude sind es sechshundertzwanzig – fast alle von diesen sitzen.

Versuchen Sie einmal, sich dieses durch alle Stockwerke fortgesetzte *Sitzen* vorzustellen. Es handelt sich um ein Gesamt-Sitzgewicht von über fünfzig Tonnen! Und das während eines bis zu vierzigjährigen Arbeitslebens! Dieses Sitzen ist also von größter Wichtigkeit! Das Sitzen ist fraglos der wichtigste Einzelfaktor in diesem Hause – mit vielen weiteren psychischen, physischen, auch medizinischen Auswirkungen.

Beim Sitzen wird die Ausschwemmung der Abbauprodukte aus dem Muskelstoffwechsel gedrosselt und der Muskel ermüdet schneller. Muskelverspannungen sind die Regel, über die Jahre kommt es zu immer stärkeren degenerativen Veränderungen der Wirbelsäule. Varikosis, Hämorrhoiden und chronische Obstipation sind typische Erkrankungen der sitzenden Lebensweise. Sitzen heißt meist auch: Schwitzen auf der Sitzfläche. Sitzen Sitzen Sitzen. Sitzende Mitarbeiter kennen sich nur zur Hälfte. Der Rollstuhl ist die untere Grenze des Mitarbeiters. Und wie die federn, diese neueren Rollstühle: die federn ganz toll!

Selbstverständlich kennt man auch hier kein *reines,* ununterbrochenes Sitzen. Gelegentlich steht ein Mitarbeiter auf und legt bestimmte Wege gehend zurück. – Strenggenommen wäre dies aber nicht nötig. Die Hauspost wird von den Hausboten geholt und gebracht. Was mündlich zu erledigen ist, kann telefonisch erledigt werden. Benötigt ein Mitarbeiter Unterlagen oder Hilfsmittel, die sich griffbereit im Umkreis des Schreibtisches befinden, so kann er zu dem betreffenden Ort rollen.

Diese Möglichkeit ist nicht nur auf das Büro beschränkt. Der Mitarbeiter könnte ohne weiteres aus seinem Büro heraus auf den Gang rollen. Er könnte auf seinem Rolldrehstuhl, ganz nach Wunsch – unter Hallo-Rufen, mit Karacho – in jedes andere Büro einfahren. Mittels Fahrstuhl könnte er auch auf dem Rollstuhl in die anderen Stockwerke gelangen – zur Kasse, zu den Automaten, zur Toilette. Der Mitarbeiter könnte also, auf diese Weise, *das ganze Gebäude sitzend durch queren.*

Von dieser Möglichkeit wird jedoch nur selten Gebrauch gemacht.

Diese bilden den einzigen Wandschmuck im Büro. Sie gehören zu der schon angesprochenen persönlichen Note. Sie sind teils fächerförmig, teils Kante an Kante, mit Tesafilm oder mit Reißbrettstiften angebracht. Folgende Motive sind zu erwähnen.

Norderney (Strandkörbe, leer). Büsum (Strandkörbe, besetzt). Cattolica/Adria (zweirädriger Karren mit Esel, auf dem Karren ein Weinfaß und ein zahnlückiger Eingeborener). Tegernsee (dünnes Segelboot, von vorn gesehen – als Schrägstrich durch die Alpenkulisse). Mallorca (Fassade eines modernen Hochhaus-Hotels ›Paradiso‹ – einer der Balkons ist angekreuzt), Ostende (kolorierte Zeichnung einer drallen Badenixe, runde Äuglein, rundes Mündchen – vor Schreck, da ein grinsender Haifisch ihr soeben den Büstenhalter abgerissen hat und damit meerauswärts flitzt). Eine Karte im Großformat hat einen Ehrenplatz: im Vordergrund zwei beturbante Araber und ein Kamel mit aufgesessener Touristin, im Hintergrund eine größere und eine kleinere Pyramide.

Es sind mehr als zwanzig Urlaubskarten. Vor zehn Jahren ist das letzte Mal gemalt worden. Es ist bald wieder Zeit zum Malen. Dann wird alles heruntergerissen und neu angefangen.

Das Waschbecken

In einer gangseitigen Ecke ist die Wand mannshoch mit
grüner Ölfarbe bemalt und ein Waschbecken angebracht. Es ist zweihändebreit. Eine kleingewaschene
Seife hängt am Magnethalter. Ein Spiegel darüber, am
Rande Metallbelag stellenweise abblätternd. Rechts
daneben eine Plastikhängevorrichtung mit drei Haken
und drei Namensschildern darüber. Drei Handtücher,
von denen zwei stark, eines weniger stark benutzt.

Die Spinde

An einer Wand drei nebeneinanderstehende, aneinan-
dergeschraubte Garderobenspinde von militärischer
Herkunft. Immerhin aus Holz. Nicht ganz tief genug
für eine Schulterbreite. Oben eine Metallrosette mit
Luftlöchern. Schlüssel mit sehr kleinen Ösen stecken,
oder hängen vielmehr, in ausgeleierten Schlüssel-
löchern.

Der Aktenschrank

Er besteht aus zwei Hälften, von denen die untere einen
seitlich verschiebbaren Vollverschluß, die obere einen
senkrechten beweglichen Rollverschluß hat. Der

Schlüssel für die obere Hälfte scheint schlecht zu funktionieren, denn ein dickes Pappestück liegt über der Öffnung, in die der Verschlußhaken eingreifen soll. Das Pappestück ist an vielen Stellen vom Verschlußhaken durchstoßen und darauf wieder verschoben worden.

An dem Aktenschrank, der den ganzen Tag offen steht, stehen Aktenordner, teils Marke LEITZ, teils Marke ELBA. Die Aufschriften am Rücken sind mehrfach verändert worden. Die meisten haben neue Rückenschilder, an deren Rändern die abgerissenen Reste ihrer Vorgänger zu sehen sind. Neuere Rückenschilder sind selbstklebend. Ihre Haftkraft ist unbefriedigend, sie neigen dazu, an den Ecken Eselsohren zu bilden.

Die untere Hälfte des Aktenschranks enthält nur wenige Aktenordner, daneben einige liegende Pappmappen und drei lange Karteikästen aus Sperrholz.

Die Neonbeleuchtung

Zur Büroausstattung gehören die beiden Neonröhren an der Decke. Um die Kraßheit der Technik zu mildern, hängt eine Wabe aus opakem Kunststoff darunter. Will man eine Röhre auswechseln, so muß die Kunststoffwabe zuvor abgenommen werden.

Im DRAMAG-Bürohaus gibt es Hunderte von Neonröhren, von denen einige immer auswechsel-bedürftig sind, weil sie fluckern. Zwei Mann von der Hausverwaltung sind täglich mit Trittleitern und Ersatzröhren unterwegs, aber sie kommen nie nach. Manche Röhren fluckern wochenlang. Es ist eine Nervensache, zugleich aber, für die Interessenten und Kenner des Büro-Wesens, eine Sache von besonderem Reiz.

Wir kennen (aus an) sehr viele verschiedene Formen des Neonröhrenfluckerns (an aus). Da haben wir das mit dem haarfeinen gläsernen Ton (aus an), wenns wieder anspringt; sodann die Erscheinung des langsamen, immer gelblicheren Absterbens, das auch von einem starken, oft bedrohlichen Brummen begleitet sein kann. Weiterhin kennt man das regelmäßig (an aus) – wie ein Metronom (aus an) – tickende Fluckern (an aus). Aber auch das folgende Defektbild ist anzutreffen: ein Schein-Tod, der uns nach dem Erlöschen langezeit in Ungewißheit hält – bis zur einer kurz aufblitzenden Freude: An! Eine strahlende, kräftige Gesundheit wird da vorgetäuscht – dann wieder erlischt sie: Dunkelheit, Wartezeit. Jedoch auch das Umgekehrte kommt vor: eine Röhre, die uns nach kurzer Dunkelzeit wieder eine lange, sich immer länger ausdehnende Leuchtperiode beschert – Stunden, Tage – fast hat man den Defekt schon vergessen – wenn jetzt die alarmierte Reparaturmannschaft einträfe, wären wir blamiert: Da, endlich – endlich die Rechtfertigung –, endlich wieder Dunkelheit: Aus.

Gewisse Leuchtröhrendefekte sind vorübergehend

heilbar. Es gibt Tricks, die sich bewährt haben: kurzzeitiges Aus-Knipsen, wieder An-Knipsen; auf den Schreibtisch klettern, mit Regenschirm oder Besenstiel an die dunkle, vielleicht auch schwach fluoreszierende Röhre klopfen; anfangs nur schüchtern – aufmunternde Klapse –, dann heftiger, gereizter, hämmern, mit wachsendem Zorn hämmern – die Neonröhren-Flucker-Allergie kann zur Gewaltsamkeit führen – es ist vorgekommen, daß defekte Röhren auf diese Weise vollkommen wiederhergestellt wurden – die Neonröhren-Flucker-Allergie kann zu besinnungsloser, schäumender Roheit führen – dann bedeutet das *Zerplatzen* der Neonröhre die *Erlösung*. Aus.

Walter E. Richartz
im Diogenes Verlag

Meine vielversprechenden Aussichten
Erzählungen

Prüfungen eines braven Sohnes
Erzählung

Tod den Ärtzten
Roman. detebe 20795

Noface – Nimm was du brauchst
Roman. detebe 20796

Das Leben als Umweg
Erzählungen. detebe 20281

Büroroman
detebe 20574

Shakespeare's Geschichten
Sämtliche Stücke von William Shakespeare,
nacherzählt von Walter E. Richartz und Urs Widmer
detebe 20791 + 20792

Der Aussteiger
Angestelltenprosa

Vorwärts ins Paradies
Aufsätze zu Literatur und Wissenschaft
detebe 20696

Reiters Westliche Wissenschaft
Roman. detebe 20959

Das Leben als Umweg
Gesammelte Erzählungen
detebe 21643

Außerdem Übersetzungen von Lewis Carroll,
Raymond Chandler, Stephen Crane, F. Scott
Fitzgerald, Dashiell Hammett, Patricia
Highsmith, H. D. Thoreau u.v.a.

Neue deutsche Literatur
im Diogenes Verlag

● **Das Günther Anders Lesebuch**
Herausgegeben von Bernhard Lassahn
detebe 21232

● **Alfred Andersch**
»... einmal wirklich leben«. Ein Tagebuch in Briefen an Hedwig Andersch 1943–1975. Herausgegeben von Winfried Stephan
Leinen
Erinnerte Gestalten. Frühe Erzählungen
Leinen
Die Kirschen der Freiheit. Bericht
detebe 20001
Sansibar oder der letzte Grund. Roman
detebe 20055
Hörspiele. detebe 20095
Geister und Leute. Geschichten
detebe 20158
Die Rote. Roman. detebe 20160
Ein Liebhaber des Halbschattens
Erzählungen. detebe 20159
Efraim. Roman. detebe 20285
Mein Verschwinden in Providence
Erzählungen. detebe 20591
Winterspelt. Roman. detebe 20397
Der Vater eines Mörders. Erzählung
detebe 20498
Aus einem römischen Winter. Reisebilder
detebe 20592
Die Blindheit des Kunstwerks. Essays
detebe 20593
Ein neuer Scheiterhaufen für alte Ketzer
Kritiken. detebe 20594
Öffentlicher Brief an einen sowjetischen Schriftsteller, das Überholte betreffend
Essays. detebe 20398
Neue Hörspiele. detebe 20595
Einige Zeichnungen. Graphische Thesen
detebe 20399
Flucht in Etrurien. 3 Erzählungen aus dem Nachlaß. detebe 21037
empört euch der himmel ist blau. Gedichte
Pappband
Hohe Breitengrade. Mit 48 Farbtafeln nach Aufnahmen von Gisela Andersch
detebe 21165
Wanderungen im Norden. Mit 32 Farbtafeln nach Aufnahmen von Gisela Andersch
detebe 21164
Das Alfred Andersch Lesebuch. detebe 20695
Als Ergänzungsband liegt vor:
Über Alfred Andersch. detebe 20819

● **Jakob Arjouni**
Happy birthday, Türke! Roman. detebe 21544
Mehr Bier. Roman. detebe 21545

● **Heinrich Böll**
Denken mit Heinrich Böll. Gedanken über Lebenslust, Sittenwächter und Lufthändler, ausgewählt und zusammengestellt von Daniel Keel. Diogenes Evergreens

● **Kurt Bracharz**
Ein Abend-Essen zu Fuß. Notizen zu Lichtenberg. Mit einem Vorwort von Michael Köhlmeier. Leinen
Pappkameraden. Roman. detebe 21475

● **Rainer Brambach**
Auch im April. Gedichte. Leinen
Wirf eine Münze auf. Gedichte. Nachwort von Hans Bender. detebe 20616
Kneipenlieder. Mit Frank Geerk und Tomi Ungerer. Erweiterte Neuausgabe
detebe 20615
Für sechs Tassen Kaffee. Erzählungen
detebe 20530
Moderne deutsche Liebesgedichte. (Hrsg.)
Von Stefan George bis zur Gegenwart
detebe 20777

● **Manfred von Conta**
Reportagen aus Lateinamerika
Broschur
Der Totmacher. Roman. detebe 20962
Schloßgeschichten. detebe 21060

● **Claude Cueni**
Schneller als das Auge. Roman. detebe 21542

● **Doris Dörrie**
Liebe, Schmerz und das ganze verdammte Zeug. Vier Geschichten. Leinen

● **Friedrich Dürrenmatt**
Das dramatische Werk:
Achterloo. Komödie. Leinen
Es steht geschrieben / Der Blinde. Frühe Stücke. detebe 20831
Romulus der Große. Ungeschichtliche historische Komödie. Fassung 1980
detebe 20832
Die Ehe des Herrn Mississippi. Komödie und Drehbuch. Fassung 1980. detebe 20833
Ein Engel kommt nach Babylon
Fragmentarische Komödie. Fassung 1980
detebe 20834